傅 星 著

人民文学出版社

图书在版编目(CIP)数据

毕业季 / 傅星著. -- 北京：人民文学出版社，
2025. -- ISBN 978-7-02-019015-7
Ⅰ．I247.5
中国国家版本馆CIP数据核字第202485826H号

责任编辑　卜艳冰　李　殷　傅　钰
装帧设计　汪佳诗

出版发行　人民文学出版社
社　　址　北京市朝内大街166号
邮政编码　100705

印　　刷　山东新华印务有限公司
经　　销　全国新华书店等

字　　数　235千字
开　　本　890毫米×1240毫米　1/32
印　　张　11.375
插　　页　9
版　　次　2025年1月北京第1版
印　　次　2025年1月第1次印刷

书　　号　978-7-02-019015-7
定　　价　79.00元

如有印装质量问题，请与本社图书销售中心调换。电话：010-65233595

自 序

月亮升起来，红红的

傅　星

　　小说的开篇是班主任唐永义的最后一课，他讲的是农业基础课，如何养猪。下课铃声响了。唐老师说，这个学校你们以后可以不要来了，又说因为散伙了，多少应该有个仪式，然后就掏出了口琴吹了一首《送别》，吹得不好，下面的学生也无人能听懂，那是上一代的歌。有人问，我们文凭证书有吗？又有人问，那我们到底算初中生还是高中生？没有回答。

　　这个场面的虚构和非虚构的边界是模糊的，其中提问题的学生中可能就有本人。不过，我们当年的班主任是位德高望重的女教师，她也不会吹口琴。

　　故事发生在一九七三年，时间是确切的。我是一九六九年入的中学，在有个泥泞大操场的学校里混了四年（所谓的新三届）。那个时候读书只要上课不讲闲话，大概就可以拿一百分。中学的成绩报告单居然还在，有不少一百分，如果是九十几分，老师的评语多半是上课有讲闲话现象，或者是讲闲话的习惯仍然存在。成绩报告单我仍然留着，我想它或许具备了一定的史料性。

　　前些年是上山下乡"一片红"，凡是出了校门的通通上山下乡去。到了我们这一届，政策已经有了变化，每个毕业生都有了一个档次,要按档分配。去哪里,要看兄弟姐妹,以及父母亲的具体情况。政策是四个面向。四个面向怎么说我现在已经记不全了,反正国营企业,集体企业,街道里弄生产组,外地工矿,上山下乡的都有;上山下乡还有近郊远郊之分。这样事情就变得复杂起来,现在看来,这种复杂的游移不定的状态恰恰滋生了文学。

我是近郊农场档,因为是长子。长子务农,这个基本上赖不掉。不过本人的情况有点特殊,就是瘦弱多病,老是住院,当时如果力争一下,或许也有"待分配"然后留上海的可能性。不过即便留上海,多半也是要去里弄生产组。病留,这个档次实在是太软了。人家是硬档,大哥大姐黑龙江云南,二哥二姐贵州江西,那么天经地义地他可以留在上海,去钢铁厂、仪表厂、食品厂等等,也有可能去机关学校。那些地方都有很好的伙食;如果是大国企,下班后还可以去大浴池里舒服地泡澡。而生产组,想起来就头皮发麻。在我居住的新村里就有生产组,阿姨们从早干到晚,她们嘻哈着,不停地做手工活,把一片片的碎布拆成细纱,又把细纱装在筐里,生产组的门前永远摆着满是细纱卷的筐。

有人告知我,班主任老师为了照顾我,让我的分配去向能更好一点甚至流了泪。这个传言让我难受极了。老师满头白发,在任何时候,她都是挺着腰板昂着头进校离校。四年来,她教给我们最多的,就是如何在乱世中保持尊严。

记得那次我一夜不睡。早上母亲起床,见我趴在桌上写决心书。决心书写在大红纸上，一张不够，还加了一张。母亲说我是疯了，如果不写决心书，按档分可以去近郊，而这么一写去远郊也未可知，甚至会去外地，真是不要命了。后来我还是去了崇明农场。反正就是想离家远去，哪里都可以。父亲在接受审查，家里的氛围太压抑，还有，根本就不想去生产组。

离校后就是等通知，反正都已经入档了，也没有别的想头了，整天就是玩。不比现在，年轻人在这个人生的节点上会很焦虑。我们把自己的命运交给老天爷就是了，没心没肺的样子。没多久，大家就散了，各自在预设的轨道上走向宿命。我在下乡的那天早上，看到平时的一个玩伴在街边卖大肉粽子。他是分配去了某个点心店，他送我粽子吃，祝我好运。

小说表现的是群像，总是感觉有太多的东西想装进去。基本上写了七个人，各自有不同的家庭背景和人生走向。这些人物里一定会闪烁着本人的影子。有一个情节差不多是写这部小说的原动力，就是他们想拍一张集体毕业照，但是无论如何凑不齐，各种梗，即便凑齐了、到了照相馆门前还是拍不了。后来某人到了晚年了，在梦里都在想拍毕业照。评论家张定浩在论《毕业季》一文中写道：……要书写的不是某几个幸存者的青春成长，而是在回望中慢慢清晰的有关一代人青春的历史，这历史是由众多达不成自己愿望的个体意志相互勾连交替而成的图景。

那次在网上刷到了一个小视频：高中生毕业舞会前，男生持着鲜花羞涩地去约他的舞伴。门开，阳光照在男孩女孩的脸上，玫瑰色的。花样年华，如此美好。我注意到小视频底下有年长者的留言：我的青春在哪里？当时看了很难受。后来在写的时候，会时不时想到这个小视频，还有那句留言。

上海是个滩，没有山。西郊的长风公园有个铁臂山，其实那不过是个大土堆。不过我们就把它当作了山。离校后，去过那里几次，坐在半山腰上野餐，抽烟喝酒，啃鸡爪子鸭脖子，打牌，疯疯癫癫地学狗叫。山下是人造湖。有很多小船静泊在岸边，或可来日远航。渐渐地就喝多了，醉眼蒙眬，天也完全黑了。这个时候月亮升了起来，有一次它居然是红红的，很有意境。我是想说，无论怎么样，在那个时候，我们也有自己的景观。

我问过大家，我们这一届到底算什么？初中？高中？半个世纪过去了，仍然没有确切答案。也有人说，就算四年制中学，不分初高。其实还是一笔糊涂账，当然这已经不重要了。

《毕业季》的发表，意味着"青春书写三部曲"完成了。第一部《怪鸟》多半写了童年，第二部《培训班》写了艺术院校和农场，这三部小说都带有一定的自传性，那么从"三部曲"的故事时间轴上来说，《毕业季》算是一个补叙。

2024 年 9 月 18 日

一九七三年中学毕业，

高考还没有恢复。

各自根据"档次"走向宿命，青春正好。

1

最后一节是农基课（农业基础课），班主任唐永义在讲如何养猪，他几乎是照本宣科，一字一句地在读。唐永义三十多岁，矮个，有点秃顶。他戴眼镜，有时也不戴，要是不戴的话，那他的眼睛就水泡泡的，就是通常说的那种水泡眼。他是个格外严肃的人。

农基课是必读课，这一届毕业生有不少是要上山下乡的，所以要学种地，还要学养猪，当然，这些知识课本上学肯定不够，还要去实践中学，要理论联系实际。

唐永义转身去黑板上画猪，画个猪其实并不容易，他画了擦，擦了画。最后画出来并不像猪，有点四不像，他对着自己的画发呆，好像忘了现在是在课堂上，下面还有五十四个学生在看着他。

下课铃响了。这是最后一道铃声，长长的极为响亮，没完没了地响，震得玻璃都在颤抖，然后又戛然而止。

唐永义转过身，面对全体学生。然后他拍了拍手上的粉笔灰，他说，下课了。

所有人都呆坐在那里，一个也没有走。

你们明天可以不来了。

有人鼓了下掌。

开心是吧,唐永义说,其实我也挺开心的。这样,最后我说几句,从现在开始,你们就算毕业了,就是社会人了。我呢,希望各位今后都能好自为之。这个四年,说实话,大家都不容易。你们知道我在大学读的是历史,可是现在没有历史课了,后来就教政治,教工基(工业基础课),再后来越教越奇怪了,像这个。他侧身敲了敲黑板,黑板发出咚咚的响声,也要教,还要当班主任。不过,无所谓了,总算过去了。

课堂里非常安静。

另外,说一下分配的事。你们现在都归档了,都是有档次的人。自己是什么档次,想来早就清楚吧。除了极其个别的例外,像阿松——他看了下后排角落里的一个长发少年——因为画图好,得过全国奖。这次美校试招一个班,他作为特长生人家要了。别的人,没有特殊理由是不能跨档的。你们也知道,留在上海的,有国企、集体企业、街道工厂、生产组,等等。上山下乡的,有近郊、远郊,很少有几个去苏北安徽插队去的。好在这次你们七三届,不必去太远了,没有黑龙江、云南、江西这些地方。嗯嗯,你们幸运多了。大门不用说,各位自己知道怎么进了,小门怎么走,唐永义耸耸肩,只有看运气了。好在,他停顿了一下,都是革命工作,都一样。

有人扭头看了一下后排的阿松,阿松一脸的木然。

唐永义继续说,重申一下,不要让家长来找我。本人不是分配办的。当然作为班主任,我有责任协助分配工作,不过仅此而已。更不要来我家,还送来了那些活鸡活鸭,做什么?

有同学笑。

没有用的,我把它们上交了。现在大家的日子都过得紧绷绷的,有好吃的都留在过年吃吧。再说一遍,分配上的事,无论是后门还是小门,本人根本不知道在哪里,非常抱歉。

学校里不少人都知道唐永义住在一栋别墅里,别墅在虹桥路上,城乡接合部,距离学校不远。别墅是尖顶的,有彩绘玻璃和黑色篱笆墙。他是前些年搬来的,据说他家市中心的房子被抢了。搬来时他和母亲一起生活,很快母亲去世了,他就独居了。他未婚。早上,可以看到他夹着皮包从一条荆棘丛生的小道上走来,匆匆地,有时候还咬着大饼。他从不跟学生打招呼,有人批判他师道尊严,但是他仍然不打招呼。

那么,你们还有什么要说吗?

众人沉默。

唐永义从口袋里掏出一只口琴。他打开了琴盒,口琴亮晶晶的。

昨晚上,我找出了这只口琴,国光牌的。我是想今天在班上吹个曲子作为我们的告别仪式,我吹的这个曲子就叫《送别》,你们大概没有听过。

然后他就吹口琴。

……

天之涯,地之角,

知交半零落。

　　一壶浊酒尽余欢,

　　今宵别梦寒。

　　确实没人听过。唐永义吹了会儿，有点气短，他吹不下去了。索性不吹了。他收起了口琴，收拾好台上的书和讲义，拿起。他不再说什么，点点头，走出了教室。

2

阿松走出校门,那一刻,回头看了下校园。红砖红瓦的校舍在阳光下泛着淡金色。他记住了这个色感,他想以后或许可以画出这感觉。

他在外面溜达了一圈,又站在某处画了几张人物速写,然后回家。回家时已经可以吃晚饭了。

阿松家里有四口人,父母、阿松,还有弟弟。吃饭时父亲问了一句,毕业了?

阿松嗯了一下,没有多说。阿松要去美校的事已经定了,学校告知了他的父母。所以关于毕业,以及毕业后的去向,父母就无必要多言了。弟弟小阿松三四岁,更是什么都不问,他的脑子还没开窍,处于什么都拎不清的状态。弟弟只顾埋头吃饭。

饭后,阿松就把自己关进了小屋。

阿松家住五楼,他的小屋朝北。他在床上躺了会儿,快七点了,他起身。

这是他的特别写生时间。

他取过了一架望远镜,走向窗前。望远镜是他用球鞋跟冰冰换的。冰冰的望远镜据说是英国货,是他外公留下的。

写生的对象是小孟老师。小孟老师住在对过楼,二楼左数第二扇窗就是她家。中三年级时小孟老师来任副班主任,她教语文,也教生理卫生。她比班里的学生大不了几岁。小孟老师非常漂亮。

那扇窗的灯已经亮起,可以看到小孟老师的身影在灯下晃动。

通过望远镜,可以清晰地看到她的动态。她脱去了外套,散开头发,她站在了镜前,好一会儿,她凝视着自己,然后返身,坐上床,又俯身从床下拖出了一双木拖板。她踢去了黑色的搭扣皮鞋,换上了木拖板,她的脚型很美。她立起,从桌上拿起一只苹果。她削苹果,苹果皮拖得老长,断了。她咬着苹果,提着苹果皮往门外走去,又转回,去了窗前。窗开着,她探头看了下窗外,窗外有流浪猫在喵喵地叫,她把苹果皮扔向了那些猫。她咬着苹果,抬头看了一下,好像看到了阿松(其实没有)。又过了一会儿,她已经坐在书桌前了。书桌就在窗下,大灯关了,亮起了小台灯,她的整个身形的明暗交接线在小台灯下显得更为清晰。

她开始批改作业。

阿松左手举着望远镜观察,右手在画。小孟老师的各种姿态迅速地记录在案。周边很安静,他可以听见自己的心脏在咚咚地跳。速写本一页页翻了过去,他笔下的线条流畅柔美,又激情澎湃。

这时候,弟弟出现了他的身后。

奇怪,他记得是锁了房门的,他也不知道弟弟是怎么进来

傅星油画　远眺

的。弟弟说，你又在画女人。

阿松轻声地说，滚！

弟弟看了一眼对过的那扇窗，又瞥了下阿松的速写本。一点不像，弟弟说，她的胸和屁股都没那么大，还有你为什么不画脸？

3

　　白天,阿松去一条街,他想去文具店买两支炭笔。他遇到了冰冰。冰冰说正要去找他。冰冰说,已经约好了,大后天去长风公园玩,反正毕业了,也没什么事了。阿松说好。冰冰说,带上吃的,带上酒,就在铁臂山上野餐。

　　阿松问还约了谁。冰冰说,没有别人,就我们七个人。

　　七个人就是指:冰冰、阿松、金河金麦姐弟、文武、赵小雷、海洋。六男一女,他们从小一起长大,从幼儿园开始就同班,平时也老聚在一起。学校里有人把他们叫作"七人帮"。

　　阿松问,那下雨要去哦?

　　冰冰说,大雨算了,小雨要去。

　　后天到了,晴。

　　众人在一条街饭店门口集合。冰冰最先到,随后金河金麦到,很快,其余人也都来了。饭店门口有包子铺,冰冰在包子铺买了十多个大肉包子。

　　一众人去苏州河边,登渡轮。苏州河还是一如既往的臭,屏住,尽可能不要深呼吸,好在没几分钟。下船后,走不多远到了长风公园,买票,入园,人少,有小船泊在人造湖边。海洋大嚷，划船划船！冰冰说没钱了。海洋说记得上次结账还有余款啊。上次七个人也是在长风公园玩，每人交了钱，玩下来还有剩的，当时大家说余款就留在冰冰那里，用于以后的活动开销。

只剩下八分钱了，冰冰说，刚才买了十四个包子，差不多用光了。海洋很失落，他怅然地看着湖面，又捡起一小片石子，然后他把石子往湖面上削去，可见一条跳跃的水线划得很远。

金麦说冰冰你还要平摊啊，你再过两个月就可以领工钱了吧，就预支一点请请我们又能怎么样？众人都说对，要冰冰请客。冰冰其实好说话，他摸口袋，摸了半天摸出了一点钞票。数了数，租两只船，各两个小时，够了。

然后又买票，登船。

小船三人：冰冰、金河、金麦。大船四人：阿松、文武、赵小雷和海洋。众人划桨，船荡向了湖心。天朗气清，长堤烟柳，微波潋滟。

小船——

冰冰和金河坐后排，金麦独自坐在船头。金河划桨有点累了，她歇了歇。她又扭头看冰冰。她伸出手去，摸了摸冰冰的耳朵。冰冰说干什么？金河说，它长得不像耳朵。冰冰问那像什么？金河说，不知道，反正不像耳朵。然后三个人继续划桨，沉默。金河心思重。

冰冰是单亲家庭，父亲已殁，他是独苗，家里就他和母亲两个人。冰冰肯定可以留在上海，而且多半可进大国企。金河和金麦是龙凤胎，少见。金河早出世半分钟，为阿姐。他家四口人，除了姐弟俩之外，父母双全，又是双职工。照这个情况，金河、金麦需有一人去乡下，另一人可留上海，不过也进不了大国企，应该是大小集体行业或街道里弄生产组的档次。学校要金家人自己定。金麦自小体弱多病，患有支气管哮喘。因此金河早就表态了，她走，金麦留。已经决定了，没有争议。

金河喜欢冰冰。其实女生们都喜欢冰冰，冰冰相貌好，性情温良，又乐于助人，也不笨。金河知道冰冰对她也是有意的。金河在各方面都太出色了，她是区里的学习标兵，而且还会写诗。从小学到中学，她差不多一直是那个最耀眼的女生。

长风公园，在中二时金河和冰冰两人来过的，当然那是私密约会。这个别人不知，金麦知道，他偷窥了金河的日记。

现在，冰冰就坐在金麦的身边划桨，看上去轻松惬意，金河却郁郁寡欢。毕业了，离别在即，一个留沪，一个下乡，她已经听见了某种东西的断裂声。坐在船头的金麦始终注视着金河，他应该可以看透金河，但是他不说什么。金麦总是那么苍白，经常会呼吸不畅，有时候说话对他来说似乎也有点吃力。

大船——

前排是文武和小雷，后排是海洋和阿松。

文武有一个姐姐，老三届，上海工作，有个妹妹，还小。文武原本铁定是务农档。可是文武的情况有点像阿松，他有特长，曾多次在中学乒乓球比赛中拿冠军，那么文武就有了一个机会。上海乒乓球体工集训队招生，在学生联赛中选拔，文武已经通过了一轮，还有两轮，如果能打入前三，那他就可以留上海进体工集训队。坐文武身边的是赵小雷。赵小雷是长子，下有一弟一妹。长子是近郊务农档。赵小雷的父亲是造船厂的副总工程师，据说赵工已去学校谈过，希望学校帮帮忙，让儿子留在上海读书，造船厂有技校，去技校就可以。务农么，让赵小雷读了书再去也不迟。反正他还有弟妹，以后让哪个去下乡顶赵小雷的缺也可以。赵工说，他这个大儿子是块读书的料。赵工和校领导有点认识。学校组织学生去船厂参观，有几次都是赵工接待讲解的。但是学校一口拒绝了赵工的要求。档次就是档次，搞什么名堂。赵工在校领导的眼里成了个书呆子，呆头呆脑的，像是超现实的存在。

海洋坐在船头，他在划桨，时而顺划，时而逆划。他好像有点多动症，老也停不下来。海洋长子，下面还有三个妹妹，最大的妹妹都要比他小十多岁，好多人弄不明白，兄妹间怎么会有这么大的年龄差，不知他父母是怎么操作的。海洋是务农档。可据说海洋母亲姚阿姨放言了，死也不放儿子走，就留在身边，即便当个无业游民也无所谓，养他。海洋父母双职工，三班倒。妹妹小，要海洋照顾，很多时候，海洋要做饭甚至喂饭给妹妹吃。

阿松坐在海洋边上，他不划船。他在画速写，先画文武，又画赵小雷。他总是在不停地画。他把画从速写本上撕下，递给文武和赵小雷看。

文武看画，笑笑，说，蛮像的。赵小雷也看画，说，鼻子有点画歪了，再往左一点就好了。阿松没说什么。边上的海洋说，那是角度问题，从我们这里看过去，你的鼻子就是歪的。

文武和赵小雷把画折起，然后把自己放入了口袋。他们的兜里经常会装有自己的肖像画，当然都是阿松的作品。

大船在湖心转圈，小船不知怎么突然直冲过来。两船很快地相撞，撞一下，又撞一下。还打起了水仗，海洋高举起船桨往水面上拍去，湖水噼里啪啦地飞溅起来，有几个人的身上都湿了。

小船上，老是闷声不响的金麦立起，突然心血来潮地唱起了革命样板戏，他扯开了嗓门唱：

　　临行喝妈一碗酒……

风大，他突然呛住，咳嗽，咳不止，他边咳边蹲了下去。坐在船尾的金河叫，金麦你别唱了！你这样唱，这样咳，你不要命啦？金麦从兜里掏出了一种哮喘喷雾剂，往嘴里喷了两下。一会儿，他平复了，不再咳了。他重新立起，还把船弄得大幅度地左右摇晃起来。他没有理睬金河的话，他继续唱：

　　临行喝妈一碗酒，
　　浑身是胆雄赳赳，
　　鸠山设宴和我交朋友，
　　千杯万盏会应酬……

4

众人在公园的铁臂山半山腰中野餐,喝了酒,好多个酒瓶在地上滚动。啤酒、黄酒,也有白酒,像是每个人都带了酒来。他们的面前还有不少吃的,猪头肉、鸡脖子、鸭肫干、出屁豆、油炸臭豆腐、花生米、白煮蛋、葵花籽、午餐肉罐头、水果糖水罐头,等等。

冰冰又有了一个动议。冰冰说,我们去拍张集体照吧,作为毕业留念。

众人同意。

赵小雷说,他经常翻看他爸的相册,相册里有好多张毕业照,单人的集体的都有,有的毕业照上他爸还穿着怪里怪气的校服。他爸要他多读书、多毕业、多拍毕业照,让后代看,子子孙孙都可以看下去。

提到拍照,大家想到的就是春光照相馆。照相馆就在商业一条街上,照相师像是从老照片里走下来的,老克勒的腔调,从头到脚一尘不染,身形薄得如同一片纸。几乎所有的人都去那里拍过照,都叫照相师王先生。王先生总是立在相机边上,叫人家笑。还用玩具逗小孩子。几个人儿时应该都被王先生逗过,他转动手中的小鼓,小鼓便在两个小锤的击打下不啷不啷地响。当然也有小孩就是不笑，阿松看以前在"春光"拍的照，就没见自己笑过。

金河也喜欢春光照相馆，王先生曾经把她的一张标准照放大，然后挂在橱窗里。这简直成了一个事件，所有人都知道了。那些日子里，金河去哪里，都有人在她背后指指点点的。金河也觉得她在橱窗里变漂亮了，她从一条街的这头走向那头，匆匆地走来走去，好像是要买什么东西，其实什么也不买，只是为了看自己一眼。有一次，她见一大群人立在照相馆橱窗前看，是班里的女同学，那些人叽叽喳喳地在议论什么。她赶紧跑掉了。关于金河的橱窗照，金麦的评价不高，他觉得一般，金麦说发型不灵，而且有点眯眼。金河无所谓金麦怎么说，她在乎的是冰冰怎么说。但是冰冰一直没有提及那件事，后来又说，一开始不知道，知道后再去看，照片已经换成一个老太婆了。

要不要叫上唐永义？赵小雷突然问。

众人不言。

还有小孟老师。两个班主任，一个正的，一个副的，一正一副，让他俩坐在中间，好像以前的毕业照都要叫上老师的。

算了，别叫了吧，冰冰说。就我们七个好了，老师在场，我的表情肯定要僵掉的。冰冰这么一说，多数人同意。话题又转向了唐永义，说唐永义真是个怪人。最后一节课了，还在讲怎么养猪。还吹口琴，看他吹口琴的样子好累，吹不响一样，那只口琴多半是坏的。吹的是什么歌也听不懂，从来没听过。

他说了，那首歌叫《送别》。金河说，我以前没听过，可我在书中看到过。旧社会文人李叔同的词，长亭外，古道边，芳草碧连天……

金麦突然开口。阿松，听说你一直在画小孟老师，老是用望远镜在窗前偷看她？众人笑。阿松脸红了，好在天色已暗，看不出来。

喇叭又在叫游客赶紧离园，公园就要关门了。可是众人一点不想走，又有巡逻队员打着手电在不远处走来。冰冰嘘了两声，叫众人安静。一会儿，手电光远去了。

继续喝酒。

长风公园的这个铁臂山其实就是个大土堆，不过在上海这个滩上，就已被称为山了。山上有不少树，现在是晚上，林间酒气，欢声笑语，惹得一些叫不上名的小动物上蹿下跳，很热闹。

远眺，月亮升起来了，挂在天上，映在水里。整个湖面跳跃着光斑，甚至有点晃眼。可以看到湖心中有一只船，这只不系之舟就在湖面上荡，已经好几个小时了。

他们都注意到那只船。

我想坐上去，任其漂荡。金河说。她托着腮看向船，声音虽然很轻，可大家都听到了。

没有人理金河，只当她是随便一说，也许她正在写诗。金河站了起来，她往山下走，一会儿她到了水边，伸出脚试了试水。

她喝多了，金麦说，半夜三更不知道想干什么。

她不会真的跳下水吧。冰冰说。

反正她最近一直是神经兮兮的,有时候,还一个人哭,金麦说,其实她不该想不通。金麦的话语义不明,关于金河,他到底是想表达什么?

山下,金河已经脱去外套,她一步一步地走向那只船。她的手扒开了水面,水纹散开。冰冰赶紧起身,跌跌撞撞地跑下山去。他叫,金河,你站住!湖水没到了金河的膝盖,她站住了。冰冰跑到了湖边。他喊:你回来!

金河犹豫片刻,又返身往回走。

金河说,我只是想上去坐一会儿。

冰冰又拽住她回到山上。奇怪的是,那只船也跟着靠了岸,它卡在了一个什么地方,不动了。

他们又干掉了一瓶洋河大曲。赵小雷掏出了扑克牌,打牌。老规矩,输了就爬,学狗叫。几个人处于半醉状态,稀里糊涂地出牌。文武输了,爬,然后学狗叫。爬了两三圈继续入局,接下去是海洋输,他也去爬,他不是一般的爬,而是边跳边爬,把自己搞得像只真正的爬行动物,海洋回到了牌局。文武说,海洋,没听见你学狗叫。海洋突然说,不玩了!众人说,早着呢,天还没亮呢。海洋说,不玩了就是不玩了,你们都听着,我要告诉你们一件重要的事。

众人不再出牌,抬头看海洋。

海洋的那张脸处在光影的暗部,看不清他的表情。他的手在轻微地颤抖,但是根本没人注意到。

众人催他赶紧说。

我不是我爸妈生的!

他们不再搭理海洋,继续埋头打牌。冰冰抛出了一个大小王组合,以为赢了,可是赵小雷居然轰出了一条梅花龙。冰冰手上的几张牌就烂在了手中,他不住地摇头。

海洋突然又喊了一声,我不是我爸妈生的!

冰冰说,海洋,你别再喝了,大家都别再喝了。

金河突然把手中的牌往空中一扔,纸牌随风乱飞一气。金河又把脸埋在双膝中哭了。

没有人再说什么,没有人劝金河。其实每个人都有点想哭,都想到了伤心事。这一夜都喝多了。海洋还在嘟哝,他不是他爸妈生的。他靠着一棵樟树下,坐着,他垂着脑袋,双腿摆成一个八字,伸得老长,他的手上持有一根柳条,柳条一下一下地击打着地面。渐渐地,他不动了,他睡着了,口水拉得老长。

天快亮了。乳烟在水面上升起,晨雾弥漫开来。

5

冰冰上午去一条街的春风照相馆,九点还不到,早了点,照相馆还没有开门。冰冰就在门外等。

一会儿,王先生到。

冰冰毕恭毕敬上前,打招呼,王先生好!

王先生掏出钥匙,费劲地拧开了门锁,推门进照相馆。冰冰跟进。王先生问拍照是哦?冰冰说是的,不过不是今天拍,要下个礼拜一的下午。冰冰跟王先生说了是七个人,集体照。王先生查了下登记簿,点点头,说,来好了,有空的。冰冰问,要付定金哦?王先生摇头,说,不用,老规矩,拍得好给钱,拍得不好白拍。冰冰说,谢谢王先生,我们是想拍张中学毕业照。

王先生抬头,看冰冰。

毕业照?现在还有拍毕业照的?以前是都要拍的,人生的一个转折点,老师同学分手了,留个纪念。不过现在还有什么好纪念的,书么瞎读一气,讲讲算毕业了,其实就是离校了,到时间了,被学校一脚踢了。老师也一眨眼都不晓得跑哪儿去了,好像是逃掉了一样,对哦?

王先生返身,打开柜子,又取出了一大本相册。王先生翻相册,他要冰冰看。

这些都是毕业照,前些年的,喏,中山小学六三年六年级(1)班的,吴江中学六五年初三(5)班的,还有,这一本里通通都是,还有好几本,不过六六年以后就没有了。

冰冰看这些毕业照,都是大集体照。看不太清脸,但是队形都很整齐,女生前面蹲下,男生后排笔挺地站立着。如果有老师,老师就坐在前排的中央,那么女生就不蹲了,她们就站在老师的两侧。

你仔细看,这些照片里,没有一个人是闭眼的。

冰冰一个个人头看过来,果然,眼睛都睁得大大的,都很神气。

冰冰说,王先生,这么多人,拍起来很难的吧。

不是吹牛皮的,反正我是不晓得还有啥人拍得比我更好。真是有难度的,要现场随机应变,要轧苗头,要会调动大家的情绪,还要看天气。一般情况下,这么多人,都是在室外拍的,曝光一定要控制好。以为是晴天,就肯定用晴天的曝光表拍,这个肯定不对的。一片云飘来了呢,光线暗掉了也不知道,还是瞎曝光,那是机械论,那样的话,照片拍不好的。

那么王先生,你这个本事是啥人教的啦?

王先生嘿嘿笑,收起了相册。天生的,他说,我爹爹是牙科医生,一辈子只晓得修补牙齿,根本不会拍照,随便哪个相机,快门在哪里他肯定找不到。

有生意来了,王先生要去招呼客人。他收起了相册。

嗯,你们几个人很有意思,这种形势下还要拍毕业照,实话讲，我是欣赏你们这种做法的。大家最后再聚聚，拍一张照，留下这个时光。肯定是有意义的。嗯，这样好了，我给你们打个八折，怎么样？就冲着你们还晓得拍一张毕业照。

拍照的日子到了，天气一般，多云转阴，上午还飘过了一阵细雨。好在约的是室内照，阴晴无碍。

下午一点半，冰冰就在春风照相馆门前晃，他头一个来。跟大家约好了是两点，照相馆下午也是两点开门，他早到了半个小时。半小时后，王先生走来。王先生家应该离店不远，他大概中午要回家吃饭休息。王先生看到了冰冰，夸张地上下打量他，哎哟，不错啊，老登样的。

冰冰剃过头了，三七开，还上过蜡，油光光的。衣服也是新的。他还穿了皮鞋。他的左胸前别了一枚金光闪闪的毛主席像章。

王先生说，今天的事情他是记得的，这个时间点他已经完全留给了他们。王先生要冰冰放心，会拍好的。王先生又去开照相馆的门，那扇门好像总是很难开，要开半天。冰冰说，王先生，我再提个要求好吗？

说。

我是想，冰冰说，能不能把我们的毕业照放放大，然后在你的橱窗里挂几天，也让我们出出风头。

王先生想了下，说，这个么，也要看的对不对？要是拍得好，你不讲我也是要挂出去的。可要是拍得不好，要是，呵呵，你带来的那几个人长得怪里怪气的，那我就难办了，是吧。我这个照相馆也是要做生意的。你理解的吧。

他们都长得老好的。

要是都像你，那就放心好了，我就是请，也要把你们请到我的橱窗里去的。

王先生哈哈笑，进门去了。

照相馆门前有花坛，冰冰就坐在花坛的石阶上等。他有点忐忑。他想但愿他们不要邋里邋遢地就这么跑来了，让王先生笑话。

金麦来了。赞的。金麦也是新剃头，他是一边倒的发型，酷酷的样子。他的衬衣很白。金麦扬手向他打招呼。金河随着金麦也走来了。也赞的，她把头发盘了上去，显得很高贵，而且人也变高了。她的前刘海卷过了，大概是用火钳烫的，刘海像两只鸟在她饱满的额头上跳动。他俩的胸前都别有像章。

文武来了，冰冰看文武，不爽。他的下半身还可以，白球鞋，球鞋上涂了白粉，看得出来。裤子也说得过去，藏青的，半新不旧的。可是下半身无所谓的，又不是全身照，关键要看上半身。文武的上半身有点不像话，他套的是运动衣，洗得都看不出本色了。

冰冰说，文武，你的上半身不行。

怎么了？文武问。

这件运动衫太旧了，一会儿照相馆看看，王先生大概有新衣服，专门用来拍照的。

文武说，运动衣是上次比赛拿冠军奖的，我是特意翻出来的。有纪念意义的。你看到上面的字吧。文武要冰冰看他的左胸前的那一行小字。冰冰细看，也没有看清。他还是摇头。

阿松来了。他好像没有什么变化。他挎着一个大包，一头长发油腻腻的。感觉上他没有把拍照太当回事，平时什么样，拍照还是什么样。

几个人看阿松，都不说什么。阿松的脾气有点怪，大家说话都比较当心。要是说他画得不好，他可能当场就撕掉，要是说他别的什么不好，他或许扭头就走，而且再也叫不回来。

海洋来了，他的走路的样子与众不同，像是脚下有弹簧，一蹦一蹦的，所以，远远地就能认出他来。众人看他，笑了。先是以为他套了一个长衫，就像旧社会测字先生穿的那种，后来近看，原来是一件派克大衣。大衣很长，差不多拖到了他的膝盖处。冰冰想起来了，有一次过节，冰冰见海洋也是穿了这件派克大衣在街上逛。海洋说这是他爸当年结婚时穿的，就穿了一次再也没穿过。他爸已经把大衣送给了他。

海洋走近了，他不笑，很严肃的表情。大家也紧张了起来，意识到一定是发生了什么事。

赵小雷可能来不了了。海洋说。刚才我来的时候碰到三十号阿姨，三十号阿姨讲昨天夜里赵小雷他爸突然休克了，后来救命车送到医院，医院已经报病危了，现在大概已经死了。赵小雷和他妈现在都在医院。

三十号阿姨是大嘴巴,可根据以往的经验,她说的话多半都是真的,不会空穴来风。

众人大惊。

王先生一直在等他们拍照,后面还有好几家客户在排队,一个全家福,一个结婚照,一个大头照。但是那几个要拍毕业照的竟然还在外面磨蹭。王先生不耐烦了,跑到门外来催。

王先生看到他们都坐在花坛边上,齐齐地坐成一排。这时候是侧光,三十度左右,一排人看上去整体形象真是不错,照片成功在望。王先生来了兴致。王先生也是一眼就注意到了文武的运动上装。王先生指着文武,你,一歇会我找件清爽一点的夹克衫让你穿,中学毕业照,一辈子就拍这么一张照,哪能瞎穿一气。

文武不理他。

王先生说,哎哎,那么进来拍呀!坐在外面做啥啊?

冰冰说,还缺一个人。

王先生这才点人头,六人,果然还少一人。王先生很不高兴,王先生问,那一定要等吗?

冰冰点头。

这个时候,店门口一个阿姨在嚷,王先生,店里厢有厕所哦,小囡要拉屁屁了。王先生赶紧说没有的,没有的,拉屁屁要去饭店拉,就是饭店一楼卖大肉包子铺的旁边。又有人跑出来嚷,来不及了来不及了,已经拉在店堂间了。

王先生头都大了,他不理会面前的几个人了,转身赶紧回店里去。然后王先生处理㞗㞗，又拍全家福照，要让一家人笑，还要笑得好，笑得自然，王先生真是使出了万般武艺。等做完了这一单生意，他再跑出门来看。

打算拍毕业照的一排人已经不在了。那是不拍了，还是什么意思？王先生问自己。

6

赵小雷立在中心医院的手术室外,母亲坐在走廊上的长条椅上。母亲脸色蜡黄,快虚脱的样子。手术室的门一直紧闭着,门的上方亮有红灯。医院的整个空间里都是福尔马林和酒精的味道。赵小雷一直在恶心,他有点想吐。

半夜,响起了敲门声。是两个男人,看不清他们的脸。来人告知说,赵工休克,在西区的一个什么分厂检查工作,突然倒下了,已经叫救命车急救去了中心医院。

赵小雷知道,父亲身体不好,时常头晕。医生怀疑他脑部有问题,可是他也没太当回事。父亲要造万吨巨轮,重任在肩,没日没夜地忙。

赵小雷和母亲赶到医院的时候,父亲还在抢救,没有苏醒。后来医生来了,医生说,检查过了,患者病历也调来看了,估计是脑部肿瘤造成的出血,要手术。可能成功,或许失败。要家属签字。母亲手抖,拿不住笔,笔掉了。母亲让赵小雷签,他就签了,他重重地在告知书上签下了自己的名字,连他自己也不知道,为什么要使那么大的劲。他只是觉得天要塌了。

赵小雷签字的时候,是上午九点。在这个时间点上,他真的是一点也没有忘记下午两点的事,要去春光照相馆,他们七个人要拍一张毕业照。来医院时他还特意穿了件新的白衬衫,他还在犹豫,衫衣是塞在裤子里的好,还是散在裤外的好。他想无论如何要去拍照,要让父亲高兴。

父亲被推入手术室后,赵小雷的脑子就开始发懵。午饭几乎没吃,就喝了瓶橘子水。橘子水在他胸前滴落下很大的一摊,他不在乎,也没有多想。这个时候他全身心都牵挂着父亲,父亲在手术室里,躺在手术台上,脑袋被利器凿开,生死未卜。

终于等到手术结束了,父亲被推了出来。医生说肿瘤不大,多半是良性的,切除掉了。手术可以的,命保住了,接下去看起来问题不大,当然百分百的保证是没有的。因为脑血管上的事情,非常复杂,还是要继续观察。

父亲的面部表情很普通,就像平时睡觉那样,就是脑袋上缠满了纱布。他被推走了。

在走廊的某一面墙上有挂钟,赵小雷不经意间抬头看了一下,两点十分。他突然想起了要拍毕业照。他扇了一下自己的嘴巴子,赶紧就往外跑。母亲怎么叫他也听不见。

到照相馆差不多还有四站地。待赵小雷骑车到的时候,已经是两点半了。王先生在摄影棚拍照,可以听见他在说着什么。赵小雷去棚里看,一对新人正对着镜头笑。

他出了照相馆,无力地坐在了花坛上,大口地喘息。

一会儿,王先生那单生意做完,出来透气吸烟,他看到了呆坐在那里的赵小雷。王先生过来,问,你是那七个人一帮的?

赵小雷沮丧地点点头。

王先生说照片没拍，就是因为他没有到场。赵小雷听王先生这么说，心里好受多了。那意思就是说，毕业照还是要拍的，不过是换了个时间。

为什么晚来了？王先生问。

我爸病危，脑子里生了一个瘤。

哦？王先生露出吃惊的样子。他又想了想说，脑瘤是很凶险的病啊，那，家里都有什么准备吗？

赵小雷没反应过来，他不明白王先生的意思。

你不要以为我的话触你霉头啊，我是讲，万一，万一，那么，你爸的照片啥的，有准备哦？

赵小雷这次听懂了，他摇了摇头。

王先生不再说什么，转身往照相馆里走去。赵小雷叫住了王先生。他问，照片放大要几钿？

新拍的，放一张标准的遗照二十四吋，五只洋。要是老照片翻新放大，用不着那么多。王先生停顿，又说，你爸这个情况，只能是老照片翻拍了，三只洋可以了。

赵小雷回家。路上，他在想冰冰那天说的话。冰冰说，少一个不拍，多一个也不拍，就我们几个人自己拍。小雷越想越感动。他想向冰冰解释一下，前面就是冰冰家楼下了，他抬头喊了两声，没有回音。他想，算了，见面再解释吧。

母亲在做饭，从背影看，母亲像是一下子老了许多。赵小雷说，我来吧。母亲就把灶头让给了他。母亲坐到一边去揉胸，喝水。一会儿，赵小雷把饭菜做好了，一荤一素一汤。

母子俩吃饭。弟妹不在，放暑假了，他们去表姐家玩了，要住好几天。他们不在也好，父亲的事他们肯定也帮不上忙，多半还会添乱。母亲问他下午急忙跑了，什么事情。赵小雷就说了事情的经过。母亲表示理解，也有点遗憾。母亲说，她也有毕业照的，就是都弄丢了，不像小雷爸藏得那么牢。说到照片，赵小雷就想起了王先生下午说的话，赵小雷问母亲，爸爸有没有合适的照片，可以放大的？

母亲放下筷子，不吃了。你在瞎想什么呢？母亲说，你爸死不了的，用不了几天他就会好起来了，你就不要操心他的追悼会了。

晚饭后，赵小雷拉开抽屉，翻看父亲的相册。赵小雷其实是个很固执的人，一旦有了想法，轻易也改变不了。他从相册中找到了一张父亲的标准照，他记得父亲的工作证上贴的就是这张。照片上的父亲显得很精神，就是眼镜好像戴得有点歪，不过，这也没什么。

阿松在家里整理颜料，油画的，水彩的。白色和蓝色他用得特别多，又快用完了，要去买了。可每次买颜料他都很难向父母开口，颜料很贵的，尤其是油画颜料，他自己也算过，一管小小的钛白，差不多可以换四个鸡蛋了。

敲门声，阿松开门，见是赵小雷。

阿松把赵小雷领进了自己的屋子，赵小雷垂头丧气地坐下。

阿松问小雷，下午怎么回事，他们等了他许久，实在等不下去，大家才决定这次放弃，下次再约。

阿松又说，听海洋说你阿爸重病住院了。

赵小雷把情况大概地说了下。

好像很危险啊。

赵小雷说是的，尽管他妈说会好起来的，可是万一呢，万一呢？他的口气有点像王先生的口气。他掏出了皮夹子，又从皮夹子里取出了父亲的标准照。

想请你帮个忙，算我们两人间的事，外面不说，尤其别让我妈知道。喏，这是我爸，你帮忙画一下好吧。要大一点的那种。

阿松接过了照片，细看。

我就怕他会死。赵小雷哭了，他抹了下眼泪。他在手术时，我就在手术室外面，听见好几个人在说，活不了几天了。

可是我没有画过遗像啊。

黑白的，赵小雷说，大小就和那张差不多。赵小雷指了下墙上挂着的阿松自画像。每过一段日子，阿松就会给自己画一张像，彩色黑白的都有。现在挂墙上的是半年前的自画像。炭笔画，对开纸大小。他把自己的眼睛画得很黑很亮，嘴画得很白。

其实可以叫王先生翻拍放大的。阿松说。

翻拍太贵了，我妈肯定也不会同意。还有，要是用不上呢？

好的，我试试。

赵小雷从阿松家出来。遇到了欢欢。欢欢骑车回。欢欢就住他家楼下，母亲是中心医院的护士长。欢欢和赵小雷同届而且同校，但不在一个班。她哥哥去了黑龙江建设兵团，她留上海没问题。

欢欢下车。说，哎，听说你阿爸病危了是吧？赵小雷说是的。欢欢问那到底是什么病啊，都在传，说得老吓人，就是没人能把病说清楚，有人说是肝，有人说是肺，哎哎，到底什么情况？

你妈也不知道吗？

她这个月一直在川沙乡下巡回医疗，不在家。

脑瘤。

啊？那他还好得了吗？

开掉了，据说是良性的，现在是安全了，不过也难说的，万一呢。

欢欢说赵工一定是脑子用多了，老是抱着一大堆图纸回家。赵小雷说他爸分分钟都要看图纸，有时候不睡觉，就把图纸铺在地板上，趴在图纸上看，实在屏不牢要睡了，就睡在图纸上。

欢欢推着车走，赵小雷跟在边上。赵小雷其实有点喜欢欢欢的，尽管欢欢并不怎么漂亮。他在她身边走的时候，可以闻到欢欢头发上的药皂味。赵小雷妈妈也一直用这个品牌的药皂。

欢欢停下。

小雷，欢欢说，我们都是很现实的人对吧，我提个建议你不要生气噢。是这样的，你是长子，务农档对吧。不过你要是单亲家庭的话，那就有可能留在上海了。这个你想过吗？

赵小雷一惊，他真的没有想过。

你肯定没有想过，不过我觉得你应该想想。现在你爸躺在床上，生死不明，而且即便是醒了，要是植物人了怎么办，要是残疾了怎么办？你应该把这个情况向学校反映一下，而且你还应该去船厂开一张你爸的工伤证明。反正我觉得我们都是成年人了，自己的命运应该自己把握。小雷，我是瞎想的，也可能是瞎说的啊，阿弥陀佛，祝你爸早日康复！

7

赵小雷走了后,阿松就锁上屋门。他又到了窗前。

小孟老师在家里忙,但是看不清她在忙什么。他举起了望远镜,想想,又放下了。有时候他觉得凭感觉也可以画,或许效果更好。现在他画了起来,随意而自由,落在纸上的是她,也不全然是。他用的是尖头炭条,他突然想到了遗像,遗像也应该用炭条。黑白的,暗部可以画得很深,高光处可以小刀轻轻地刮出亮点。

毕业前一个月的某天,他去青年宫观展,那里在举办全国中学生美展。阿松有作品入选。以前他也有过参展经历,不过那都是小展,这次是大展。

青年宫挺远的,他要坐公交十几站地,下车后还要走一会儿。那天他带上了画具,他想看到好作品,可以当场做点临摹。

到了以后要买票,跟门卫解释说,他是参展作者,也没有用,必须买票。阿松只得买票入。展厅里人很多,阿松往人多的地方挤,好不容易挤到了前排,看到的居然是自己的画。

三幅画,画幅不大,六十乘七十厘米的,但是三幅排列在一起看上去也有不小的规模了。布展的灯光用得很好,小灯准确地打在画面上,显得色彩非常明亮。有观众说是水彩画,也有人说是水粉。阿松告诉他们是油画。没人理会他。后来有人忍不住了伸手去摸,手被另一只巴掌打掉。阿松又说,摸一下没关系。还是没有人理会他。几个小朋友在他的画下临摹。他们应该是学校美术组的,也许是少年宫美术培训班。阿松探头看了一眼,他暗自摇头,不堪入目。

三幅画都是女生的半身像,女生的笑脸在晨光下绽放。

阿松进中学后,遇见了教美术的华老师。华老师是下放到基层的知名画家。华老师在学校的围墙上挥洒大型壁画,阿松就在边上看。华老师打了草稿,那是六个女生的半身像。华老师说,早上他看到女生们挽着臂膀唱着歌一路走过上学去,然后就有了灵感。又对阿松说,如果你想画,就一起画吧。阿松后来就画了其中的三个女生。华老师表扬他画得很好。再后来,阿松又复制了那三个女生,并成功地把她们挂在了展览厅里。三个女生是有原型的,阿松认识她们,但是不熟。她们和阿松同届,眼大的那个要务农,嘴大的那个也是务农,唯有那个圆脸的,应该可以留在上海,不过好像是生产组的档次。

那天在展厅里,他遇到了小孟老师。小孟老师站在他的画前专心地看,还伸手去碰了一下。小孟老师在看画的时候,阿松就躲在人堆里看她。他觉得她那天特别的美,她的风衣是紫罗兰色的。

小孟老师扭头也看到了他,随后两人就一起观展。

小孟老师说，人真多啊，画展很成功。知道昨天开展，因为在忙他们的分配划档工作，实在脱不开身。今天星期日，就赶紧来了。阿松问，小孟老师喜欢看画的吗？小孟老师说是的，非常喜欢，尤其是自己学生的画。她示意了一下那边的"三个女生"，说，一定要看的。

　　然后他们一起坐公交回家。阿松抢到了座位，他请小孟老师坐。小孟老师坐着，阿松立在她的边上，十几站地，一点不累。那天，小孟老师就向他透露了，学校打算保送他去美校，那边已经有人来谈过了。

　　我有时候见你老是立在窗前，小孟老师突然说，你是在看什么呢，看星星月亮吗？

8

晚上，金河约了冰冰去散步，要讲讲清楚。

正要开步走，冰冰突然想起忘了向母亲请假了，又赶紧返回家去请假，金河就等。等了很久，冰冰总算来了，冰冰说，对不起，让你久等了，我妈事情多，这个你晓得的。

金河说，没关系。

两人穿过了一条街，拐进了某条肮脏的小道，他们打算抄近路去中山桥上。走小道会遇到一个酱园，酱园的露天部分有好几个大而扁的木盆，总有阿姨在木盆中踩咸菜。

又有阿姨在踩咸菜，两人加快步子赶紧走。阿姨边踩咸菜边喊，哎哎，冰冰，泡小姑娘啊，当心我告诉你妈噢！

金河问冰冰，你认识？

我们楼下的三室阿姨。

我从来不吃咸菜，冰冰说。那些咸菜好像都是被他们踩过的。金河没有接口，她在想，她是喜欢吃咸菜的，炒毛豆，炒肉丝，炒豆腐干，她都喜欢。

他们站在中山桥上，苏州河还是臭，可后来闻到了一点甜味。甜味是不远处的酵母厂传来的，酵母厂的甜味其实也不好闻，但还是比苏州河的臭味好闻些。

冰冰掏出手帕,时而捂鼻子时而捂嘴。

金河没他那么讲究,她一般不带手帕,所以无论臭味或是甜味,她只得忍着。

金河的谈话主题还是要他讲清楚。金河说她肯定是要去乡下的,那他们两个到底要不要继续发展下去,如果不想了,那就断了吧,不要这么暧昧不清的,太累人了。

冰冰说,他有一个想法,他的想法就是金河留上海,让金麦下乡去。金麦到了乡下,肯定用不了多久就发病了,坐坐救命车啥的,那么到时候就想办法,让他病退回上海。这样,两全其美。金河可以留上海,她弟弟也算完成了他们家的下乡指标,也可以回到上海。

金河真是没有想到冰冰居然有这样的歪脑筋。

乡下缺医少药,他要是死了呢?或者要是他再怎么病,可就是办不了病退呢?

生命怎么会这么脆弱,冰冰说,病退我看多半是可以办成的,三十四号里的那个阿戆,不是退回来了吗?就是因为他戆了一点,摔断了一条腿,人家就把他退回来了。退回来又怎么了,最差的就是进生产组了,粘粘纸盒子,跟残疾人、老阿姨瞎吹吹牛,日子也过得很快,我看也蛮适合金麦的。

金河扭头要走,冰冰一把拽住了她。

我妈这个人你是知道的,她这个人动不动就要昏过去的,是真昏,不是假装的。我的事情她管头管脚那是一定要管的,要是不服管,她就昏过去,你叫我怎么办?

她不可能让你跟一个乡下人继续交往的对吧。

冰冰不言。

我明白了,讲清楚就好。谢谢你,让我也解脱了。

那我们还是朋友,对吧。

当然还是朋友啦,其实我们之间也没有什么的。我们互相间就是有那么点好感而已。人家在乱起哄,不过如此,我们都不要当真就好了。

冰冰一脸的可怜相,金河突然对他有了点怜悯。她伸出手去,握了下冰冰的手,他的手冰凉,胜过他们倚着的桥面上的石头墩子。

金河说,哦,我还有个事想确认一下。你和你们楼上的美玲是怎么回事,上次我看见你和她在荡马路。你说吧,我承受得了。

没有什么事,冰冰说,就是我妈叫我陪陪她,她和她爸吵架了,不肯吃饭,绝食了。我妈讲,那样身体要垮掉的。

美玲也是我们这一届的吧,她是上海工矿档?

是的,她有一个姐姐去了黑龙江。

以前没听说过她有过姐姐啊,怎么突然冒出个去了黑龙江的姐姐?

不知道。反正她爸是单位里的头头,她的表哥是市里的大头头,他们家大概什么事都可以办成。

懂了,金河说。又问,那你陪她散心,她就的心情舒畅了吗?后来她吃饭了吗?

那是肯定的,回去后就肚子饿了,喝了一大碗酸辣汤。

金河又抬头看冰冰,想笑,可是怎么也笑不出来。她突然觉得,面前的这个美少年,怎么就是长不大。

她转身走了。

金河走后,冰冰就一个人回家。他还是要穿过那条小道。三室阿姨还在踩咸菜,并伴有歌声。

冰冰停住了,站在那里看。三室阿姨抬头注意到他。

哎?小姑娘呢?脸色介难看,啧啧啧,吵架了吧!小姑娘么要哄的呀,你要是不好好哄,再好的小姑娘都要跑掉的呀。

半夜,金麦憋醒,他觉得喘息困难,他摸到了床头的喷雾剂,对着口腔喷了两下,缓解了。

他起床去尿尿。在经过金河的房间时,他听见了她的压抑的啜泣声。他尿完了,金河还在啜泣。他知道金河今晚和冰冰出去过了。他想去劝劝,叫她别哭了,后来还是放弃了。金麦回到自己房间,上床,然后就再也睡不着了。他想,金河那么聪明,那么强,看上去什么都好,不过她其实也蛮可怜的。

傅星油画　西站

9

西区火车站边上,有个地下防空洞。防空洞反正弃之不用,就改造成了体育场所,洞里有好几张乒乓球桌。一般情况下,文武就是在这个地方练球,当然也会去条件好一些的训练场,不过机会不多。

文武的教练是大胡老师。

大胡老师既在某个学校教体育,又担任区中学生队的教练。大胡老师是在联赛上看中文武的,他看到一个精瘦的小孩动作很活络,打球聪明,长短板左右角思路清晰,意识特别好。大胡老师喜欢这样的性格。每次有小学生比赛大胡老师就来觅苗子,难得有他眼睛一亮的时候。那次联赛结束,大胡老师把文武叫了过来。

紫杉小学的?大胡老师问,文武说是。那时候,文武才小学三年级。

以前在哪里打球的?

门板上。

就是弄堂口的门板?没有在乒乓球桌上打过球?

打过,很少,学校里老师要打,我们打不了。要是有比赛可以打几天。

爸妈都是干什么的？

会计。

喜欢打球吗？

不喜欢。他们天天晚上玩跳棋。

大胡老师对文武的父母有点失望。他是在赛场边上的休息室里跟文武谈的，在休息室的桌上有一个破面盆，里面装着切片西瓜。文武在回答大胡老师问题时，不时瞟一眼西瓜。大胡老师一开始就注意到了。他一摆头，说，去吃吧。

文武就去吃西瓜，吃得稀里哗啦的，一块又一块。

在文武吃西瓜的时候，大胡老师就在本子上记下：缺点，不够专注，注意力好分散，馋。

以后好几年，文武就跟大胡老师学球。

文武先前的一块球板是父母给买的，就三块钱一块板。球碰在板上，声音卟卟的。大胡老师很不满意文武的这块球板，但是也不好说什么，他知道文武家里经济条件不怎么好，再买一块球板的要求有点过分。后来，他就自己掏钱买了球板送文武，那块球板文武一上手就喜欢了，球碰在板上的声音砰砰砰的。

大胡老师喜欢文武，教的时候很尽心，也很严厉。有时候，文武注意力不集中，三心二意，一个动作怎么也记不住。大胡老师上去就是一巴掌，或许，一脚就踢了上去。然后，文武就记住了。

有一段日子，防空洞的地面坏了，要重铺水泥地，可训练是不能中断的，然后文武就在烂污泥地上练，赤脚，烂污泥弄得身上都是。后来文武的脚都烂了,大胡老师给了文武一点红药水,还有一点紫药水,还有两支药膏。文武回家后,洗洗,痛极了。屏住,大胡老师说了,冠军不是这么好拿的。

那些药水药膏抹抹好点了,再练,又烂了,再抹。

有时候,会练到很晚,晚到真的忘了时间了。文武没有手表,大胡老师也没有。文武记得大胡老师以前有表的,但是后来不知为什么不见了,取代他那块腕表的是一个小闹钟。大胡老师把小闹钟塞在包里,但是小闹钟经常出错,错得离谱,根本靠不住。

师徒俩走出防空洞,往往天已完全黑了。文武的肚子饿极了,周身一点力气没有。有一次,大胡老师拉开包,看小闹钟。说,不过才六点么,才霜降,怎么像冬至夜。然后大胡老师说,我们去吃点东西吧。他们去了一家饮食店,人家已经打烊了。店员说,师傅知道几点了吗?店员闪身让大胡老师看挂钟,八点多了。

极度训练后,或是赛前,大胡老师时常会带上文武去开开洋荤。其他学生他从来不带。别人都走光,他继续训练文武,一直把文武练趴下。然后大胡老师用球拍把一只球击向远处,没有目标,那只白色的乒乓球极度旋转,在这个地下的肮脏的空间穿越,不知落至何处。随后,大胡老师就带着文武去吃东西。

在饮食店里,大胡老师通常会点两碗大排面,外加两个肉包子。一人一份。文武吃得快,一会儿就吃完了。大胡老师就把他还没有吃的让给文武吃。

学校上课无所谓的，文武去和不去随心所欲，如果去比赛连请假都不必说，事后解释一下就可以了。唐永义知道文武的情况，在上课一事上，对文武从来就是网开一面。文武参加过各种比赛，片区的、全区的、市里的、某个系统行业的。一开始文武只是参加单打，输就输了，滚一边去。后来逐渐地被安排进了团体赛，压力倍增，那个事关集体荣誉，只能赢，不能输。

　　在赛场，大胡老师就是现场指导。文武有时被对方打得满地找牙，他回头看一眼大胡老师，好像就有了应对的办法，好像就可以长分了。文武只有在这个时候才能看到大胡老师的笑脸，其实大胡老师笑起来挺可怕的。

　　大胡老师举手，向场边裁判叫暂停。然后，文武从场内下，大胡老师已经立起，他一只手提着大毛巾，另一只手拿的水杯。文武过来，丧的表情，又有不买账的样子，大胡老师把大毛巾和水杯递给了文武。

　　嘿嘿，大胡老师笑，并看着文武擦汗，喝水。

　　那么，我就想问问，你还想打球吗？大胡老师问。文武不言。大胡继续嘿嘿地笑，说呀，说真心话，还想打吗？文武点点头。大胡老师说，哦哦，这样啊，好好，好好，那我知道了，你还是想打球的，去吧，我知道了。这个时候暂停时间差不多也到了。文武回到赛场，他感觉到自己充满了力量，而且大胡老师嘿嘿干笑造成的恐惧，让文武不敢后退半步。他身上的每一个细胞、每一处肌肉都在跳跃，他奋力地击球，像是要把球击碎了一样。他几乎是扑在球桌上打，对手吓死了。

文武去比赛，多半是赢。当然也有输的时候，输得合理，大胡老师会宽慰他，世界冠军也有输球的时候，你去问问，庄则栋李富荣徐寅生，哪个不输球。但也有大胡老师不原谅的时候，他再怎么笑也无用，就是输，一败涂地。而对方其实并不怎么地，甚至各项技术都要比文武弱。

然后文武必须接受大胡老师的灵魂拷问。

你注意力不集中，分心了是吗？

文武不言。

想想，好好想，整场比赛，在哪个时间点上分心了，第几盘，第几局，哪几个球的时候？

文武想起来了。

说！

我看到我妈来了。

啊？

不过后来才看清了，那不是我妈，就是一个像我妈的女人，老是在边上晃来晃去的。

大胡老师狠狠地拍球桌。就是你妈来了又怎么样，你妈来了你就不会打球了？

不知道，她说过的要看我比赛，我就怕她来看我打比赛，她要是坐在边上看，那真是太吓人了。

在学员的备忘录里，大胡老师不止一次地记录下了文武的性格弱点，注意力易分散，易受外界干扰。

后来有一场比赛，文武上场，这一次他确确实实地看到他妈妈在场,就坐在大胡老师的边上,父亲也在,还有姐姐妹妹。文武的脑袋嗡嗡叫,他又看到大胡老师冲着他笑。他明白,这是一种所谓的脱敏训练,好像是大胡老师发明的,就是说比赛时你怕什么,训练时就给你什么。

那场比赛文武赢了。妹妹说,文武,你打球真够帅的。我第一次看你打球。母亲父亲都是头一次看儿子打球。母亲说,要感谢大胡老师。文武的父母亲从心底里感激大胡老师,原本他家文武就是一抓一大把的那种,哪想到经大胡老师一番调教,居然可以如此风光地出现在赛场上。文武赢球的那一片刻,母亲激动得呜呜地哭。

有一天,训练课后,大胡老师说歇歇,聊会儿。师徒俩爬上了铁路道口的那个桥头堡上。桥头堡是"二战"的遗留物,文武以前跟冰冰,海洋他们来过。海洋还抱着一只不知从哪里弄来的一只花猫,说要让它开开眼,什么叫桥头堡。

两人坐在桥头堡上。

有一列货车驶过,装满了煤。不知从哪里来,也不知去向哪里。文武数火车,可数数就忘了。太长了。列车驶过,周边又恢复了宁静。大胡老师抽烟,但是绝对不许文武抽,抽一口玩玩的想法都不能有。

大胡老师说,再过不久你就要毕业了吧。

文武说,是。

有什么想法。

我是长子,务农档,多半是去近郊,崇明或者是奉贤,不过也有可能是去大丰、黄山这种地方。

大胡老师说,有个事我就透露一下,市体工集训队要招生,负责人老沐是我的老领导,他那天来找我,希望我考虑调去他们那里当教练。

文武说,哦。

我想去。当然,光有教练哪里够,还要有好的运动员,运动员哪里来,当然去比赛中找,这个,来不得半点虚假。我跟几位业内朋友做了个选拔方案,要在近期举办一次中学生联赛,能进前三的,就招进集训队。

那如果是务农档的怎么办?

这个事情也考虑过了,你选了人家,人家也去不了,那不是白忙吗?所以我们就想如果要了,那就应该无论是硬档软档活络档工矿档务农档,无论什么档都是狗屁,通通滚蛋。体工集训队才是老大,那是在向国家输送人才,还有什么比这个更重要。

文武点头。

听懂了吗?大胡老师问道。

懂了,文武说。我要参加比赛,进前三。

大胡老师伸出手来,重重地摸了摸文武的脑袋。然后,大胡老师从他的大帆布包里取出了一瓶牛奶,把牛奶给了文武。

喝!

文武不接,他疑惑地又抬头看大胡老师。

喝掉,从现在开始,要多吃肉,壮肉,越壮越好,当然牛肉更好。要多喝牛奶。这几个月是最后冲刺的阶段，体力太重要了。你要加强步伐，右攻、左推都要加强，搓球现在也不行，缺少攻击性。接发球也不稳，而且太单一，还有那个近网球，怎么老是摆、摆、摆、摆，摆得死人家吗？就是要挑打，说过多少次了。上一回比赛，输就输在近网球上，我说过多少次了，要上步要上步，步子要跟上，为什么就不听呢？你要有这个意识啊，你怎么就这么笨呢！

大胡老师说着说着又来气了，把文武的骷郎头晃来晃去的，弄得文武头晕目眩。

文武回到家，突然变得很沉默了。一开始家人并不在意，只当他打球累了，后来发现不对了，怎么呆头呆脑的，这个样子还怎么比赛啊。父亲说，可能是要毕业了，担心的吧，母亲说，就是担心也没用啊，都要去的，没有办法的事。父母亲愁眉苦脸的。妹妹去问文武，你要去上山下乡，吓死了？你要怕那我替你去好了。妹妹比文武小七岁。

文武把大胡老师关于比赛、选拔、要多吃多喝、进集训队、让档次见鬼去什么的跟家人说了。妹妹听见了。她大瞪着眼看文武，然后想了想，点点头。她说她听懂了。文武问她听懂了什么，妹妹说，以后她不吃肉了，全部留给文武吃。

文武笑。

文武很快就喝上了牛奶。喝牛奶的钱是母亲跟娘家人借的，说是给老公治病用的，她不敢说文武选拔赛的事，这个事八字不见一撇,怎能张扬。文武要是不去上山下乡,那最好不过了,想想,农村真是太苦了。楼下的阿伟,去了贵州,去年回来少了一条胳膊,据说被蛇咬了一口,就把胳膊锯掉了。小时候,文武还是跟人家一起打球的,楼下那块当作球桌的门板还是阿伟家的呢。

关键是三场比赛。第一场是片区中学比,第二场是全区的中学比,第三场是决赛,全市的中学比。第一场什么时候比的不知道,文武是怎么赢的也不知道。第二场是在毕业前几天比的。

那天冰冰约了金河、金麦、阿松、小雷、海洋在一号花园碰头。众人问什么事,介急?冰冰说他才得到消息,文武下午要去比赛,区级的。

那又怎么了,金河说,他不是一直比的吗?

冰冰说,这次不一样,这次是选拔赛,参赛的有几百名,要选出三十六名进行决赛。如果决赛能进前三,那就可以进市集训队。知道进了集训队意味着什么吗?

几个人摇头。

进了集训队,那就是一条腿跨进了国家队,那以后就可以和庄则栋、李富荣他们一道打球了。

那还去农场吗?

还去个屁啊。冰冰说,文武要是赢了,那他就是最硬的档次了。我叫你们来,就是去帮文武喊喊,有人喊总归比没人喊好吧。几个人都说是。阿松说,现在就去吗?冰冰说,在体育宫,坐车大概十多分钟，走走一个半小时。大家看呢？

坐车，众人说，急不可耐的样子。阿松说，你们等我一下，我回家一趟，一会儿就来。阿松回去是拿画具，他想那肯定是个很好的写生场景。

坐公交，很快就到了。

他们站在了体育宫前。体育宫是栋洋楼，造型很别致，穹顶，大窗。虽然因为政治运动弄得脏兮兮的，但是瑕不掩瑜，整个洋楼依然透着旧日风情。

阿松掏出画具，照着洋楼画上了几笔，又自说自话地添了个小人。那是文武，上半身的姿态有点微微前倾，打球打的。文武是右手握拍，昂扬的样子，好像他已经是冠军了。

众人往体育宫的门内走去。

又站住了。

大胡老师立在门口。除了冰冰，别的人都没有见过大胡老师。冰冰有一次在哪里打球，也被大胡老师注意到，那是因为冰冰身高臂长，护台面积大，不仅如此，还很会吼叫。大胡老师喜欢会吼叫的、有气势的人。后来大胡老师约了冰冰试训，试了两次，非常失望，就放弃了。

协调性太差了。大胡老师说。

冰冰其实不太懂什么叫协调性，不就是打球么，球来了狠狠地打过去就是了。

你怎么永远是蹩手蹩脚的。来来，做个踏步踏我看看。

冰冰就做踏步踏，一二一一二一，很别扭的，一侧的手和脚一紧张就是同出同回，冰冰自我感觉是有点不对，不太舒服，但是他越是想表现得好一点越是别扭，怎么也调整不过来。

那次旁边有更小的小女孩在练球，就像看西洋镜一样看冰冰蹩手蹩脚地踏步踏，笑得都直不起腰来。

大胡老师说，看走眼了，找了个小脑有问题的。

大胡老师来体育宫外抽烟，他抽的是最劣质的劳动牌烟，这个烟味有点难闻。冰冰叫他。他看冰冰，想了会儿，想起来了。

哦，试过你的，好多年了吧，又长高了。大胡老师又注意到了冰冰身边的那几个人，你们是西区那边学校的吧，这么远，来体育宫做什么？

冰冰说他们是来替文武加油助威的。

大胡老师一听吓坏了，搞什么，通通回去，他这个人受不了场外干扰的，你们那么多人，乱喊乱叫一气，还叫他怎么打？

他不是已经脱敏了吗？冰冰说。

呵呵，大胡老师怪笑，你还知道脱敏，脱敏这个东西，不可能百分百的，而且，今天脱敏了，他明天还会过敏的也说不定。回去吧，回去吧，晚上听消息就可以了。

来都来了，一众人就立在那里赖着，不动。

滚！大胡老师怒吼。

不远处有棵梧桐树，树下有一圈长椅子，他们就坐在那里。累，就是坐着也感觉到累。其实是紧张，就好像是自己上场一样。海洋还装模作样地做挥拍状。

海洋说，要是我能上场帮他一把就好了。没有人理他，知道他是没话找话。

突然从赛场内传出欢呼声，众人赶紧起身往体育宫方向看，可是什么也看不见。赛场门关得紧紧的，还有两个看上去挺厉害的守门人。

赵小雷说，就是有天生过敏的人，我表姐是学唱歌的。上个月部队文工团去他们学校招生，我表姐就去报考。考的那天我孃孃也要跟去，我表姐不要她去，她说自己过敏。我孃孃偏要去，我孃孃说她也不进考场，就在外面听听，那次我表姐其实唱得老好，声音响得把屋顶都要掀掉了。后来突然不行了，知道怎么回事吧？

众人摇头。

考场是在一层楼的，在外面的人踮踮脚就能看到里面的情况，我孃孃也踮着脚往里头看，我表姐正唱在兴头上，突然看到窗外她妈妈的面孔，当场就哑掉了，一点点声音也出不来了，好了，文工团也去不了，泡汤了。

众人不言。

金麦说，鼻炎、哮喘也是因为过敏，像我这种病，我想打喷嚏就打喷嚏，敏感极了。

金麦说完，向着太阳看了两眼，然后就开始打喷嚏，一个接着一个，没完没了。金河说，好啦！金麦就不打了，搓了搓鼻子，笑笑，像是什么事都没有发生过。

体育宫内也不再有响声传出，两个门卫坐在门前吸烟，发呆，看马路上的人来车往，他们好像对里面的比赛发生了什么，一点兴趣没有。门卫已是大叔的年龄了，不存在档次和分配去向的问题了。

突然体育宫门开了，许多人出来了。看上去有参赛的，也有观赛的。很激动的样子。有一个女生呜呜地哭。她就是参赛的，穿着运动服。女生身边一群阿姨爷叔，脸色都难看极了。没有人去安慰她，好像恨不得让她去马路上撞撞死算了。

这群人走过来，又走过去。

可以看到女生的左手上缠着胶布，还有膝盖上贴着伤筋膏药，女生哭声更响了。

金河同情女生，喊了一声，加油！

根本没有人听见她在喊什么，即便听见了又能怎么样。输了，就淘汰了，外地乡下去。

文武出来了，他的身边是大胡老师。大胡老师很严肃地跟文武在讲着什么，文武拼命点头，大胡老师又做了几个击球的动作，文武又是拼命点头。

直到这个时候，梧桐树下一众人还是弄不清到底是赢还是输。后来，大胡老师温柔地摸了摸文武的脑袋。文武傻傻地笑。他们这才释然，肯定地，又升了一级。

大胡老师带着文武前走，像父子，他们进了马路边上的一个饭店。一众人原本跟在他俩的身后，也不敢招呼，怕大胡老师，只能悄悄地跟，心里再怎么欢喜也不敢出声。

现在人家去吃好的了,他们转身走了。

第二天,文武跟他们说,昨天赢了。
众人说,知道。又问,决赛是什么时候。文武说初定是下个月的二十号,地点还是体育宫,只要进前三,他就成功了。
众人想,决赛的那天,他们应该都已经毕业了,具体去哪里也应该定了,不过多半还在上海,他们还可以去那棵梧桐树下坐着等,看来这会给文武带去好运。

10

有一天晚上,金河夜归,她现在吃了晚饭,就独自外出,也不跟家人说去哪里。

她东南西北乱走一气,只是走,走,一直走累了停下,再转个身,往回走。和冰冰摊牌后,她就一直心痛,这样走走,会舒服些。冰冰还老是藕断丝连的样子,还单独来找她。金河其实是个拿得起放得下的女生,不好就不好了,别再来烦她了。可是心里难受怎么办,那么就走路。

这晚她往回走的时候,差不多已经十点多了。金河胆大,不怕鬼,也不怕有人拦路劫财劫色什么的。她走过西区铁路站,经过那个桥头堡时,她看那上头有个人影。走近了细看,是海洋。金河叫,嗨,海洋!

有一列客车驶过,人影就消失了。金河有点怕了,这是她头一次在夜间走路感到怕。刚才看到的到底是她的同学海洋,还是幻影,还是通常说的鬼。据说,桥头堡下埋了不少死人,都是当年死在枪弹下的,夜晚这个地方常有鬼魂成群结队地出没,有时就是单个的孤魂野鬼。

金河匆匆地跑回家。

金麦还没有睡,他心情好像不错,也没有犯哮喘病,他坐在阳台上捧着半导体收音机听故事节目,很专注的神情。金河上前把金麦的半导体关掉。金石抬头看她,表情僵在那儿。

怎么了?金麦问。

刚刚遇到个怪事,说给你听听,你帮我分析分析。金河就把刚才的桥头堡身影一事说了。那你说,这到底是怎么回事?是海洋吗,还是别的什么情况?

是他!金麦斩钉截铁地说。

为什么?

有一个事,你肯定不知道,我也是刚听说的。海洋肯定是务农档对吧?

那当然,他是长子,下面还有三个妹妹。就是不知道去插队还是去农场。

现在情况变了,海洋的爸妈那天跟他彻底讲清楚了,海洋不是他们亲生的,是领养的,他的生母在湖南的一家军工企业,是当年上海技术人员支援大三线时去的。

金河听了大为吃惊。

其实他爸妈以前在说这事情的时候,海洋已经偷听到了,但是他吃不准到底真的假的,他也不敢问,生怕是真的,突然说他不是亲生的。你还记得哦,那天在长风公园,海洋喝醉了,一直在说我不是亲生的,我不是亲生的。记得哦?

嗯嗯。当时还以为他是喝醉了,乱说一气的。

其实不是乱说。就在前天,他爸妈正式向他讲明白了。他不是亲生的,他的三个妹妹,是亲生的。海洋爸妈瞒他瞒了十八年，以前还编故事，他妈说，她生海洋的时候顶着个大肚子去菜场买菜，突然要生了，遇到好心人学雷锋把她送去了医院，要不就把海洋生在菜场里了。海洋也把这个故事写成了一篇作文，小姚老师还在班里念过，你还记得哦？

嗯嗯。

那时候我们都在看一本监狱之花的小说，写小萝卜头的。海洋的那篇作文就起了名，叫"我差点成了菜场之花"。你还记得哦。

当然记得，中三时写的。那我问你，海洋爸妈为什么要这么做，既然瞒了十八年，那继续瞒下去又怎么啦？让海洋就把他们当作亲生父母又怎么啦？

是这样的，他们想把海洋留在上海，留在身边，如果海洋不是亲生的，海洋就算不上他们的长子，就可能把海洋重新划档，你看啊，他的生母在大三线，是响应国家号召去了那么远的地方，而且据说他的生母后来又有孩子，孩子也在湖南。那海洋就应该留在上海的，对哦？

金河无语。

我觉得他爸妈这么做也没什么，好吧，如果是你，海洋是你的小孩？

瞎说什么呀。金河打断他。

你是海洋的家长，金麦坚持往下说，你有两个选择，一个是让他去乡下，还有就是恢复海洋真实身份，留在上海当工人，你怎么选？

金河摇头,说,我不选择,我估计我这辈子也不会有小孩。那我问你,海洋的生父呢?

死了。

他生母为什么把他送了人,还有,既然当年送了人,现在来重新认亲,他们这么做想过海洋的感受吗?

金麦又摇头。我不知道,下午海洋叫我出去,然后我们就去了桥头堡。我把下午我们谈的都转诉你听了。海洋后来要我先走,他要一个人待着,自己要好好想想怎么办。然后我就走了。你看到他的时候,他大概还坐在那里想,估计很难想通,就一直在苦想。

金河说,那学校,分配办,唐永义会帮海洋的忙吗?这个事情大概也是很难操作的吧。

不知道。

11

第二天，金河从菜场回，她遇见了海洋。

你好吗？金河问。

当然好，我怎么会不好？海洋说。金河，我们七人帮的毕业照上次没拍成，再约一次好吧。

金河说，肯定的，你去跟冰冰说，要他尽快再组织一次，毕业照是肯定要有的。金河嘴里说着照片的事，眼里却是一直看海洋的表情，可是她看不出他有什么不对的地方。海洋还是那么开开心心的样子，他还翻了翻金河的菜篮子，看她买了点什么菜，他说金河买这些菜他一点都不喜欢，什么黄瓜土豆，最难吃了，海洋说他最恨他爸妈了。

金河心里跳了一下。

海洋说，他爸妈就老买黄瓜土豆这些，越难吃的东西就越要他吃。海洋长叹一口气，唉，不过反正也吃不死！然后他就嘻嘻哈哈地走去。他又看到地上有一只小麻雀，他就去抓小麻雀，一会儿，小麻雀连同海洋就消失在拐角处。

有一片刻，金河的感觉是什么事都没有发生，她甚至怀疑金麦是在恶作剧编故事。而在海洋的生活中，太阳每天照常升起，没有什么新鲜事。

海洋一家在吃饭,海洋闷声不响。三个妹妹也不说话,看来看去,她们在看阿哥和大人的脸色,家里的秘密好像也不是秘密了,外头都在传了。

养父张师傅问了句,去跟老师说了没有?

养母姚阿姨往海洋碗里夹肉,海洋吃了肉,还是闷声不响。然后海洋很快地吃完了,他放下了碗筷,出门。屋门砰的一声响,家人心震了一下。

自从海洋知道了自己的身世之后,在外面没什么,看上去没什么变化。可在家里,他基本上不说话了,偶尔跟妹妹说两句,她们还小,她们拖着海洋说话,海洋不得不说。不过也是很简短,多一句也不说。

他坐在桥头堡上看火车。他的口袋里会有一包或是半包烟。烟是他从父亲的抽屉里拿的,自己也用父母给的零花钱买过几包,以前他不抽烟,现在他学会抽烟了。

他抽着烟看火车,莫名其妙地,好几次,他突然想跳上火车,一道远去。这个时候,他的心是和远去的火车连在一起的。

晚上金河走路还是要经过桥头堡,有时候她会和闺蜜一起走,说点悄悄话。金河抬头,有时看到两米多高的堡顶上坐着海洋,他还是那样,勾着腰坐在那里。金河不会惊扰他,她不知道他在想什么。

好多天过去了,海洋在家里一直像个闷罐子。

更多的时候，他在外面玩，在树下打牌，脸上贴着白纸条子，嘻嘻哈哈、没心没肺的样子。在家里，家长又问海洋去学校说了没有，一定要去探探口风，看看到底有没有这个可能性。这个事情真做起来很烦人的，要时间的。

海洋还是不理。

他低着头弄手里的一只塑料玩具，他把那个玩具弄得会转，会跳起来。还会发出一种嘎嘎的奇怪的响声。

家长不打算跟海洋缠下去了，这要命的一步既然跨出去了，那么必须坚决地往下走去，家长商量他们自己去学校，一定要说个明白，要让这个宝贝的大儿子留在上海，一定要让他进入上海国企硬档的那种。

海洋的家长，张师傅和姚阿姨去学校的时候，在路上被文武看到了。

文武刚从学校出来，他是被唐永义叫去的，文武也不怎么喜欢唐永义。他真是太一本正经了，老是拒人千里之外的样子，毫无亲和力。唐永义把文武叫去，是问了文武比赛的事。以前基本不问，但这次问得很仔细。文武也说清楚了。

还有一场决赛，你没有把握，是这样的吗？

文武说是的。

唐永义说，那好，我等你消息。有了比赛结果你就立刻通知我，你可以走了。

出了学校，文武就看见了海洋家长。

文武叫阿姨爷叔。

阿姨爷叔神态紧张，他们不认得文武。他们没有睬他，只是往学校里去。

海洋、冰冰、金麦、赵小雷在一号花园打牌，他们打四十分。冰冰郁闷，一手好牌，输了。他的搭档是赵小雷，赵小雷的牌乱出一气。冰冰问小雷，你怎么回事，没睡醒啊。赵小雷摇头，打了个哈欠。

赵小雷说昨晚陪了他爸一夜。

冰冰说，怪不得，我看你晕头晕脑的。那你爸好点了没有？

还没有醒，大概要植物人了。

几个人沉默，赵小雷发牌，他的牌也发错了，底牌留了十张，其实六张就可以了。没有人责备他，只是让他把牌再发一下。

这时候文武来了，海洋抬头看文武。海洋说，哎，叫你叫不到，说你去学校了。文武说是的，被唐永义叫去了，问来问去，我都烦了，我真的不知道决赛是输面大还是赢面大，比赛么输输赢赢都是有可能的，反正看上去他比我都紧张。

海洋，你爸妈去学校了。文武说。

海洋呆住了。

众人沉默，都在想领养的事。

海洋突然立了起来，把牌桌子都弄翻了。他往花园外跑去。他跌跌撞撞地跑，像喝醉了酒的样子。

众人留在原处不知如何是好。

金麦说，其实海洋不想认他的亲妈。

众人看金麦，他们知道金麦说得不会错，海洋信任金麦。

一会儿，海洋又跑回来了。他匆匆忙忙的样子，又坐在了牌桌前。

不好意思，他说。去撒了泡尿，急煞了。来来，继续继续，打牌。海洋重新洗牌，他其实心灵手巧，拆装小物件什么的怎么拆的就一定可以照原样装上去，他也可以把牌洗得像花儿翻飞一样。他的脸色格外地苍白，手指在痉挛。

12

阿松去华老师家画图。是华老师要他去的。华老师说,你以后礼拜天来我家里画吧,我可以教你,你有很高的天赋,色彩的感觉尤其好,但是基础还是差,基础一定要打牢。

华老师家在复兴路的一条弄堂里,弄堂边上有家电影院,阿松去一次就记住了。往弄堂的深入走去,走到底就是华老师的家。

整个单元三个楼面都是华老师家的,一楼是厨房,二楼是会客厅兼卧室,三楼就是画室。阿松就在三楼画,画石膏像,大卫、裴多芬、维纳斯。

阿松把他画的石膏素描像给华老师看,华老师往往只是瞄上一眼,说,你没有画好呢。第二周,阿松继续画,华老师再阅,还是说,你没有画好呢。有一幅画,阿松画了五六次,可华老师的评语始终是,你没有画好呢。阿松有点丧气了,不想画了。华老师说,你要感觉到你的石膏像一敲就碎,那就算完成了。

阿松看自己的画,感觉的确还敲不碎,于是他只得再画。

阿松在画素描磨铅笔头,华老师就在边上画油画。其实阿松的兴趣在油画,可是华老师不怎么教他。另外,家里的颜料也用得差不多了,颜料太贵,他很难跟父母再开口了。有几次,他离开华老师家时，在一楼的畚箕里看到有扔掉的颜料管，他就捡了回去，有的还可以挤出一点，那就成了他的宝贝。

在华老师的楼门前，阿松按响了门铃。

开门的是华老师，华老师的头发梳理过了，还夹着包。华老师说，他有事要出门，晚归，要阿松自己上去画，画完后走时别忘了把门关死。

师母也不在，整栋楼里就阿松一人。他独自画，这次华老师布置的作业是画石膏牧童，上次阿松已经在画牧童了，这次接着画。

大约画了两三个小时，他有点累了，不想再画了。他口渴，桌上有水，他去喝水。喝完了，他提起包往门外走，在出门时，他突然注意到门口的橱柜门开着，柜子里有许多的油画颜料。

他最近在试着画小孟老师的人体油画肖像，但是某些颜料不够，有点画不下去了。

眼前有几支肉色的，就是一百七十毫升不大不小的那种。阿松在橱柜前立了好久。窗外传来了锣鼓声，好像又有最高指示下达了，锣鼓声逐渐地远去了。阿松还是立在橱柜前，他终于还是没有控制住，他伸出了手去偷了一支。这个时候，周边变得很安静，他可以听见自己的心跳声。

第二天，阿松走在街上，路上有同学叫住了他。同学说小孟老师找他，要他去学校一次。

阿松去学校，见小孟老师独自坐在办公室，见阿松，小孟老师满脸喜气。她跟阿松说，告诉你一个好消息，你在青年宫展出的那几幅画得了一等奖，非常了不起。

阿松听了这个消息当然高兴，不过他总是内热外冷的样子。小孟老师说，阿松，你过来。阿松往小孟老师的跟前去，小孟老师拉开了抽屉，取出了一盒油画颜料。

你已经毕业了，又得了大奖，这是我给你的一点礼物，是为了祝贺你。

阿松接过了小孟老师的礼物。

天热了，小孟老师今天穿的是连衣裙，淡紫色的，他觉得这个颜色非常适合她的肤色。

13

在中心医院某病区的走道上,着白制服的医务人员从赵小雷的身边匆匆过,突然有人叫住了他。

哎,是小雷吧。

赵小雷认出了,是楼下四室阿姨,护士长。护士长有时候是三班倒,白天也要睡觉。楼上赵小雷家人多,经常把四室阿姨吵得睡不着。欢欢会上门来打招呼。也有不打招呼的时候,只是用拖把往天花板捅捅,赵小雷家的地板会发出咚咚的声音。

四室阿姨把赵小雷拽到一边。

你不要去监护室了,三室阿姨说,你爸转移到我这个病区了,他醒了。

赵小雷心怦怦跳,他激动得想哭。

不过是这样的,你爸的这种病我见过不少。这个病要好彻底有点难,别看现在醒了,后遗症就很难说,而且也有可能再次出血。

赵小雷问,那,他会死吗?

护士长拍了他一下。别说这么难听的话,什么死啊死的,现在是既来之,则安之。病来如山倒,那我们就尽心尽力地去治。现在你们做家属的,要做到,唉唉,你听好了……

赵小雷拼命点头。

第一，别跟他说太多的话，要让他绝对静养；第二，吃得清淡，甜的和油炸食物都不要吃，我看你早上老是去买油条的是吧。以后别再买了。你爸不适合吃油条、油墩子、麻球这一类东西；第三，也是最要紧的，千万别惹他生气。现在你跟我老实说，我在楼下睡觉，老是被你爸的叫声吵醒，我到现在也没有弄明白，他哪来那么大的火，你们到底是做了什么，老是惹你爸生那么大的气？

赵小雷说，我爸脾气大，他骂我的多。

那你哪里做得不好了？

考试没考好，不到九十五分。

护士长摇头叹息，唉！

我爸说他当年老是考第一的，在南洋中学考第一，在交大也是第一。他说，他那时候有个绰号就叫赵第一。

嗯嗯，护士长点头，你爸当年的功课好是肯定好，要不然他怎么能做到造船厂的工程师，不过，你爸这个人也是，老是读书读书，说起来，现在读书也就这么回事。你们去农村，天天地里劳动，功课好有什么用？连大学都不办了，还不如好好地练练身体。

对呀！赵小雷说，我也是这么想的，这辈子用得着吗？

你爸这次脑溢血前两天，我还听见他在发脾气，好像把一个什么东西都砸坏了。

他扔了个小板凳，把一面镜子都砸碎了。

还是因为考试没考好？不是都已经毕业了么？还在那个考试成绩上纠结？

赵小雷摇头。

那又为什么？很可能就是因为这次发脾气引起的，你知道哦？

赵小雷不言。

说呀，为什么？

那天他下班，他看见我和欢欢在荡马路，他就发火了，说我像个小流氓！

等等等等，护士长急了，你刚才说什么，你和欢欢在荡马路，什么意思，我女儿凭什么跟你荡马路，荡什么马路，在哪里荡马路？

我们就在路上碰到了，一起在路上走了几步。

走了几步？往哪里走？往家里走，还是往别的方向走？是白天，还是晚上？

赵小雷又不言。

说呀！

往别的方向走，想绕个圈子再回家。好像是晚上。

那你们荡马路，都谈些什么？

就是谈谈毕业分配的事，欢欢想去读卫生学校，以后也像你那样，去医院当护士长。我说我肯定是要去乡下的，想去近郊，可是唐永义说，不排除去苏北大丰农场。那次荡马路，其实就谈了这些。

唐永义是啥人？

是我们八班的班主任。

你，赵小雷，你和欢欢没什么可谈的。你要去乡下，欢欢在上海，你们之间还能谈什么？你走远点！护士长摘下了口罩，看上去她是一脸的怒气。我要是手里有一张板凳，我也肯定把镜子砸了。

这时候，有小护士叫护士长，好像有哪一床的病人休克了。护士长和小护士跑去。

赵小雷进了病房，他看到了母亲在替父亲擦身，父亲的身板很瘦，好像就剩一个骨架了。赵小雷上前，说，妈妈我来吧。母亲说，好了好了，你去把水倒了吧。

赵小雷就端着面盆去水房倒水，回来时，他看到父亲已经盖着棉被，平躺开来了。整个病房有八张床，满员。角落那张床上的老头一直不停地在哼哼，听了叫人难受，老头孤独地躺在那里，身边没有亲人。

母亲说，你爸醒了，他现在有意识了，他知道你来了。

赵工微微地点了下头，不过他一直没有睁眼，赵小雷不知道父亲一直闭着眼，他是不想睁眼，还是不能睁眼。

母亲说，刚才你爸喝了点麦乳精，精神好点了，他现在担心的就是你。他问来问去就是那句话，你肯定毕业了吗？

这个不是已经告诉他了吗？

我也说了，毕业了，不再去学校，在等分配通知书。可他只要醒来就问,到底毕业了没有,他是担心你没考好,毕不了业。

学生手册上就是挂满了红灯我也是毕业生,我们年级八个班,没有一个毕不了业的,现在学校没有留级生。好多年了都是这样,他又不是不知道。我爸真是的。

他是病人,脑子糊涂。母亲说。他还问呢,他想看看你的毕业证书。我跟他说,现在中学生毕业是没有毕业证书的,他不信,还问怎么没有毕业典礼?

没有毕业典礼的,要是有毕业典礼,那么多人聚在一起,会打起来的。学校那里已经打过架了,同学打同学,家长打家长,同学家长打老师,老师逃,躲进厕所间不敢出来。工宣队帮老师打,反正乱打一气。要是有毕业典礼,那还了得啊。

母亲说,真是不明白,运动刚开始的时候,武斗打群架,这两年好多了啊,怎么会打起来啦?

就是毕业分配啊,摆不平,先是吵,一家门十几个人去吵,可是再吵也没有用的,软档就是软档,那么就打起来了。

床上的赵工动了一下,他的一只手,右手,伸在棉被外,他的手指动了一下。又动了一下。赵小雷握住了父亲的手。

爸爸,赵小雷说,你醒啦。

赵工的手握住了儿子的手。母亲跟赵小雷说,你刚才说的他肯定都听见了。果然,赵工点点头。赵工把儿子的手握紧了。母亲说,明天,最多后天,让你爸出院,楼下四室阿姨也说了,这个病要慢慢调养的,打吊针她可以帮忙。

护士长刚才已经跟赵小雷谈过话。护士长救死扶伤,有人道主义精神,赵小雷为了父亲,护士长的话,他怎敢不听。

母亲俯身上前,问赵工,阿好?

赵工不置可否,不知道是睡着了,还是又昏迷了,反正脸蜡黄蜡黄的,看上去奄奄一息的样子。母亲说,还是她来陪,要赵小雷回去。

在走廊上,赵小雷跟母亲说,照片他叫人在画了。母亲其实不想谈这个事,只是问,怎么是画,不是去照相馆放大?赵小雷解释说,是叫阿松画的,阿松是学校的画家,马上要进美校了,全上海都没几个人可以进美校的,学校就他一个人去。他的画老是参展拿第一名的。

母亲说,画得这么好啊。那以后你记得,到时候也请他替我画一张哦。

赵小雷那天回家,途经一号花园时,就看见了欢欢。她好像是游泳归来,头发湿漉漉的。赵小雷赶紧地绕开,然后他打算从后门进,可是拐了弯,他又看到了欢欢,他又赶紧逃。他真的是怕见到欢欢。

护士长天天来给楼上的赵工打针,而且还请来了中医替他调理。母亲一直在跟儿子说,你爸的命,有一半是护士长给的,你要记住感恩啊。赵小雷赶紧点头,他要记住长辈的许多话,父亲要他好好读书,不准低于九十五,母亲要她记住父亲的命有一半是护士长给的,护士长要他记住不准跟她女儿荡马路,走远点。

赵小雷又跑去一号花园,他坐了会儿,然后他起身再次回

傅星油画　给我一支桨

家。走到门口,他闻到了中药味,药味弥漫得到处都是,不过赵小雷并不讨厌中药味,他觉得这个药味是治病的,而富尔马林味让人联想到尸体。

他跑进楼,抬头,还是欢欢。欢欢如影随形,根本就无法摆脱。欢欢说,哎哎,你到底是什么意思,看到我就像看到鬼一样,我到底是怎么你了,让你怕成这样。

欢欢的嗓门响得几乎整栋楼都震动。

好在欢欢家门户大开,看上去没什么,护士长一定是上班去了,大概是早班,或者是中班,肯定不会是夜班,要是夜班她一定是在睡觉,欢欢才不敢这么放肆地大声说话呢。

赵小雷往楼上跑去。

哎你等等,欢欢又叫住了他。你们那个唐永义是个什么人啊?

赵小雷摸不着头脑,他不明白在这个时候怎么会突然扯到唐永义。

他怎么了?

昨天我在路上遇到他,我跟他说了你爸的事。我跟他说,你爸突然脑溢血了,现在差不多已经是植物人了,接下去无论是生是死,学校方面总是要关心一下的吧。还有,赵小雷的分配去向是不是也应该重新考虑一下。

赵小雷知道,欢欢在学校说话从来底气十足。有的老师会来讨好欢欢,那是因为老师都要去中心医院看病,既然看病那就要开后门。要是认得护士长,看病要方便得多。这几年学校经常有年轻的女老师腆着个大肚子来找护士长,手中还提着礼品。生孩子也是要开后门的,欢欢荡马路时说的,要找好医生,剖腹产(剖宫产)那就要看怎么剖,是横一刀,还是竖一刀,完全不一样的。欢欢说,她妈妈在中心医院二三十年了,中心医院就没有她搞不定的医生。

你猜唐永义怎么说?

赵小雷摇头。

他说,现在真是花样百出,有说自己是残疾的,又有说儿子不是亲生的,要物归原主重新划档,现在你又来放风说赵家有人中风了,命悬一线。那你要我,要学校怎么办?你跟他们说,不要再出什么花头了,通知都快发了!

14

别墅,英式的。进正门有一个不小的花园,花园里种有橘树、苹果树、桂花树、枇杷树,还有各种花草。

唐永义就住在这里。

别墅前就是那条去机场的虹桥路,别墅有篱笆遮挡,且有树冠掩映,不太惹眼。

唐氏家族民国时期做袜子生意,生意兴隆,财源滚滚。唐永义的曾祖父和祖父都喜欢造楼,在租界内造新式里弄房子出租,在虹桥乡下造别墅。据说还有两栋别墅四九年后被收缴作为部队营房了。唐永义父亲留过洋,父亲笃信教育救国,回国后就兴办学堂,在教育界享有很高的声望。

唐永义出生时一直住在原法租界的公寓里,虹桥别墅好像也就来过一两次。后来,运动来了。父亲那时已经是某重点中学的校长,很快地就受到了冲击,被关进了"牛棚",没几天就被折磨死了。

父亲死的时候,母亲已经病瘫在了床上,母亲一直无业。父亲一死之于母亲而言,天就塌下来了。唐永义没有兄弟姐妹,曾经有个妹妹,可五岁时就得病夭折了。父亲去世的三年后,母亲也跟着去了。唐氏一族家道中落,大难压顶,气数尽了。

那天,学校红卫兵组织通知家属去"牛棚"领尸,那天是唐永义去的。在学校某一小间的角落里躺着父亲。他好小,小得像个婴儿。父亲活着的时候,气度非凡,大胡子,后来不让蓄须了,可父亲还是看上去与众不同。父亲善言,唐永义听过父亲的演讲,声音不响,可是每一句话都准确有力。他觉得父亲站在那里显得好高大,他把所有的人都覆盖了。

唐永义捧着父亲走出"牛棚",有一辆黑色的车驶来,有人下,把父亲抬了进去。然后车就开走了。唐永义不知道父亲去了哪里。他失魂落魄地走在父亲任校长的那个著名的学校里,当然父亲已经不是校长了。到处都刷着大幅标语,是骂父亲的,什么难听的话都有。

有学生嘻嘻哈哈从他的身边过,其中有个人认出了唐永义。那个人来过他家,请教父亲考学和功课上的问题,母亲好像还留他吃了饭。那人停了下来,走近唐永义,盯着他看,他戴着一顶旧军帽,显得成熟了些。他身边的一些人,男的女的,都停下了,跟着他走近了唐永义。唐永义知道,他们曾经都是父亲的学生。

沉默了好一会。

唐永义一直处在失魂落魄中,他一点也不知道面对这些人如何是好。那人突然说了一句:

你父亲死了,罪有应得!

然后,那伙人离去了。

福根大概两个礼拜会来虹桥别墅一次，福根有六十多岁了，以前一直是唐家的下人兼司机，其实他在唐家差不多就是个管家了。后来唐家房子被抢了，太太少爷去了虹桥别墅，福根不便再跟去了。又过些日子，太太去世，唐家只剩下少爷了。福根后来就一直住在闸北，家在那里，还在那里找到了活。不过他始终惦记着少爷唐永义。

这个地方有太多的事情需要打理了。养了猫，还养了鱼和鸟，福根每次来就会在别墅里忙上一整天。

有一次福根看到唐永义躺在客厅的地板上，身边是好几个空酒瓶子。福根把唐永义弄醒，然后又熬了醒酒汤。福根说，永义啊，香烟吃一点不要紧，老酒一定要戒了啊，你出过事体的，还记得吧？

那还是听人家说的，唐永义自己根本记不得了。人家说有一次他喝醉了，半夜三更提着酒瓶子去外滩的外白渡桥拦车子，要那些人带他去造反派总部，他要问总部的人为什么把他父亲抓到"牛棚"去。他父亲就是个教师，教书育人，桃李满门，他到底做错了什么？一辆军车被他拦下了，军车急刹，就差那么一点点就把他压死了。从车上跳下一名军官，军官从腰间拔出手枪，手枪抵住了唐永义的脑门，军官厉声说，你信不信？我完全可以直接一枪崩了你！

福根那晚驾着奥斯汀到处找少爷，他找到了永义，他居然看到了有人举枪抵在了他的脑门上。

当时有好几个证人在场目击了全过程。

075

唐永义一直说他要戒酒，但是戒不了，他自认自己是个意志薄弱的人。他也自我判断是个低情商的人，根本就不适合当什么中学的班主任。总而言之，他对自己的评价很低。

晚上，唐永义在灯下玩牌，五十四张牌，刚好对应他那个班的五十四个学生，他十分无聊地在每一张牌上写了学生的名字，红桃老K金麦，草花Q金河，方块6赵小雷等等，他不断地翻看这些牌，多半人的档次和分配去向他很清楚，而且已经搞定了。可也有一些仍然是活络档，他把这些牌东摆西摆，码来码去，心乱如麻。就他的性格而言，其实很难应付得了那些学生和家长对他的死缠烂打，有时候，他真是恨不得立马就离开这个学校，一走了之。

中四（8）班是他带的第二个班，四年前的一个班还好，当时的学生去向是一片红，谁也别来找他，找他也没有用。而这次不一样，这次是分档了。许多时候，他无可回避，他要表态。分配领导小组的人要听他的意见，他是班主任，说起来，那些学生都是他的人。

他还在玩牌，玩一种叫作接龙的游戏，他要接通，但是有难度，好多次都接不通，眼见要通了，却又通无可通，又断了。桌上有酒。他喝酒，一杯接一杯。

他被一个方块2卡住了，然后他放弃了。他往客厅里的那张大沙发上倒去，他把自己埋在暗黑之中。在半睡半醒间，他被一种爆裂声惊醒了，他很吃力地从沙发上起身，他没有打开大灯，厅里还只是餐桌上的那盏小灯。他赤着脚往声音的方向走去。

在厅的一角。那里有窗，窗上的一块玻璃碎了，显然是被石头击碎的，不知道是扔的石头还是弹弓弹击的石头。破碎的是一块彩绘玻璃。那几扇窗都是彩绘玻璃，如果阳光射来，那么厅里会有幻化的色彩在流动。唐家少爷小的时候，喜欢站在彩色的光照中，他会仰起脸来，他会想起一些画，那些画中的小孩有翅膀，飞向天堂。母亲告诉他，那可不是一般般的小囡，那是小天使。

他不敢再往前走了，木地板上有一些玻璃碎碴，这些碎碴会戳破他的脚。有一次也是，某块窗玻璃被击碎了，他跑去看，不小心被玻璃碴戳进了脚心，钻心地痛，还流了许多血。

院子外有嬉笑声，他知道肯定是他的那些学生干的，他们以此为乐，一并宣泄对他的不满和怨气。但是具体是哪几个他真的不知道，草花5？黑心J？红桃3？好像没有几个人对自己的分配去向满意的，他们厌恶去农村种地挑粪，厌恶在大冷天去开河挖泥，厌恶去纺织厂去做挡车工，厌恶去街道工厂和那些老女人混在一起讲下流话，厌恶去生产组没完没了地粘纸盒子。

碎就碎了，这栋房里的碎玻璃也不是一块两块了。困意袭来，唐永义躺倒在大沙发上。许多个晚上，他就在大沙发上睡。卧室在楼上，要走楼梯，累。

福根来了。

唐永义睁开眼来，看见福根在扫地。礼拜六了，唐永义想。

畚箕里是满满的碎玻璃碴。

唐永义去洗漱,从镜子中他看到自己的脸大了一圈,只要喝酒,次日他的脸一定是肿的。他又喝酒了,肯定瞒不过福根的。

餐桌上又有三只带盖的碗。显然,福根又拿来吃的了。唐永义掀开了盖子。一碗是菜肉馄饨,一碗是红烧肉烤笋,还有一碗是毛豆子肉丝炒咸菜。以前,唐家有个年轻的厨娘,后来厨娘就嫁给了福根。据说还是永义母亲做的媒。婚后,厨娘就离开唐家,生儿育女居家不再外出打工了。

福根清扫完了地板,站在餐厅门前,呆呆看着吃馄饨的唐永义。唐永义看向福根,他点头。

福根说,是我老婆包的。

唐永义说,谢谢。

他埋下头去继续吃,实在太好吃了。菜肉馄饨真是美味,他尤其喜欢馄饨馅里宁波开洋的味道,这让他想起了小时候的许多事情。

福根一直立在那里看着他。

馄饨吃完了。唐永义看表,时间不早了,他还有事。他说,福根,走的时候别忘了锁门,几道门都锁上,现在不安全。

永义啊,福根说,我跟你讲啊,我是看着你长大的,你这个人呢,人是好人,就是太耿了,社会现在乱成这个样子,你要再不改改,可是要吃大亏啊。

唐永义看着福根,有点发闷。福根是一本正经地说了这番话,这个也是很少有的。

尤其是跟那些学生，一定要搞好关系，现在的小人都被弄坏了，什么坏事体都做得出来的，晓得哦？唐永义听明白了，福根指的是玻璃被敲碎的事。唐永义点头，说，福根你讲得对。厅里这块玻璃，你最好帮忙找人配一块装上，我这几天太忙了。唐永义掏出了皮夹子，抽出了两张纸币塞在福根的手上。

猫被吊死了。福根说。

什么？

猫死在那棵枇杷树下，横在地上。那是一只花猫，起名叫花花，也不知什么时候被人伤害过，左后爪是跛的。那年从市中心搬出来后，唐永义舍不得花花就把它带了过来，他一个人住在这里，唯有这只猫带给他一点生气。每日上下班，迎来送往的也只有花花，可是现在花花死了。它的脖子上套着一根麻绳，它被什么人吊在了树上，福根见了把它解下了。

唐永义是麻木的。

他要上班去了，今天有好几个学生家长约了他，要谈，据说是要他讲清楚，拿出文件来，为什么要把他们的小孩分到那种地方去，为什么别人家可以不去，要是讲不清楚那么就去区里面讲，区里要是讲不清楚，那就去市里讲。反正要是讲不清楚，看不到文件，那是绝对不会放他过门的。唐永义倒是不怕，伸头一刀，缩头一刀，他反正是横下来了。

文件肯定是有的，但是文件管不了那么细，公平多半是公平的，但是绝对公平也一定做不到的。只能尽力而为，当然这个班主任，根本就不是人做的事。

福根。

我在的。身后的福根说。

你把死猫给处理掉，然后给缸里的鱼撒点吃的，还有那两只鸟好像死样怪气的，你仔细看看，有没有什么办法，喂点土霉素什么的。

那这个花花到底怎么处理？

怎么处理你还要问我吗？唐永义轻声地说，埋掉，扔垃圾桶里去，扔到臭河浜里去，怎么处理都可以，福根你就看着办吧。

15

　　一条街上,金河金麦姐弟俩遇到了冰冰。金河金麦是去看外婆的,外婆想小辈了,托人带信来想看看外孙外孙女。外婆住得远,在莘庄乡下。外婆说,插队落户别的地方都不要去,要去就去莘庄,种地开河浜挑大粪,有干不完的活。

　　金河见到冰冰,十分淡然的样子。金河现在心理上平复多了,她不再那么痛苦,她也不在夜间走啊走的,多傻。她要想不通,就会读点书。金河私藏了不少旧书。那时金河还在读小学,有一晚隔壁楼九室的阿姐阿哥叫她一起去偷书,阿姐阿哥的学校在虹口,是外国语学校,市重点。那时候学校已经停课了。那晚月黑风高,阿姐阿哥爬上了学校的围墙,阿姐是踩着阿哥的肩膀爬上墙的,阿哥好像是有轻功自己跳去上去。总之,在他们爬墙的时候,墙下的金河惊得目瞪口呆。一会儿,沿墙的那栋楼的某扇窗就缓缓地被推开了,又过了会儿,就有书从窗里一本本地飞了出来。金河要做的就是捡起书来,然后把书塞进准备好的麻袋里。金河记得她大概装了有两大麻袋。阿哥把满满的两个麻袋绑在自行车上骑了回去,金河还是像来时那样,坐在阿姐自行车的后座上回去。在新村门口,阿哥阿姐的自行车停下了,阿姐去解开麻袋,随意地掏出几本书来。阿姐说,禾禾,现在你大概还看不懂，慢慢就能看懂了。你拿着，藏好。后来阿哥阿姐上山下乡都去了很远的地方，他们的家也不知搬去哪里了。但是金河的书还在。《普希金诗选》《飞鸟集》《野火春风斗古城》《红岩》《静静的顿河》《红与黑》，还有一些。金河把这些书藏在衣柜的一个角落里，父母不知道，可金麦知道。有一次金河翻书的时候被金麦看到了，然后金河把金麦一把拽到了墙角里。听好了，你，金河指着他的鼻子说，这是我的书，你要是胆敢说出去，那么我就和你一刀两断。金河的双目逼视着金麦，金麦吓坏了，后来，他捧起任何一本书就会想起金河的那双怒目，他几乎成了个不想看书的人。

金河最读不厌的是普希金的诗：

假如生活欺骗了你，
不要悲伤，不要心急，
忧郁的日子须要镇静。
相信吧，快乐的日子将会来临！
心儿永远向往着未来，
现在却常是忧郁。
一切都是瞬息，
一切都将会过去了的，
就会成为亲切的怀恋。

现在，她的面前站立着冰冰，她的心儿依然很平静。她只是对他笑笑，生活就是这样，许多事情付之一笑就过去了，如此而已。

冰冰，金麦说，那天赵小雷问我，毕业照还拍不拍了？冰冰有点怯怯地看了看金河，他看到金河在微笑，就赶紧说，拍呀，怎么能不拍，过两天我就去"春光"约，确定好了我会通知你们的。金麦说那好，那就等他的消息。

冰冰走了。

金河和金麦都看着他的背影。

金麦说，听说他和他家楼上的美玲好上了？

随他便，这是他的自由，哎哎，你什么意思，你跟我说这个做什么？

哎，阿姐，你不是一直在追人家吗，学校里哪个不晓得，你看到冰冰，给人家的感觉就像只花痴一模一样的，站都站不稳的样子。

滚你的！金河手里提着网兜，网兜里有外婆给的菜瓜和土豆。金河把网兜甩向金麦，砸在他的背上，大概有点痛的，金麦咧了咧嘴，可也没有多说什么。

金麦说，就因为美玲是上海工矿档？他俩门当户对？哼哼！

金河不想跟再提这个话题了，两人往家里去。

片刻无言。

阿姐，你听我的，冰冰这只赤佬，他要后悔的。

别说了好不好？金麦，你听好了，金河说，那天我又去找了潘师傅，明确要求对你多一点照顾。潘师傅虽然不是分配办的，可她是工宣队,有权。我是要她帮你争取一个轻松的工作,钢铁工人肯定是不能当的,纺织工人也不行,最好去哪里做做手工的活,不要太紧张的那种。我去的是近郊农场,不太远,所以你的档次也不硬,到底怎么样,也要看你运气了。

阿姐,我这个病已经好了,今年五一前后就没有发病。我都不在乎,你瞎操心啥?

瞎说什么,我听见你还是在咳嗽。你小时候叫救命车的那种事,我现在都不敢想。

现在我发育了。金麦伸臂扩了扩胸,还会有什么毛病,什么毛病都没有了。

那你就好好发,金河笑,多吃点,肥肉也要吃,别那么挑食,小姑娘一样。哦,对了,还有,上次潘师傅还提供了几个偏方,说是治哮喘非常灵的。他们纺织厂里好几个姐妹的小孩都吃好了,现在活蹦乱跳的。

什么?

胎盘。就是女人生孩子的那种胎盘,高蛋白,大补的。

金麦一脸的恶心。

你不要这么嫌弃的样子,这种东西也不是随便就可以弄到的,我后来想起赵小雷楼下欢欢她妈不是护士长吗?哪天跟赵小雷说说,请他帮帮忙,看看有没有办法弄到一个胎盘。

金麦怪笑,呵呵,呵呵,好好,还有吗?

蜒蚰虫,就是潮湿天地上乱爬的那种东西。我们家三楼还好,住在一楼的经常可以看到的,一脚踩上去也蛮腻心的。

知道知道。

烤干，磨成粉，装进胶囊，一天吃几粒，也很灵的，不仅气喘病可以吃好，人家皮肤病也是一吃就好。

金麦继续怪笑。呵呵，呵呵！还有吗？

金河说，潘师傅说了，像你这种上进好青年，一定要把病治好，所以要用重药，潘师傅对你印象这么好，我倒是没有想到的，你这个人平时吊儿郎当的，也不知道潘师傅从哪里看出你是个上进好青年。

金麦不耐烦地挥了挥手，说重点说重点，你还有什么偏方，统统说出来。老子洗耳恭听，吃不了也兜着走。

人中黄！我以前也听说过的，人中黄是入药的。

那又是什么？

粪痂！

金麦不再搭理他的阿姐了，大步地往前走去，他很快地消失在一条街的人流里。

16

  冰冰又去春光照相馆,时间是上午九点。照相馆刚开张,还没有客人来。王先生坐在柜台后面,他手持着放大镜在看一张旧照片。他抬头看到了冰冰。
  哦哦,又是你啊。哪能?
  王先生,上次要拍毕业照的,后来没有拍,你还记得吧?
  记得啊,要拍了,一歇歇又不拍了,我还记得是少了一个人,哎,想起来了,那个朋友的阿爸脑溢血了对哦?那么,还想拍?
  冰冰拼命点头,一定要拍的,我就是来约的,王先生帮帮忙。
  王先生把放大镜和旧照片推向一边。
  王先生说,这样啊,冰冰,哎哎,你是叫冰冰哦?
  冰冰赶紧点头,冰冰,冰冰!
  那么好,你听好了,冰冰,我是个做生意的,有生意就有饭吃,没有生意就要饿煞掉,这个你是能理解的对吧。
  当然当然。
  上次约好了,讲拍又不拍,当然有不可抗外力,不过损失还是有我在承担对吧。那次差不多耽误了我一个下午。少做了起码两笔生意，要是都像你们这样的客户，像我这种小本经营的生意人是吃不消的，这个，你也是可以理解的吧。

理解理解。

那么这次预约是可以的，就是我有一个要求。

王先生请讲。

要预付定金。万一还有人来不了，又有啥客观原因了，不拍了，定金拗掉，当然假使我有啥个事体在约定的辰光，拍不了，那么"春光"不仅要归还定金，还要倒付给你们钞票。你想想，这个样子的约定，你们能够接受哦？

还是没有生意，王先生就笃悠悠跟冰冰谈约定，摇头晃脑地很饶舌。冰冰还没有遇见过这种事，他买什么东西，从来都是一手交钱一手交货的。冰冰想，王先生要是不拍，他们还可以拿到钱，这个约定应该可以接受的。

冰冰问定金多少？王先生想了想，说，五只洋，又想了想，四块好了，你们毕竟还都没有拿工资，优惠价算了。

冰冰摸口袋，他的兜里刚好有这个钱。冰冰掏出钱，摆在了王先生的面前。

王先生点头，说，好的。

他把钱收进。

王先生又看了下工作日程表，下个礼拜三下午两点，哪能？

冰冰说好。

这时候，王先生的生意来了，有两个女生来拍标准像，说要报名参军，想当女兵。报名表上要有标准像。王先生看了看两个人的样子。摇头。回去,头发梳梳好,擦点头油,别两只好看点的夹子再来,像现在这么披头散发拍出来像什么样子,哪能当得了兵。人家看了照片就把报名表扔进废纸篓里了。女生笑,乖乖地听王先生的,回去弄头发。

王先生又叫住了差不多已经出门的冰冰。

哎哎,我问你。

冰冰停住,转身。

我不是要想拗你们的定金,我是想要你们认真点,把拍照当成人生的一桩大事情来做,懂哦?还有,你们是七个人对哦?你要跟另外六个人讲清楚,拍照这天,再大的事也是小事,没有比拍照的事更大了,晓得哦。

冰冰说,晓得了。

周三,下午一点半,还是冰冰最早到了"春光"。事前,别的人都接到了冰冰的通知,周三下午两点拍照,这个是第二次约了,大家一定要准时,而且已经交了定金。要还是拍不成,那定金就要拗掉了。冰冰跟他们说,如果定金拗掉,要七人平分的。阿松问,每人摊到多少。赵小雷心算很快,他说,五角七分。阿松心里一紧,这点钱可以买几支油画颜料了。

阿松是第二个到的。阿松还是那个样子,有点下雨,阿松还打了把雨伞。冰冰说,哎哟,你今天倒是早啊。阿松笑笑,他的脑子里还是在想拗定金的事。一会儿,金河金麦也来了,两人还是上次的扮相,看上去很得体。差不多已经快两点了,王先生出现在照相馆门口，他捧着水杯，看了一下。冰冰叫，王先生！王先生朝他点点头，叫，人齐了就进来，下午第一单生意就是拍你们。王先生的话刚落，赵小雷跑来了，他没有打伞，好在已经不下雨了，赵小雷气喘吁吁的样子。迟到了哦迟到了哦？他问。冰冰说，我就是怕你不来，你爸怎么样，还好吧。赵小雷说，好的好的，几天前就醒了，刚刚还喝了稀饭。跟在赵小雷后面的是海洋。海洋荡伐荡伐地走来。冰冰其实蛮担心海洋的，尽管海洋看上去还好，和他们一起打牌、逛街、苏州河边溜达，话也很多。可他听说海洋已经有不正常的时候了，一是会坐在桥头堡上发呆，在那里吃香烟，有时候深更半夜也不回去。还有就是他在家里不说话了。

海洋走了过来，他神气活现的样子。他手持一柄未打开的伞，伞在他的手上像根"司的克"，他举起"司的克"指向众人，都到齐了吗？

金河说，美玲还没来。

众人扭头看金河，问，美玲？

金河恶作剧地笑。冰冰虎下脸来，说，你不要乱说话了好哦，谁约了她了。

金河说，哦哦，那我向你道歉，我还以为美玲是一定要来的。金河不再理他，转过身去，她看远处，她看到天边很亮，风流云散，乌云飘到楼房的后面去了。金河说，雨停了，出太阳了。

两点钟到了。

缺文武。又等了十分钟，仍不见文武来。

王先生又从照相馆里出，说，进来进来！众人不动。冰冰说，还缺一个人，对不起王先生麻烦再等两分钟。

下午一点三十分，文武出家门。他这次的穿着有一点变化，下半身没变，上半身他换了一件运动衣，运动衣是长袖的，没有什么纪念意义，但是看上去还是新的。

文武出楼门，走了一百米左右，突然公用电话间的阿姨叫他。阿姨从敞开的窗口探出身来，提着电话机。哎哎，文武啊，刚好要去叫你呢，有你的电话！

文武很少接到过公用电话，他不知道什么人在这个时候打来电话。他跑去接电话。原来是大胡老师。

你过来一下。

大胡老师说什么都是不容置疑的，可是现在文武要去拍照，他要是去大胡老师那里，那这个照还怎么拍？文武就在电话里跟大胡老师说，他要去拍照，都约好了，拍完照他立刻就过去。大胡老师在电话里咆哮：都什么时候了？现在，立刻，马上，我在地下室等你！

好的，文武说。

没有选择，文武只能去大胡老师那里。他在心里对不起那几个同学，他只能缺席了。不过，以后有机会再补吧。他们才刚刚中学毕业，才十几岁，他们会活得很长。文武搁下了电话，扭头走，阿姨一把拽住了他，哎哎，你还没有付电话费啊。文武不好意思地解释说事急，忘了。阿姨说再急钱要给啊，文武的裤子是新换上的，裤兜里没钱，运动衣索性就没有口袋。他去家里找钱。

五斗柜的五个抽屉都翻过了，一分钱没有。他急出了一身汗，他在想，要是这个时候拍照的话，那照片上的他肯定就像个洗完澡没擦干的人。后来总算在母亲的一件上衣的口袋里摸到了钱，一枚五分的硬币。

他给了阿姨五分钱，阿姨找了他两分。

楼下的阿三一个人在打玻璃弹子。文武看到了，他上前跟阿三说，哎阿三帮我个忙。然后他就跟阿三说要他去春光照相馆跟那里的人说一下，他有急事，去不了了。阿三不肯，要玩弹子，文武就把那两分钱给了阿三，阿三这才同意帮这个忙。

阿三听错了，他没有去春光照相馆，他去的是春风理发店。阿三往春风理发店跑去，撞开门，他看到剃头师傅在剃头，一边坐着三五个等剃头的人。阿三说，文武不来了！阿三说完，转身跑了。阿三跑回家，继续玩他的玻璃弹子。这个时候，文武已经去西站地下室找大胡老师了。

春光照相馆门口。一个老克勒慢悠悠地走过。冰冰上去问人家时间，老克勒掏出怀表看了下，说，三点零五分。

冰冰进照相馆。王先生在棚里给人家拍照。一会儿拍完了，王先生出，客户出门走了。王先生连看一眼冰冰都嫌烦，只是坐到柜台后拿过水杯喝茶。

冰冰说，王先生。

王先生挥了挥手，意思是你可以走了，我不想再跟你们打交道了。冰冰说，王先生，那我们走了，下次再来。冰冰的声音里带有哭腔，他转身往门外走去。

你回来！王先生尖叫了一声。

冰冰回。

那你们六个人拍有啥不可以的，今天先六个人拍了，那个人不来就算，也可能他根本就不想跟你们一起拍照，是你们自作多情了，你想想，我讲的有没有道理？

冰冰想了想，然后他走出了照相馆外。

那几个人就那么干等着。有的低头闷着，有的眼睛四面八方乱看找文武。金麦突然叫，哎哎，来了来了。众人朝一个方向看，那人走来，又走去。根本不是文武，人家比文武有腔调多了，上身的那件蓝色运动衣像是会发光一样。

冰冰说，大家看呢，要不这次就我们六个人拍？下次再找机会七个人拍，这次就不等他了。也许文武觉得拍不拍无所谓的，就不拍了。都有可能的对哦。

金麦立马同意，说好，别的人没表态，但有人的脚步在往照相馆移。

海洋没有动，他还是站在那里，那柄没有打开的伞仍在他的手中晃来晃去的。海洋说，他不拍，我也不拍了，你们拍好了。什么七人帮，生死同盟，册那，这个世界没有一句是真话的，册那，统统都是假的。

海洋转身走了。

再回头,金河也不见了。

金河往另外一个方向走去,她匆匆地走,好像有意在往人群堆里钻,她很快地钻进了一个看西洋镜的人堆里,好像消失在里面,不过一会儿她又冒了出来。她在擦眼泪,千真万确的,她举起左手擦了下,又擦了一下。

冰冰又进照相馆。他不多废话了,他向王先生鞠了一躬,有点想哭了,赶紧往外走。你回来!王先生又是一声尖叫。王先生从柜台里绕到了柜台外,他把那个四块钱塞在了冰冰的手上。王先生说,拿好,下次约好了再来。

17

  地下球馆还是很潮湿,不过好在水泥地铺好了,不再有泥浆,显得干净了不少。因为要铺水泥地,文武已经有好长一段时间没有来过了,他最近练球一直在大胡老师任教的学校体育室里,那个体育室排得满满的,文武只能晚上去。大胡老师在自己学校教文武总是轻声轻气的,生怕喊叫声惹人注意。文武不是在校生,按理说,他不能进校的。

  大胡老师坐在地下球馆最里端的角落里,他在摆弄手里的一块板。文武小跑而来,大胡老师见,还是极度不满地斥,作死去啦,叫你还搭架子,都半个小时了,才到?文武知道这个事解释不清,而且依照大胡老师的性格,你越是解释他就越生气。

  文武不言,默默地坐在一边,他喘粗气,擦汗。他的体育包也带来了,关于打球的装备,包里是应有尽有。他拿过包,打开,他想或许应该训练了,大胡老师急着要他来,除了训练,还能有什么事?

  可是大胡老师没动。

  他沉默在那里,双眼空洞。

  文武,我有事跟你说,接下去我不能教你了。我不教你,也不是我不想教你,是没有办法的事,一点办法也没有,我也根本没有想到。

文武大惊。

一直以来，大胡老师说什么他都能领会，特别是在比赛的时候，搓！拉！侧身！防！只要能听到大胡老师的声音，他的心里就踏实许多，他多半就可以赢下那一局比赛。如果场内太过喧嚣，他感觉不到大胡老师的存在，那么输的可能性就大许多。大胡老师也知道他的弟子有这方面的问题，他甚至为了文武学会了吹口哨，如果喊叫声传递不出，那么就吹口哨，一声，两声，都有特别的意思。但是一些重大的比赛是不准有口哨声的，裁判会警告大胡老师不许发出怪声，干扰对方，那是违规。可大胡老师急起来也是不管不顾，还吹。有一次愤怒的裁判跌跌撞撞地冲到了大胡老师的面前，直接出示红牌，把他逐出了场外。

但是这次文武听不懂大胡老师的话，怎么会不教他了？是因为自己没有希望了？

不是你的问题，原因在我，我要外出一段时间，具体的我就不说了。以后，你，好自为之，我也会对你做好安排，不过，到底是什么结果，更要看你自己卖不卖力，自己到底想不想要。我是管不了那么多了。

在墙的一角，有一只壁虎在爬来爬去的，文武和壁虎对视了两眼，壁虎跑掉了。文武的头嗡嗡的，一会儿，他伤心地哭了，泪水哗哗地流。自小跟着大胡老师练，大胡老师就不许他哭，尤其是比赛输了之后，再怎么输，大胡老师都是安慰为主，责备都很少。但是如果他哭，就肯定是大嘴巴子伺候，啪的一下，文武的脸上就一个手掌印子。哭，我叫你哭，娘娘腔，滚，别打球了！

但是这次大胡老师没有扇文武的嘴巴子，文武擦干了眼泪水，他看到大胡老师的眼圈也是红红的，他从来没见过大胡老师有这么伤心的时候。

好了，大胡老师说，今天急着叫你来，一个是向你告个别，二是给你介绍一个新的教练，以后，你就跟着他学，你先来认识一下。

文武跟着大胡老师往训练场的某处走去，在一个灯光明亮的地方，大胡老师停住了。那里有两张桌子，大约有十余个小学三四年级的孩子在训练，他们在练习攻球摆速，你来我往，啪啪啪，都像模像样的。有教练在一边气呼呼地指导，教练是个中年胖男，看上去很神气的样子，比大胡老师更有气派，更像教练。

大胡老师立在边上，大胡老师的边上立着文武。

那两张桌子的训练就一直没有停下，大胡老师和文武就一直在边上看，等。好久。

总算休息了。小孩们去一边喝水。胖男走了过来。大胡老师迎上，掏烟，递烟，点烟。大胡老师把文武拉到胖男面前。

这个是梁教练，蔡球王、施冠军都是他培养的，以后，你就跟着梁教练学，来来，拜个师。大胡老师把文武往梁教练的跟前又推了推。

文武看梁教练，梁教练也在观察文武。文武轻声地叫了声：梁教练。大胡老师又推文武，跪下跪下，磕头，三个响头。文武这辈子都没有跪过，不过在这个情境中，他真的忍不住地双膝发软,他就要跪了。可是梁教练一把拽住了他。

好了好了,搞什么,这个什么封建仪式,在我这里不作兴的。

梁教练的手力很重,他捏着文武的胳膊往上拽,痛的。你以后二四六下午五点钟来好了,我们试试看,看看有没有缘分,要是没缘,那你再另请高明。

哎呀当然有缘的,你们两个的样子都有点像的。大胡老师说。

文武长得眉清目秀的,梁教练看上去就是个粗汉。大胡老师这么说,其实是罔顾事实,不过是话术罢了。

那些训练的小孩子要走了,他们恭恭敬敬地向梁教练道别。梁教练告诫他们下次绝对不得迟到,要是迟到一分钟,那就别来了,就死回去!

训练场里安静了下来。

大胡老师和梁教练去角落里说话,他扭头看了一眼文武,挥挥手,意思是大人说话,他躲远点。文武就往外面走了几步,他走到了窗下。防空洞的训练场地也是有窗的,如果从外面看,那么这几个窗就是有一半在地面上,另一半在地面下。

文武抬头看窗,有光从窗外射入,而且可以看到有人从窗前走过,是他们的脚,有男人的也有女人的。男人多半穿跑鞋,女人着布鞋的多,也有个别的套着搭扣圆头皮鞋。那些脚匆匆地来来去去,那些人根本就不知道在他们的脚下都发生了什么。

梁教练和大胡老师在角落里讲话,虽然嗓门压得很低,但地下空间的声音会放大,像个音箱。

真有那么严重？梁教练问。

没办法了。课已经停了，要我交代，我是担心明后天就要进去了。

然后大胡老师扭头看了一眼文武，沉默。片刻。

他是下个月的事了。

梁教练说，嗯，知道，我会尽力的。

老正昌饭店生意一直很好，没有座。人家在吃饭，大胡老师就拽着文武站在边上等。人家扭头看站在桌边的两人，满脸的嫌弃，但是大胡老师不管，坚决等。吃饭的人匆匆吃完，跑了。大胡老师和文武上桌。服务员上来问吃什么？

蹄髈。

半只？

一只。再要两块大排，半只白斩鸡，春卷四只，生煎四只，三鲜汤，要大碗的。

服务员疑惑地看看大胡老师。还有人？

没有了，就两个人。

服务员走后，文武也不解地看着大胡老师，他弄不明白大胡老师为什么要点这么多。文武心想，这些肉，这些量，他们全家过年也不过如此。

菜迟迟不上，很慢。以前在老正昌吃饭时上菜也慢，不过没有这么慢，从来没有点过这么多的菜，点菜越多上桌就越慢，这是肯定的。以前在等菜的时候，大胡老师一分钟不停地要跟文武讲球，可是这次大胡老师闷在那里一声不吭，他又伸出手来，捏了捏文武的臂膀，他摇了摇头。

你怎么还是这么瘦？

大概是遗传的吧，我爸妈都瘦。

跟你说了，要多吃，晓得哦，每顿都要吃三碗饭，每天要有肉吃。我说过的，你吃了吗？

我是尽量吃的，每顿吃两碗半饭，可是肉吃不到那么多，没有那么多肉票的，我爸妈，我阿姐妹妹都不怎么吃，都让我吃了。可要是天天吃肉，那肉票肯定不够了。

蹄髈、大排、鸡、三鲜汤、春卷、生煎一下子差不多同时端了上来。大胡老师看着一桌子的食物，眼睛亮了。搓了搓手，来吧，吃，今天你吃个够，不要肉票。

文武埋头吃个不停。大胡老师其实并不怎么吃，更多的时候，他只是看着文武吃。文武吃到实在撑不下了，他抬起头来，他才注意到大胡老师几乎没有动筷子。

文武也放下了筷子。

吃啊，怎么了？

那你怎么不吃。

你别管我，大胡老师有点生气的口吻。要是吃不完，那就打包带走，明天再吃。

文武坚决不再吃了，他感觉到胃难受，想吐。然后他起身去卫生间，把吃进去的那些都吐掉了。以前他输球之后，也吐过几次，他去医院看过，医生的解释是神经性反应，要放松。

18

　　海洋把自己关在小屋里,他在整理抽屉。他有一个小书桌,小书桌有三个抽屉。自从他基本不在家说话了之后,他就没完没了地整理抽屉。

　　抽屉里有小相册。他不断地翻看他的那本小相册。小相册里有家人的合照,还有就是同学的合照,他个人的照片就大头照,大头照也没几张。

　　有三张是他单独和父母的合影照,那是他一岁时的,两岁时的,三岁时的。后来,妹妹出生了,就是更多人的全家福了。不知道是什么时候,他把自己和父母的合影照都染上色彩,父亲是衣服蓝色的,母亲是绿的,他自己是黄色的。三个人的面颊是粉红的,嘴唇是大红的。

　　很小的时候,人家都说他长得像母亲。母亲领着他去单位的时候,人家就会说,哎哟真像,一看就是你的儿子。再后来,又有人说他长得像父亲。海洋看照片时,就觉得自己既像母亲又像父亲,他的脸下半部分长得像母亲,尖尖的,他的上半部有点像父亲,也有点尖。

　　可是突然的,他们告诉他,不是亲生的。父亲也不是父亲,母亲也不是母亲。他们是张师傅和姚阿姨了。

他就那么一直呆呆看着照片,想哭又哭不出来。他又开始整理抽屉,没有任何目的,就是为整理而整理。他把自己关在屋里好久,从下午一直到天黑,静静地。他睡着了,坐在椅子上打起盹来,可是一会儿就又醒来了,然后他继续整理抽屉。

张师傅和姚阿姨都已经下班回家了,三个妹妹不知去哪里玩了。张、姚二人就在厨房里做饭、说话,他们一定不知道海洋就坐在小屋里整理抽屉,而且不开灯。

两人的说话声可以非常清晰地传入海洋的耳朵。

张:他这几天跟你说话了没有?

姚:没有。

张:那他到底是怎么想的?学校那头也是不尴不尬的,那个唐老师看我们的眼神,就像我们是骗子。

沉默,剁菜的声音。

姚:可是人家学校也没说不管啊,人家不是也说了吗?要报区里,要区里才能定到底怎么弄,还要做调查,可是海洋现在这个态度,人家要找来,我们怎么说?

张:那到底还要不要去找他亲妈,这些事要做就赶紧地做啊,这么拖下去通知书就要下来了,就要和上海拜拜了,我们还忙个屁啊!

当啷一声,菜刀被扔进水槽的声音。

姚:我当初哪能讲来的?你这个馊主意伤透了儿子的心,我真是弄不明白,你是怎么想得出来的?

张:册那,事到如今你还放什么屁啊,还不是你先说的?你是说，这个儿子比你亲生的还亲，就是想把他留在身边，而且这个事情迟早是要穿帮的，她亲妈也想看看她的这个儿子，哪天要是突然就来了，那你是挡也挡不住的，这不都是你说的吗？

姚阿姨哭，哭了很久。姚阿姨的哭声海洋在里屋听得一清二楚，但是他没有哭，他本来很好哭的，就像个哭气包。小学时，他的邻桌是个女生，还写了篇作文，篇名很长，"我的邻桌是个好哭的小萝卜头"。后来班主任把篇名的前几个字删掉，就叫"好哭的小萝卜头"。

19

那天，文武和金河金麦、冰冰、赵小雷、阿松在一号花园说话，已是夏季，阳光很烫了，他们立在树荫下，每个人的脸上身上都有碎影在跳动。海洋不在。

他们在问文武为什么不来拍照。

文武已经把事情说过了，但好像没有说清楚，众人还在问文武为什么要他们等两三个小时，文武只得再说一遍。他说那天是叫阿三去通知的，他还给了阿三两分钱，要他们别等了，先拍了再说。

我在想，要是先拍张六人的，然后再找时间拍个七人的，大概也可以的。

但是没有人看到过阿三，冰冰说文武在白相他们。

文武有口难辩，还好，阿三阿四刚好在，他们在太阳底下打弹子。文武把阿三叫来。文武问阿三那天去说了没有，阿三说去过了。冰冰说，阿三你这个小赤佬，你要是瞎骗人，当心我敲扁你。

阿三说，那天他肯定是去了，而且是跑着去的。

那我们怎么没看到你？冰冰说。

阿三看了一眼冰冰，还有别的人。那我也没有看到你们啊。

剃头店里人老多,你们这几个人我一个都没看到。

明白了。叫他去照相店,他去了剃头店。不必再说什么了,多说也无用。冰冰冲着阿三说,滚蛋!

金麦说,好了,这个事情到此为止吧,总有想不到的事情突然发生,照相馆还在,王先生也在,下次冰冰你再去约一下好了,定金么,这次算是还你了,我们也没有什么损失。反正你和王先生关系也不错,你面子大。

冰冰无奈地摇头。

那,金麦问,文武,大胡老师到底什么意思?他不教你了?他肯定是这么说的?

文武点头。是,他就是这么说的,他还把我介绍给了梁教练,我以前也没有见过梁教练。听说他是锦屏中学的,后来也在少年宫兼职教球。

冰冰问,三个礼拜后就要决赛了,这种时候,他怎么不教你了呢?

我也不知道,文武说,那天电话里他声音响得吓死人,要我立刻就去,马上,然后我是跑着去了,一见面他就说不教我了。我在想,他大概是出事了。

冰冰说,大胡老师会出什么事?

文武说,不知道。

众人沉默。金麦说,大胡老师要出什么事,我们也不能瞎猜的对不对,反正,文武,其实在我看来,什么人教你都一样的。反正,决赛的那天,我们肯定都会去的,你也要有信心,有了信心不管什么教练教，在我看来其实都一样的。命运一直都是这样的，欺软怕硬，我们要扼住命运的咽喉，要叫命运服从我们，而不是反过来。

金河对着金麦笑，呵呵，我觉得你最近可以啊，成长了，说什么事情大道理都是一套一套的。我对你真是要刮目相看了。

金河又扭头跟文武说，文武，加油。那天我们都会去。

文武问，那你们都进场吗？

金麦说，你想要我们进场吗，如果你想，我们就一定进场，就是爬也要爬进场去，不让进也要进，总有办法，走走关系，跑跑上层，没有问题的。金河又看金麦，她觉得她这个阿弟真是成长了，什么走关系、跑上层，这在以前根本就不是他的话语。金麦继续说，我们也可以拉一个横幅，写上文武加油，赛出水平，赛出风格，友谊第一，比赛第二，下定决心，为国争光！金河不再听他弟弟乱扯了，她走向一边。

这里，文武跟金麦说，不要，你们在外面就好了，你们要是进场了，再那么喊，吓都吓死了，我这人心理素质不好，你又不是不知道。

他们继续闲聊。

冰冰说，这些天真是无聊极了，回到家里他妈就要他做家务，地板一天要拖三次，抽水马桶也是洗了又洗，真是烦煞了。又说，他有个主意，虹桥那里新开一个河浜，水清，上次他去看过，不少人去那里游泳。我们游泳去吧。

除了金河，别人都同意。

金河不想去是因为她看到冰冰多少有点烦，她感觉她已经把自己的情感问题解决了。她就是想这样，心里一无牵挂地去农村。去那里战天斗地，经风雨见世面，像高尔基笔下的一只海燕，所以现在她尽量避免和冰冰在一起，免得又想这想那的，死灰复燃。可金麦一定要金河去。金麦说，还是去吧，你要是不想下水，那就在岸上替我们看看衣服也好。

金河说，看衣服？

金麦说，总要有人在岸上看衣服吧，上次去新泾河游泳，阿松新买的一条平脚裤、海洋的一双夹脚拖鞋就被人家偷走了是吧。金河，你不能这么自私的吧，毕竟大家同学一场，尽管我们即将奔赴四面八方，可是大家的革命情谊肯定还是在的是吧。

金麦又是高言大语。金河想，金麦这两日哮喘病好像又发了，她去看着点也好。金河同意去了。

金麦表示感谢。

金河说，我是怕你在水里哮喘，一口气喘不上来，小命没了。我去，可以救你。金河的话说得很难听，但是金麦根本不在乎。

说去就去，几个人回去拿游泳衣裤。像这种事情，七人帮一个都不能少的，要是忘了谁，那问题会很严重，要解释再解释，怎么也解释不清，会很伤感情。

他们叫上了海洋。

在去游泳的路上，海洋又问起文武拍照的事，为什么不去。冰冰听见了，他不想让文武再尴尬了，他顺着拍照的话题说，这样，文武哪天决赛，我们就哪天去拍照。

众人都觉得这个主意好。要是赢球了，那么照片上的人一定是喜气洋洋的。万一输了，那也没什么，那他们就可以摆了一副众志成城的、与天地斗、与人斗的样子。

他们过了虹桥路继续往前走，然后赤脚走在了田间的泥泞小道上，又走了一会儿，新浜到了。

除了冰冰，别的人都是头一次来新浜，没想到这里有这么宽大的一条河，清水湍湍地流。有不少人在戏水，浪花飞溅。岸边，夏木垂荫。树下是泳人的衣物，好像也无人在特意地看管。

大榆树下，男生们脱下了外衣外裤，一个个暴露出赤膊鸡般的、营养不良的身形。金麦四处找金河，他要叫金河来当看管员，但是他找不到金河了。

金河是头一个跳下去的，她已经游得很远了。

她其实不大会游的，抬头换气都有点吃力。可金河胆大，她就是敢往深水里游去。她的脑袋在水面上时隐时现，很慢。谁也不知道前面的水到底有多深，也许很深很深，足以淹死两米身高以上的巨人。冰冰也不太会游，但是肯定比金河游得好，他最擅长的是蛙泳，也会一点自由泳。可冰冰胆小，他每次去一条街上的游泳池，母亲一定要千叮万嘱别去深水区，并且必须带上救生圈，要不然就在家里拖地板，哪里都不能去。

冰冰喜欢水，在水边，他胸臆舒展，开阔许多，他会暂时忘了母亲，可是通常地，这个妈宝也只是在浅水区玩玩，他一下水就如同母亲就在身边，哪怕往深水处划上一下都觉得有心理障碍。

海洋一点不会游，不知为什么，他怎么都学不会，海洋的头其实不大，可感觉上好像很重。游泳时他的脑袋一旦入水，就怎么也抬不起来。可是现在，整个新浜，他好像是最为兴奋的一个。他伸着胳膊，拍打着水面，然后又把水泼向从他身边游过的任何一个人，连小姑娘都不放过。他把水泼在人家的脸上，还大喊大叫，大笑不止。小姑娘骂他，你个臭流氓，小姑娘越骂，海洋越兴奋。一会儿，小姑娘叫人来了，三四个男生，男生们围住海洋，要打。冰冰赶紧前去，冰冰说，拜托拜托，这是我阿弟，入水就兴奋，从小就这样的，脑子有问题的，道歉道歉。冰冰对小姑娘示意道歉。冰冰就是一头一脸的水，也掩盖不住他那俊美的真相。小姑娘看冰冰，愣了会儿。然后，扭头，沉入水里，游走了。那几个护卫的男生，也跟着游走了。

游得最好的是文武。文武游泳也是大胡老师逼出来的。去，游泳去，特别是冬泳，冰砸开来也要游。横渡长江也一定要去，毛主席都在游长江，你怕什么？淹不死的。文武的身体素质不怎么好，这一直是大胡老师的心病，有好几次打重要的比赛，在决胜局，文武体力不支的现象格外突出。

文武生来就应该吃体育饭的，他身体的协调性比任何人都好。他游蝶泳，双臂前展，往前扑去，又破水而出，一下又一下。他从这头扑向那头,游得好漂亮,一些人不游了,看他游。

阿松也不游了,他就站在水里,看文武如浪里白条,纵情来去。阿松羡慕文武。阿松游不好,他的体育课很差,哪怕做广播操也懒懒的样子,人家踢腿了,他还在伸手。体育老师先是以为他有意在捣蛋,罚他重做,可是纠正也难。后来见他画图好,就放过了他。

阿松突然看到了小孟老师。

往南,有个浅水湾,不知为什么那个地方没什么人,小孟老师独自套着泳圈,在水里走来走去,游来游去。她穿泳衣戴泳帽,还架着墨镜。除了阿松,估计无人能认出她是谁。可阿松一眼即能辨出。之于他,小孟老师的每一个姿态、每一处线条都烂熟于心。

她从左岸,划向右岸。她好像也不太会游,不过借助泳圈的浮力,她还是过去了。她立起身来,趔趄了几下,还是站住了。她大口地喘息着,停了会儿,她走上了岸。

阿松也不想游了,下意识中,他和小孟老师同步,她游他也游,她上岸,他也上岸。阿松坐在了大榆树下。他看着小孟老师,他的手指下意识地在泥土上画速写。

那边,她往泳圈里吹气,泳圈胀鼓鼓的,看上去很有弹性。然后她去了绿荫下,她把泳圈放下,坐了上去,她取下了泳帽,潮湿的秀发披散下来,甩了甩(阿松画过),然后,她就坐在那里双臂环膝东看西望,她转过头来,她看到阿松了吗?

109

她雪白,每一寸肌肤都在闪光。在她的上方有墨绿色的树冠,而她身体上有淡紫透明的光影在闪烁。阿松迎向她的目光,居然没有躲闪。

赵小雷也上岸了。他好像也没有怎么游。他坐在了阿松的边上。赵小雷顺着阿松的目光看去。

美女!

那边的美女又戴上了墨镜,赵小雷肯定认不出她是谁,他问阿松美女是哪个学校的。赵小雷说,她要是能当你的模特你肯定又可以获大奖。

金麦从水里匆匆地连滚带爬地上了岸。

他面色苍白,十分痛苦的样子,泳裤也差不多褪到屁股下去了。几个人的衣物堆在树下,金麦跑来就气急败坏地乱翻一气,他找到自己的那只破旧不堪的军用书包,把书包倒提起来,抖,那些鸡零狗碎的东西,弹弓、小玻璃水杯、橡皮耳塞、袜子、几片馒头干,等等,四处乱撒,奇怪的是,他居然还抖出了一本《支部生活》杂志,真是不知道这么一本毫不相干的杂志怎么会出现在他的书包里。

他终于抖出了他的救命宝贝。

异丙基肾上腺素喷雾剂。

那个小小的圆柱形的喷雾剂,玻璃的,有蓝色橡胶薄膜套着,喷口有点弯势,有盖子。金麦几乎是扑了上去,他捡起喷雾剂,拔开盖子,把喷口对着自己的口腔,揿了两下。然后他屏住了气,又长长地吐出。

他舒服了,他对身边的阿松和赵小雷说,适宜多了,刚刚差点死掉了。他一脸欢快地笑,好像什么事也没有发生过一样。其实,金麦随身的这个救命宝贝许多人都知道,在发病季节,他随时都会拿出来喷两下,然后就适宜了,要不然好像就会断气了。

赵小雷说,你夏天是不发毛病的啊,以前游泳也不发的啊。金麦说,刚才闻到了一股化肥的味道,从来没有闻到过这种怪味,突然就喘不上气了。阿松说,吓人,还好带了喷雾剂。金麦说,这个肯定是随身带的。金麦仰面躺在了泥地上,他的毛发旺盛,泳裤内更是鼓鼓的,他在发育上一点问题没有,像是比别人发得更好。有一次金麦说,其实也没什么,现在医院也不要去的,喷一下就好了。

海洋已经上岸了,其实他早就上岸了,他又不会游,还跟人家吵,还差点被打。不知道刚才在哪里,现在他也来到了树下。

冰冰还在水里,他已经被好几个小姑娘缠住了,他在教她们打腿、抬头换气,忙得不亦乐乎。树下的人喊他,他才恋恋不舍地离开了她们,哗啦哗啦蹚着水上岸来。

除了金河,别人都上岸了。

不远处有树丛,有女生在树丛里更衣。突然从里边传出了金河的叫声,救命呀!金麦赶紧往树丛里冲去,众人跟着往里冲去。

不要进来!

众人停下。

又过了会儿,金河从树丛中走了出来,她湿漉漉的,但是她很正常,毫发无损。不得了,金河说,有红蚂蚁!在爬!

没有人再认真地听她说什么,已经是傍晚了,夏日雷雨多,又有黑云夹着雷电往头顶压来。

赶紧回家吧。

20

  雨倾盆而下,他们还在路上。在虹桥路的某处有一栋楼,楼下有门廊,众人赶紧跑过去避雨。

  一会儿,雨小了。冰冰说,走吗?没有人动,其实几个人的目光都聚焦在马路对过的小别墅上。

  英伦风别墅,有尖顶和彩绘玻璃,还有黑篱笆墙圈着。

  这是唐永义的家。

  他们经常走在虹桥路上,路过这栋别墅时都会特别关注地看上几眼,有时候,还会扒着竹篱笆往里看上一会儿,看到过唐永义在院子里读书,还看到过唐永义正对着他们的眼睛看。这时候总会有人一声怪叫,大家就嘻嘻哈哈地跑掉了。

  现在,雨停了,晚霞满天。几个人心情大好,然后就哼着歌儿过马路。

  过马路后就到了别墅跟前了,不知为什么那扇木制的院门没上锁,冰冰手痒,推,竟然推开了。

  众人停下了步子。冰冰说,唐永义这几天不在上海。他的消息灵通,可信。大家的心情放松了许多。不知是谁的脚先抬了一下,然后大家都挪动了步子,慢慢地进了院子。院子里杂乱无章,地上有枇杷和橘子。冰冰拾起来吃。嗯嗯,他说,甜的。几个人就拾起那些枇杷和橘子吃。一直在游泳，肚子真的有点饿了，几乎每个人都觉得好吃，一吃就是好几个。

冰冰又对别墅的那扇正门发生了兴趣，他走向正门，笔直地立了会儿。

金麦问，你想干什么？

冰冰不言，他又伸出手去拧正门的那个铜把手。把手很紧，锁得死死的，不再有意外发生。他又看到一楼的某扇窗有点异样。他想了想，还是走了过去，刚下过雨，窗下是杂草和烂泥地，他过去时还差点滑了一跤。冰冰扒了扒那扇窗，窗虚掩着，开了。他回头看众人，笑。

然后他往回走，其实他大概也不想干什么，他只是玩玩，只是开了个窗而已。可这时候海洋突然跑上前去，他三下两下就趴上了窗台，然后很快地就打开了窗。一转眼，人不见了，他跳了进去。

以前海洋可不是这样的，他小个头，小学和中学都是坐在前三排的。不喜欢抛头露面，总是跟在别人的后面跑，在学校的存在感并不强，难以想象他会突然跳进别人家的窗子里去。他真是变了，在家沉默得如同一块石头，在外面就疯疯癫癫地随心所欲，惹是生非。

一会儿，别墅的正门打开了。

海洋嬉皮笑脸地，作态地伸出手臂，躬身，做出请的姿势。

欢迎诸位光临！他说。

他们从小就住在兵营式的房子里,那一栋栋的都是单位宿舍楼,区委机关的、粮食局的、文化局的、江南造船厂的、纺织工学院的,还有好几个研究所的,等等。住房结构都差不多,一梯四户,共用厨房,共用卫生间,共用阳台,共用走道。

别墅,那是别人家的事。家里或有亲戚住在别墅里,那也只是逢年过节去玩玩罢了。后来也不去了,好像住别墅的亲戚也不住了,都被造反派赶走了。阿松经常去华老师家,华老师家那么赞,那么高档,可也不是别墅。华老师说的,他家以前是住独立式别墅的,后来没钱了,就只能搬到公寓楼住了。

踏进别墅,首先闻到是打蜡地板的味道(阿松熟悉这个味道,他经常跑美术馆),别人就觉得这个味道很遥远,小学一二年级时,学校偶尔会组织去参观博物馆,或者是美术馆,那里面就是这个味道。

地板很滑,海洋侧着身子滑了一下,就从大门口滑到了壁炉处。这是一个很大的厅,垂着水晶吊灯,中间摆有一个长沙发,还有两个小沙发。

喂!金河扭头叫冰冰。

在、在。冰冰应答。他和金河在一起也老是躲躲闪闪的,金河这么叫他,就赶紧跑到她的跟前。

你肯定唐永义不在上海?

肯定!是这样的,前天上午我给我妈去中药房拿药,我妈这个人,你是知道的,以前一直看西医的,现在突然相信中医了。

别扯你妈了,烦死!金河打断他的话,现在叫你说的是唐永义。

对对，就是那天，我在去中药房的路上见唐永义提着包去坐公交。我问他唐老师你去哪里。他说去贵州、云南、湖南好几个地方，我问他唐老师是去玩吗？他说哪有时间玩，你们这些人的分配把我搞死了。有同学的表格乱填，都是虚假信息，别的家长举报了，学校不得不去外调，要不然分配方案根本定不下来。不过唐永义说我没问题，等通知就是了。

冰冰显然没有瞎说。

吊灯被打开了，光照弥漫开来，很舒服，这几个人坐在了沙发上。有的人身上还是湿的，可那有什么关系呢，唐永义远在外地，家里的事，他根本就不知道，想来以后也无从调查。

几乎是同一个感觉，肚子饿了。咕咕在叫。冰冰说，怎么办，要不回去吧，太饿了。没有人想动，金河斜躺在长沙发上，一边说饿，一边好像已经快睡着了。

又是海洋最起劲，他说我去看看有什么吃的，我们就在这里吃饭吧。留下钱就可以了，像红军那样。

大家同意。

海洋去厨房，但是跑进了卫生间，又拉开一扇小门，却是贮藏室，后来他总算绕来绕去找到了厨房。可以听见海洋在厨房里乒乒乓乓乱翻一气的声音。一会儿，他提了好几瓶酒过来了。海洋把酒瓶往地板上扔，咚咚几下，酒瓶在地上滚，甚至滚到了沙发底下去了。喝吧，你们！

有吃的吗？冰冰问。

有!

众人兴奋地跟着海洋往厨房跑去。

厨房好大,新村宿舍楼的厨房根本不能比。有好几个柜子,他们拉开柜门找吃的,真的找出了不少——鸡蛋、腊肉、香肠、花生米、年糕片、卷子面、苹果,等等。

冰冰独自在厨房忙,他的厨艺是出了名的。妈宝也辛苦,在家里,买汰烧他都是一手包了。

没过多少时间,冰冰就做了不少吃的。

他们就在客厅里吃,还喝了很多的酒。大家都觉得冰冰做的菜非常可口。他还做了一大锅的扬州炒饭,炒饭里是应有尽有,那真是好吃极了。海洋突然说,冰冰,我可是真想当你的老婆哎,让你每天做给我吃。海洋在这么说的时候,金河的脸色有点难看,不过仅此而此,她没有太多的反应,只顾进餐。

一会儿就清盘了,好几个酒瓶光了,好像海洋喝得最多,反正他已经不是以前的那个海洋了,以前他是滴酒不沾的,一直说自己酒精过敏,沾一点酒身上就东痒西痒的,现在是完全不管不顾了。他在客厅里绕着圈,做着怪异的动作。厅里有扶梯通往二楼,他就学狗爬爬上了二楼,可以听见他在二楼喊,哎呀,这是只弹簧床呀,好适宜好适宜呀!赵小雷喝得也多,他也跑上二楼去,一会儿也听见他在喊弹簧床好适宜。

金麦喝得脸发紫,那个异丙基肾上腺素喷雾剂他已经喷过一次,可是他不管,还是喝。白酒他倒是没敢喝,他喝黄酒,还有啤酒。金河阻止过他,但没有成功,金河跟他说,混酒是不能喝的,一喝就要醉的,可他就是不听。

冰冰和文武喝得少,状态还比较正常。冰冰怕喝多了被他妈闻到,那会被骂死。文武的酒量好,以前打球不过是玩玩的时候,他随便喝。可是跟了大胡老师之后,他就基本不喝了,大胡老师勒令他禁酒。其实金河的酒量最好,有一次她和好几个男人拼过,那些人都倒了,她还是神态自若。金河说这个是天生的,尽管你们是男人,但即便是男人也无法和神人较量。

海洋和赵小雷从楼上下来了。

两人又找到了更为高级的食物,洋酒两瓶,罐头四个。他们把洋酒和罐头又放在了茶几上,

床底下找到的。赵小雷说。

谁都没有伸手,实在是觉得不好意思了,好像都觉得自己太过分了。金河站在大厅的一个角落里,对海洋他们拿来的酒和罐头不为所动。那是个暗黑的角落,金河在摆弄一个手摇的留声机。她是见过留声机的,她记得很小的时候,二楼六室爷叔家就有一架,爷叔把黑胶片轻放上去,然后唱片就转动起来,有一枚针头让唱片发出美妙的音乐。后来那个留声机就不见了,她问过六室爷叔留声机哪里去了,爷叔什么也不说,只是摇了摇头。

面前的这个留声机的样子和六室爷叔家的差不多,盖子上有个搭扣,掰一下搭扣就可以打开盖子了。在留声机的边上,有一摞黑胶唱片,金河拿起了一张《莫斯科郊外的晚上》。金河太喜欢听这首歌了,暑假的时候,她晚上坐在阳台的竹榻上看星空,

对过有老三届的高年级在窗前弹吉他,就是这首曲子,她会在这首曲子中睡着。当时,她觉得自己已经爱上了那个老三届和他的吉他,尽管她从未看清过他的脸,后来那人那吉他都消失了。她把黑胶唱片从纸套里抽出,平放在了留声机上,然后她把唱针头也放了上去,她不知道那个针头点在胶片上的位置是不是对,这是她头一次做这个事情。接下去她不知道如何才能让它转动起来。她东摸摸西碰碰,有一个小小的开关她动了一下,好了,转了。

是男声独唱,烟嗓。

深夜花园里,湖面静悄悄,
只有鸟儿在歌唱。

好听极了,金河觉得自己要哭了。厅里的别的人也都静下来听歌,他们停止了吃喝,就那么静静地听,从头听到尾。四段歌词,一个字都没有漏。

结束了。金河说,下面还有别的歌,金河把唱头提起,问,还要听吗?众人说,要听,好听。金河又把唱头放上,接下去一首歌是《红梅花儿开》,这是个女声合唱,刚唱了个开头,唱机的电源插头就被拔掉了。

是金麦拔的。

他说,别听了!他很生气的样子。

金河叫他别捣蛋,但是金麦还是说别听了。金河烦死他了,一把拽过他的手,又把电源插上。金麦索性从留声机里取出了那张唱片,金河去抢,他又把唱片当作飞碟似的飞扔出去,飞碟撞在了楼梯的某一格上,很可能这么一撞就撞碎了。

金河大怒。

金麦!金河叫道,你个赤佬,你要死啊!

金麦不理她,他返身又坐回到沙发上去,他坐的是一个单人沙发,他把自己的身子埋得很深,只是伸着脖子昂着头。阿松坐在地板上,他的一只手搭着那张单人沙发的圆鼓鼓的扶手。阿松微微仰着脑袋,零距离地看着金麦的脸,他看见金麦脸上长着的那双眼睛发出一种异样的光。是的,他捕捉到了。

这是黄色歌曲!金麦说,你不要搞修正主义!

金河气得脸都发白了,她冲到了金麦面前,她指着金麦的脸大声斥,你懂什么?你知道什么叫修正主义!

金麦立起身来,他好像一点都不惧他的阿姐,胆儿肥的样子,他在金河面前踱来踱去,甚至做出某种挑衅的腔调。金麦以前对金河哪敢这样,以前金河说什么就是什么,他只有服从,一点反抗的意思都不会有。

众人都不知道金麦这是怎么了,出了什么情况。是因为酒喝多了吗?可是金麦还想喝酒,他在厅里转着圈找酒,他找到了,就是海洋又拿来的洋酒。他拿起了洋酒,看了会儿,他的嘴角边露出一丝讪笑,然后他就去拧酒瓶盖。金河扑上去抢,但是他闪开了,两人在厅里奔逐了会儿,金麦突然跳上了厅里的长桌。

他高高在上,金河就是跳也够不着。

金麦哈哈笑,然后他就把手中的洋酒瓶拧开了,瓶子是棕色的,葫芦状的,玻璃面上有复杂的绕来绕去的花样图案,看上去非常高档。金麦仰起脸来灌酒,不顾一切的样子。

金河看着金麦发呆,她已经没有力气了,她只能随他去了。她不知道到底发生了什么事,不知道到底是哪个环节出了问题,她这个阿弟怎么突然疯了一样,他下午不是还在河岸上发哮喘吗?

众人看金麦,又转头看金河,他们看到金河的脸色煞白,像是一滴酒都没沾过一样,而其实金河喝得一点不少。

站在桌上的金麦总算把酒瓶放下了,感觉上有小半瓶酒进了他的体内。金麦在桌上趔趄了一下,他又稳住了,他跌不下来。冰冰上去拽他,只是拽到他的裤腿,金麦挣开了。

金河尖叫,别管他!别管他!

金麦在桌上挪了挪步子,站稳了。他说,今天,你们都在这里,那真是再,再再好不过了,我要宣布一桩事体,我,本来是想过两天再宣布的,可是现在,就宣布算了,反正是总归要宣布的。

因为喝多了,他的话说得并不利落,结结巴巴的,他停顿了会儿,深呼吸。我就要去大丰农场了,我去的地方是,是是,是,是是是……他想,想了又想,他继续说,我我我,我要去的地方,是在,那边,有一条河,那叫淮河,我完全想起来了,那个地方叫江苏省盱眙县红旗村第三大队,可是,可是人家不要我。册那,那我只有去大丰农场了。再过一两个月我就要和你们分手了，我会，会会，我会想念你们的！

他又喝洋酒。然后大摇其头，苦着脸说，这个酒的味道也太怪了，像菲那更咳嗽药水，一式一样的。

冰冰对身边的人说，不能让他喝了，他在发神经了。冰冰的说话声很轻，但是金麦还是听见了。

我是喝多了，金麦说，可我的脑子清醒得很，后天，礼拜二是吧，你们去学校看看，后天学校还是开门的吧，是返校日吧。对的，操场边上的那个专栏，你们去看看那里贴了什么。

金麦把目光转向了金河，他看到金河呆若木鸡地站在那里，一脸的茫然，完全不知所措。

阿姐，金麦说，是这样子的啊，你呢，也不要想不通，我不过就是难得出一次风头，风头过去了，阿姐还是阿姐，我还是我，我这个人肯定不会有大花头的，我肯定还是跟在你屁股后面转来转去的，你放心好了，不要想不通，金麦摇了摇手指，千万千万不要想不通。

金河长吁一口气，她好像比刚才沉着一些了。你下来，你下来好好说！

金麦还是不理她。

金麦说，从小到大，人家只晓得金河金河，啥人晓得还有一个叫金麦的人。小学，你是大队长，后来，进中学，你又是红卫兵团的副团长。你的读书成绩也是最好的，你的奖状要把屋里的几个房间都贴满了。那么，你讲，那么我算啥东西？

你在胡说八道什么啊，你有气喘病自己不晓得啊，年年要住院的你自己不晓得啊。你现在长成这个样子,谢天谢地了,你还想怎么样?

嘿嘿,金麦冷笑,我其实就是要让人家晓得,我们屋里厢,不仅仅有金河,还有一个叫金麦的人,是双胞胎,养出来时就差了半分钟。在班级里,这个金麦就坐在那个金河的后排,实际上面,这个金麦一点不差的,花头很浓的,除了气喘病这个没有办法之外,别的方面,一点点都不差的。阿姐,我讲了这么多,你到底是听懂了哦?

金河立在那里,她在流泪。金河应该是听懂了,别的人也都能听懂了,金麦这个是不服气,多少年来,他一直生活在阿姐的阴影下,被阿姐的光芒照成了一只病病歪歪的小爬虫,这种精神上的压抑和生理上的气喘都是难过得要死了。现在,他总算找到机会了,他要一鸣惊人,他要翻盘。

金麦又举起了酒瓶子。

前天,分配办通知我了,区里通过了,就快发通知了,而且,我的入团报告也在审批当中了,据说,肯定可以通过,放心好了。那么,这次全校第一批共青团员,八人,阿姐你是,我也是,我们两个,平起平坐了。你们这些人,金麦挥了一下手臂,然后对在场的人说,就不要再看不起我了。

静场,良久。

金河突然想吐,她的胃里翻江倒海,她完全被金麦搞乱了。以前她再怎么喝酒也不会有吐的感觉。她忍不住跑去洗手间,然后对着马桶大吐了起来。

金河在吐完了之后，觉得舒服了许多。在洗面盆的上方有面镜子，她看镜子，她不得不承认，她和金麦长得太像了，那额头、那鼻子，还有那唇那下巴，哪哪都像。真是一个妈养的双胞胎。而且，金麦站在桌上的那番表演，金河也能从中看到自己，差不多就是她的镜像。她在学校和别的场所作演讲时，应该就是这个样子的，亢奋，煽情，手舞足蹈而又滔滔不绝。

金河把自己弄得正常了些，然后走出洗手间，走进了厅里。有人在抽烟。金麦已经从桌上下来了，可又不知为什么他又和冰冰互相揪在一起。

两人都揪着对方的前胸衣襟不放。

金河上前，问，这又是在干什么？

金麦扭头看了看金河，呆了会儿了，又想了想，他松手了。金麦松了手，冰冰也就松了手，他整理了一下自己的衣领，他还是很整洁。再看金麦，他的上衣拉垮成了破布一样。

阿姐，金麦说，这个赤佬（指冰冰），我是想帮你揍他一顿的，你讲，这只赤佬是不是人啊。哦，两个人谈恋爱，一个留在上海工矿，另一个去上山下乡，上海工矿就把上山下乡的一脚踢掉，这个还是不是人啊，你说要不要好好教训他一顿啊。

金麦说着，又向冰冰扑了上去。

几个人赶紧拽住了他，金河没有上去拉他，她看金麦这种抱打不平替她出头的样子突然想笑，她实在忍不住了，笑了起来。

金麦还在说，去和那个美玲压马路，压过来压过去，你要压给啥人看啊，你是要成心压给我阿姐看啊，我阿姐为了你夜里厢睡不着觉晓得哦,她嘴里讲讲无所谓,不过就是嘴里讲讲的,真的无所谓哪能会困不着觉?

金河已经笑得喘不过气来了,她捂着肚子边笑边哎哟哎哟地叫。

那么好了,现在我要告诉你,金麦指着冰冰的鼻子,你这只赤佬听好了,现在我马上就要去那边,去大丰农场了,下个月我就可以收到通知书了,人家都把我的档案调过去了,我阿姐肯定就留在上海工矿了,那么你到底是要美玲还是金河,你想好了哦?

金河不笑了,她看着金麦发愣,她终于意识到,这个应该不是醉话了。

阿姐!你这样看着我做啥,我告诉你,今天晚上我说的每一句话都是真的,千真万确、铁板钉钉的。爸妈那里,我这两天也要摊牌了,他们再怎么反对也晚了,没有用了,我要走了,去广阔天地了!

金河默默摇头。

金麦还是盯着冰冰不放,哎哎赤佬,回答我,到底是美玲,还是金河,就是不要金河,那么讲出理由,金河哪里配不上你?

冰冰一副可怜相。

海洋有点同情冰冰,他上前推了金麦一把,他也是醉醺醺的样子。好了好了,你这个人也不要逼人太甚了好哦,这个问题没有意思,他也回答不了,要问,你就去问他妈才对,啥人不知道,这种事情又不是他可以决定的。对哦!

没有料到，冰冰突然转身面向了海洋。他狠狠地推了海洋一把，把海洋推倒，海洋四仰八叉地躺在地上，眼镜也飞向一边。

赵小雷赶紧把海洋的眼镜拾回，重又戴在了他的脸上。还好，镜片没碎。海洋艰难地从地上爬起。海洋比冰冰要矮半个头，但是他不怕，他像要和冰冰打上一架才算过瘾。

冰冰斥，你插什么嘴，你这张臭嘴，管你个屁事，你自己不撒泡尿照照自己，你连亲生的都不是，连个亲妈在哪里都不知道，你不过是个领养的，你就滚一边去！

全场瞬间安静了下来，谁也没有想到冰冰会说出这么恶毒的话，包括金麦都闭上了嘴。金麦醉眼蒙眬地看冰冰，满面疑惑。别的事他好像已经忘了。

金河把海洋拉向一边，她觉得海洋这个时候很轻，稍稍一碰，他就像片羽毛般地飘向犄角去了。

金河走向冰冰，停住。

我鄙视你！她说。

21

  福根又来了。福根从虹桥路的东边走来,他提着饭盒子。饭盒里是小菜,又是唐永义欢喜吃的:炸鸡腿、烂糊肉丝、肉丸子,等等。唐永义在出差之前关照过的,礼拜天去打扫一下,他礼拜一回来。福根懂少东家的心思,最好是出差回来,开门,一眼看过去清清爽爽的,地板蜡打过了,玻璃窗揩过了,院子里跟屋里面的花草也侍弄过了,桌子上要有吃的,最好还是热的。

  他闻到了一股酒味,他感觉到会有什么事情发生了。到了别墅,他赶紧开门进去。

  眼前一片狼藉,杯盘酒瓶,随处乱扔。还有好些个罐头。那些罐头是身在海外的唐家人寄来的,唐永义一直舍不得吃,都已经放了好多年。可是现在看过去,每一个罐头都撬开了,而且吃了个精光。

  福根数了一下,共七人,六男一女。喝醉了,仍在死睡。有睡地上的,也有睡沙发上的,还有一个就睡在楼梯上,斜着睡,居然没有滑下来。

  福根去报警。

  往西走三百多米就是派出所。福根匆匆地走进派出所,然后说家里出事了,遭抢了,那帮赤佬还在他家里睡大觉。福根要求警察赶紧去抓人。

　　还早，又是礼拜天，派出所也没几个警察，有的还在打盹。福根进来，一口纯正的苏北话也顾不上切换成上海本地语了，警察一开始听不清福根到底在说什么，而且看福根的样子好像也不是盗贼惦记的那种，所以没太当回事。后来总算听明白了。那栋别墅警察当然是知道的，唐老师住的，唐老师是认得的，他在这一带应该也算个人物，走在马路上都一直是要向唐老师微笑打招呼的。

　　大门砰的一下，又关上了，福根报警去了。
　　金河醒来了。她的反应很快，她意识到有人进来过了，可她并不清楚那会是谁，应该不会是唐永义，唐永义在外地，远着呢。金河再看，吓坏了，昨晚上喝得实在太多了，后来几乎每个人的情绪都失控了，再后来就随便躺下睡着了。
　　她要把他们叫醒。
　　她喊：警察来啦！

　　两个警察，还有福根，往别墅里走来。警察的腰间还别着手铐。福根担心，出警人员太少，手铐也太少。
　　有七个人啊！福根说。警察不理他。
　　到了，警察推大门，门锁着。警察令福根开门！福根抖抖豁豁地从衣兜里掏出钥匙，感觉上他不是报警人，就像是盗匪的同伙一样。

门开了,警察看大厅,干干净净的很正常。以前他们也进来过,虹桥路上的别墅的情况他们了解,上次来是来查户口,唐老师接待的,很大的厅,看上去很气派,很明亮。现在还是那样,好像没有什么情况。

警察问福根,你说的那七个小矮人呢?

伊拉不是小矮人哦,一个个都是很大人的哦!福根还是一口的苏北话。

警察又打量了一下四周,不再理福根了,转身离去。福根在厅里转来转去,他的神志确实有点恍惚。他注意到他的保温饭盒还搁还在餐桌上,他打开饭盒。

少了一根鸡腿。

福根大怒,恨恨地跺脚。两只鸡腿,他不吃,他老婆也不吃,就是想给少东家吃的,想让他好好补补的。现在居然少了一只。好在别的菜都还没有动过。

他又注意到,保温饭盒的边上,那个水晶玻璃烟缸下压着钞票。福根把烟缸拿开,他看到有一张十块的钞票。钞票下还有一张纸,他拿起纸来看,有字:

户主,借宿一晚,餐费在此,查收,谨致以无产阶级的崇高敬礼!革命小将上。

22

那天早上在别墅,是冰冰从兜里掏出钱来压在烟缸下,他总是不缺钱,有时候他真是个阔佬。金麦就到处找纸和笔,他跑去二楼书房找,后来找到了。别的人都急着逃,他还在那里笃定地写字,白纸上那几个黑字就是他写的。

金麦站在餐桌上号叫,要他们去学校看看,在操场边的专栏上,有他的决心书。金河真的是一点都不知道金麦还写过决心书。

她一定要去看看。

暑假期间,门卫一直把大门守得很严,平时一直关着的,只有在返校日才有学生可以进校。刚放假时还好,进出还比较宽松,后来听说有毕业生家长来学校吵,还打过,然后校门就紧闭了,即便是返校日也是严格查,一般非在校人员,比如说毕业生,那就不一定放行了。

金河周一来,没能进去。门卫问金河有啥事,金河说,没啥事。门卫说,没啥事就不要进来了,这里是学校,不是啥人都可以进来的。金河不想多说什么,走了。

第二天是在校生的返校日,金河又去。她成功了。进校以后,她直奔操场,看到操场边的专栏前,不少小她几届的学弟妹们聚集在那里,在看,在议论。金河挤了进去。

专栏上张贴着金麦写的血书。寥寥数个大字:

决心书
广阔天地,大有作为!
本人誓言,到农村去!
金麦上

哎,金河,这个是你阿弟哦。有小师妹认识金河,在一边问。金河头晕晕的,没理她。这个是血书哎,小师妹说,痛死了!在场的小同学都扭头看她,她感觉被众人的目光灼伤了,她赶紧逃。

她一定要去和学校老师谈谈,金麦是病人,是个在不断用药的人,那种异丙基肾上腺素喷雾剂,就是一种激素,这个药几乎就是一种毒品,它能平喘,也可以让人陷入迷乱。那个什么血书,根本就不作数的。金麦,她阿弟,他只能留在上海,事业单位、大国企、大集体、小集体这些都不重要,重要的是他必须生活在大医院边上。

分配办在学校四楼,金河跑上,几个办公室都是没有人的。唯有一个小房间开着,顾老太在打字。

顾老太扭头看了一眼金河,哦,金麦的阿姐来了,是金河吧。有啥事哦?她不再打字。

我有急事,要找分配办的老师!金河跟她一点不熟,只知道她单身未嫁,是个老姑娘。顾老太精瘦精瘦的。

不可能的,顾老太说,吓都吓坏了,都逃在外面办公去了,你们家也老忙的哦,先是金麦天天来吵,现在阿姐又来了。

他来吵什么?

吵什么,你这个阿姐不晓得啊。要去上山下乡,要去安徽,去苏北,急煞了。

他不好去的,他是有病的。

人人都晓得他是有病的,可是人家就是思想觉悟高,就是要去,那你又没有理由不让他去的啰,对不对?还写了入团申请书,还写了血书,看到了哦,就贴在下面,我是不要看,吓人的。

他瞎说的,不作数的。

什么瞎说,批都批了,入团申请批了,就差一个仪式了,去大丰农场也批了,就等通知书了。顾老太招了招手,意思要金河靠近些。

你晓得哦,学校里、块里面、区里厢那些人开心煞了,总算寻到了一个典型了。接下去还要叫他去巡回演讲,还要上报上广播电视来。

顾老太停住了,不说了,扭头继续打字。她打字很慢,一个字一个字地打,嗒,嗒,嗒嗒嗒。

她又停下,扭头看金河。

你倒是可以留上海了。她又打字,又停下。她像是在自语,不过你阿弟真是命都不要了，我就是一点气管炎都离不开上海一步，要有医院，要吃药的。也不知道你们家人是怎么想的，父母居然也会同意，怪事，看不懂。

金家，晚饭。

父母只是吃饭，说一点家常话，金麦不要命的逆袭父母根本就不知道，也想不到的。桌上有梭子蟹，放了毛豆子，红烧，好香。梭子蟹是海鲜，金麦在家里是不吃海鲜的，带鱼、黄鱼、鲳鱼，等等，都不让他吃。医生说吃了海鲜会发病的。

但是金麦冲着梭子蟹伸筷子了，他把梭子蟹夹在了自己的碗里，大口地嚼了起来，吃得津津有味。

父母对视一眼。

母亲说，金麦啊，这个你是不能吃的啊。

金麦根本不听她的，继续吃，他很快地，把半只梭子蟹吃掉了，而且还意犹未尽的样子，又夹了一只大钳子咬。

父亲是老好人，父亲说，哎哎，吃吧吃吧，少吃一点应该没啥事。

金河没有干预，她只是看着金麦吃，一声不响。她甚至希望他多吃一点，然后半夜突发哮喘，再坐救命车去医院，接下去就去找分配办，一定要找到他们，然后就拖着分配办的老师来看看。

那晚的月光亮极了，照得屋里如同白昼。金河睡不着，她的脑子里满是金麦。她起床，出了门。金麦单独地睡在另一个小间

133

里，金河轻轻打开屋门。她见金麦睡得烂熟，四仰八叉，被子踢在一边。金河前去替他盖上被子，金麦的呼吸畅通极了，一点障碍没有。看起来，那个什么不能吃海鲜的戒律未必正确，不过说说的。

　　大概在四五岁的时候，有一个大年夜全家人都是在医院里过的，金麦在抢救中，他躺在病床上，一根橡皮管子插入了他的鼻孔。父亲坐在病房的角落里抱着头，母亲在哭。金河觉得自己要死了，这个记忆非常清晰。她把一只戴帽子的布娃娃送给了别人，也是一个病孩，那个病孩的鼻子里没有管子，她还在笑，她接过金河送的布娃说谢谢。然后金河就坐在阿弟身边等死，她想，她看不到明天的太阳了。阿弟如果死了，那她也肯定要死，他们是连为一体的。

傅星油画 新村

23

赵工就在一号花园里走路,他的右手右脚不方便了,但是他坚持走。这是遵医嘱,每日上午一个小时,下午一个小时,如果天气好的话,夜晚他还会加半个小时。

赵工在一号花园一歪一歪走的时候,窗前肯定有人在看,楼下的欢欢就经常趴在窗前看。欢欢想,他这个病还会好起来吗?

护士长上下班经过花园时经常可以遇见赵工,护士长就表扬说,哎,赵工啊,不错啊,看起来有进步,坚持走啊。赵工总是对护士长抬抬左手,表示感谢。是的,这么些日子以来,护士长老是去楼上帮赵工打吊针,省去了赵家人多少事,要不然像赵工这样的七十多公斤的残疾人去次医院那也太难了,赵小雷又不会踏黄鱼车,就是会踏,也不知道去哪里借黄鱼车。

护士长回家,见女儿趴在窗前看,护士长就问,看什么呢?

欢欢离开了窗,欢欢问,妈,你说楼上爷叔的毛病还会好哦?

难说,护士长摇头,不一定的,有的人就此好了,一天天好起来,只要自己当心,就没什么事了,可以活很多年,和正常人也差不多。也有的人看上去好了,突然又不行了,说走就走了,根本来不及抢救。中风这种病,如果复发,那就比上一次更严重,就是不能复发,这是命数,我看得多了,还有他脑子的那个肿瘤,但愿是彻底处理干净了,一点都不再长了。

那赵小雷怎么办?

护士长问,你什么意思,什么叫赵小雷怎么办?

我是说,如果爷叔康复了,那么赵小雷铁定要去农场了对哦?可假使他爸突然间死掉了呢,就像你讲的,命数到了呢,那赵小雷就是丧父,就可以留上海,读读技校也是有可能的对哦?赵小雷功课又好,特别是数学好,我数学做不来的时候,只要问他就可以了,他随便一想就有答案了,肯定不会错,赵小雷就是天才。

护士长拍桌子,你这只死丫头在想什么呢?这种事情是你应该想的吗?赵小雷他应该去哪里他就去哪里!而且,你问我,我又怎么能知道,我们医院里要做的,只有一个目的,就是把人救活,把病治好。病人的家事,我们是从来问都不问的,而且,你说,这个,这种事情,想多了,有意思吗?

欢欢朝母亲翻了翻白眼,我不过是问问,你那么激动做什么?

母女俩都不说话了。

两人看窗外,赵工还在走,一步一步,歪着的,右手往里弯,那个也需要慢慢矫正,有的病人可以矫正过来,也有的病人还没有矫正过来,就匆匆地离世了。

赵工逆时针绕花坛,不知道他为什么老是逆时针走,是不是工程师都是逆向思维,那样更出创意?花园里也有一个偏瘫的中风病人,比赵工更老,人家就是顺时针绕着花坛走。两人走一圈,就打个照面,点点头,笑笑。但是那个老人这两天没来了,不知道出了什么事,也可能是命数突然到了。护士长不认得这个老头,病人没去过他们医院。

现在赵工停下了,一会儿他慢慢蹲下,然后他伸出了左手,他的左手在够路边的一根落地的树杆,他够了半天,总是差那么一点点。

窗前的母女俩一直看着,不言,但都在替他使劲。总算拿到了,他的目的是要把树杆当作拐杖来用,他立起后试试树杆,可用,他撑着树杆,走。护士长其实心有不满,从中风病人的康复角度来讲,应该尽可能地徒手走,现在的这种走法有作弊之嫌。但是护士长实在管不了那么多了,她很累了,八小时下来一分钟没停过。

饭做了吗?护士长问女儿。

还没呢。

那去做呀,还看什么?

赵工有一晚跟赵小雷谈。既是父子,又是男人间的谈话。很坦率。赵工说,小雷,你成年了,我们索性把话说白了吧,这样对你有好处。

赵小雷有点紧张,父亲从来没有这么严肃地和他说过话,一直以来,父亲只是对他的学习成绩不满,尽管他的数学成绩差不多已经是学校最好的了,可父亲还是不满意。拿了九十九分,他问为什么不拿一百。拿了一百，他会问有附加题五分，为什么不做？除了功课上的不满，两人好像没有别的话题。

南房里的一张桌子，两人相对而坐。只开了一盏小灯，省电，可小灯的灯光太暗，只能把父亲的脸照个大概。这样也好，其实赵小雷也不习惯和父亲太近距离的对视，他不想让父亲把自己看得太清，反过来也一样。

你是知道我的这个身体情况的吧。

赵小雷无语。

我这个病么，很难说的，说好呢，它慢慢地就好了，说不好呢，说不定哪天就突然去见马克思了。

那晚屋子里很安静，母亲和弟妹都不知道去哪儿了，也可能是父亲要和赵小雷谈话，把他们支开了。不知道为什么，屋外也突然安静了下来，那些老是在夜间叫的知了也闭了嘴。唯有三五牌的座钟声在嘀嗒作响。

赵工继续说，你中学算是毕业了，不过你们这代人毕的什么业也只有天知道。不管怎么说，是长大了，要走上社会自己养活自己了。你呢，是务农档，要下乡去的对吧。

赵小雷点头。

赵工说，不过无论如何，我想还是应该争取一下，让你留在上海，船厂有技校，要是有可能留在上海，那么你就好去技校读书，学校的领导有几个是我的学生。男小囡不读书怎么办，你要相信我，这种乱世会过去的，到后来，还是读书人的天下。我们赵家，上溯三代都是读书人，我真是不想到你这辈子断掉了。

赵小雷又是无语。

赵工问，笔和纸，有哦？赵小雷抬头看父亲，他感觉到父亲的面目更加模糊了。

我想以我的名义给你们的学校写封信，赵工说，你的情况很特殊，看看能否照顾一下。我以前去谈过，他们不听，现在情况有变，他们应该重新考虑了。先和学校谈，要是不行的话，区教育局那里，我也有办法找到人。

赵小雷问，那你想怎么说？

我想好了，就这么说，第一，本人，赵小雷父亲，上个月在工作中突然脑溢血急症入院抢救，医院发了病危通知，家人开始准备遗像了（他居然知道），后万幸经手术活了过来，现暂无生命危险，目前正在康复医治中。第二，这个病的预后不良，很有可能终身残疾，生活不得自理，也有可能再遭复发，就此呜呼哀哉。所以请学校基于人道主义的角度慎重考虑，能让赵小雷升个档次，留在上海。

赵小雷实在听不下去了，他抬头问，爸，这样写好吗，这也太不吉利了吧。

赵工生气，顿脚，写，就这么写，不吉利的是我，和你有什么关系。赵工顿了好几次脚。一会儿楼下就传来回音，显然有拖把柄在捅天花板，咚咚咚。护士长上夜班，半夜接班，晚饭后要睡觉，楼上弄出这么大声响还怎么睡？

赵工说他手不方便，写不了，他念，赵小雷写。赵小雷只得找出纸和笔，然后父子俩，一念，一写。写了好久。母亲回家了,她要做家务了。母亲打开里间的门,赵工挥挥手要她出去。

总算写完了,赵工想了想,说,那句,基于人道主义考虑前加个定语,革命的,基于革命的人道主义考虑。赵小雷改,然后把满满的两页纸递给父亲看,赵工细细地看了两遍,点头说,可以了。然后要儿子找出信封,套上。

你明天就去学校,交上。

赵小雷极不愿意的神情,赵工又怒,去!他又顿脚。

楼下的护士长再一次地从睡梦中惊醒,她无奈地在床上坐起,抓抓头发,不睡了,上班去。

学校的门关得紧紧的,赵小雷心思重重地在校门外走了几个来回,他的手揣在兜里,衣兜里就是那封信。他一直在犹豫。学校门卫注意到了他,门卫问他想干什么。赵小雷支吾了半天,总算说清楚了,他要找分配办的老师,他爸写了封信要交给老师。门卫说,不可能的,找不到的,回吧。

赵小雷哦了一下,松了口气,转身就走。

然后赵小雷就在外面玩,玩到吃晚饭时回,他差不多都把送信的事情给忘了。

晚饭,赵小雷刚坐上饭桌,赵工就问他信送到没有。赵小雷说没有,学校不让进,而且他听人家说,现在分配办的老师在外面租了房工作,谁也不知道那个地方在哪里。因此,在他看来,这个事就算了吧。

赵工本来左手拿着勺子往一个菜碗去的,听赵小雷这么说,就收住了手，他把勺往桌上一扔，不吃了。父亲不吃了，母亲也不吃了，赵小雷也跟着不吃了。弟妹不管，继续吃。

僵持片刻。

母亲说，还是先吃饭吧，赵小雷赶紧吃，母亲也吃，赵工还是不吃。母亲说，那总得吃饭吧。赵工说，这个事不解决，还吃什么饭。母亲说，信你送不到人家手里，那你就寄过去吧，他们总能收得到吧。赵工想了半天，说，也只有这样了。他艰难地起身，去里屋，拉开书桌抽屉找出了一张邮票，八分钱的。赵工回饭桌前坐下，把邮票给了赵小雷，要赵小雷现在就粘上，别一会儿弄丢了。赵小雷只得停下吃喝，从兜里掏出了信，信已经皱皱巴巴的了。赵工皱眉。赵小雷接过邮票，小心翼翼地用糯糯的饭米粒把邮票粘在了信封上。这时候，他发现了问题，说，这是八分的，市里寄信四分就可以了。赵工说，家里也只有八分的了。那是一张新兴力量运动会的纪念邮票，邮票上是运动员在挥拍打乒乓球，他想到了同学文武。他甚至觉得邮票上的那个人很像文武。

昨天赵小雷在校门外走来走去，今天他又在邮局前徘徊，他的兜里还是那封信。当然，信是可以寄的，可他实在不想寄。

他一点都不想把自己的分配去向和他爸的生死联系在一起，这个事情他越想越没劲。其实他一点都不怕下乡，上次填表时，他就填了想去崇明农场。唐永义还问了他，为什么想去崇明，而不是去奉贤，奉县在交通上更方便些。赵小雷说，其实他就是想坐船。唐永义想了想，点头，拍拍他的肩，表示理解了。

从前，父亲数次带着他去看厂里的正在建造中的大轮船，但是赵小雷从没有坐过轮船。崇明是个岛，往来要坐船，他想象船在江上驶，他站在甲板上，看惊涛拍岸，看日升或日落。而那艘船，或许也正是他父亲趴在地板上设计的。

赵小雷在绿色邮筒前挣扎，阿松来了。

阿松是从药房出来的，药房在邮局的边上，两人刚好打了个照面。

赵小雷问阿松去药房做什么，家里有人病了，还是他自己病了？阿松说，他去买点松节油，他最近在画油画，油画颜料要松节油调的，油画笔也要用松节油洗。赵小雷说，他从来没有看过油画，更不知道画油画是怎么回事。他问阿松，他去看看他怎么画的，可以吗？

阿松想都没想就拒绝了。阿松说，不可以，现在他只是一个人闷着画，边上哪怕有一点点干扰，他就画不好了。他要赵小雷理解。

等啥辰光可以让人家看了，我第一个通知你，好吧？

赵小雷点头，说好的。又说，他爸设计轮船画图纸也是不能让人看的，只要他一画图纸，家里人一点声音都不能出，更不能在他身边跑来跑去。

你爸身体像是好多了。阿松说。

你见到过他了？

昨天差不多也是在这里，他叫我，阿松！我吓一跳，原是你爸,他戴了帽子我也认得是他。你爸声音老响,比我爸的声音还响。

他来一条街了?赵小雷很吃惊。

他要过马路回家,在等红绿灯,还提了个袋子,不知道他买了什么。上次,你说的,他只会在花园里绕圈子,现在都可以过马路了。

赵小雷的一只手一直揣在兜里,捏着那封信,现在他的手松开了,他已经知道怎么做了。

哎,你要我画的你爸的那张肖像,我后来没画。阿松说。

哦。

我看他身体很好的,肯定用不着了。

好的,谢谢你。你把他的那张照片还我就是了,别画了。不好意思。

阿松点头。

阿松从自己身上掏出了一个皮夹子,从皮夹子里轻轻地取出了赵工的相片。他把相片小心地放在了赵小雷的手上。

家里,赵工问赵小雷,信寄出了吗?赵小雷说是的。赵工说,你肯定?赵小雷说,嗯。赵父点点头,转身做其他的事去了。赵小雷出了一身虚汗,要是父亲再追问一句,他大概就坚守不住了。

以后的好多天,赵工就经常地在楼门前的信箱前磨蹭。他在等分配办的回信。他艰难地左手持钥匙,并把钥匙插进信箱的那

143

把小锁孔里，拧开，然后他拉开信箱的小木门。信箱里的几张当日报纸跌下来，然后他先锁信箱门，再捡起报纸，又翻报纸找学校分配办的回信。

当然不会有。

他一瘸一拐地失望地上楼去。

而那封未能寄出的信依然揣在赵小雷的内兜里。有一次，赵工开信箱居然把自己弄跌倒了，刚好被赵小雷看到。他连忙上前，把父亲扶了起来。在很近的距离，他听见了父亲的喘息声，呼哧呼哧的，赵小雷心里难受。

赵工问，还没有回音吗？

赵小雷摇头。

我是相信无论同意还是不同意，答复肯定还会有一个的。再等等吧，会来的。你也别急。

赵小雷说，嗯嗯，我不急。

赵工从衣袋里掏出了一本书给赵小雷，那本书叫《趣味数学》。给你的，赵工说。你拿去看看，我翻了翻，有意思的，可以活跃思路。那是一本蓝封皮的书，封面上有几个小朋友在数字中遨游，赵小雷看封面就喜欢。

当晚，赵小雷想起白天的事，父亲开邮箱，跌倒，然后父亲起身，还给了他一本《趣味数学》，又说，再等等吧，会来的。

赵小雷想来想去，心里难受。他想，算了，明天还是把信寄出去吧，尽管不吉利，像是希望父亲残了或是死了一样，但像父亲现在这个态度,那又怎么办呢,他要寄信,他要等回音,又是那么固执,他要做什么事根本就没有商量的余地。有一次赵小雷去船厂玩,他听见几位师傅在说什么事,一位老师傅说,这个事赵工定的,那就不可能再变了。

赵小雷睡北间,父母睡南间,中间隔一个薄薄的墙板。

赵小雷靠在床头上看那本《趣味数学》,数学题有难度,但是难不倒赵小雷,他很快地就可以解好几道题出来,而且他在解题时,真是觉得趣味盎然。

门缝下有酒味飘了进来,父亲每晚都有喝两口的习惯,病重期间当然不喝了,可是近来又喝了。他睡眠一直不好,服安眠药也不行,据他说非要喝两口白酒才能让安眠药起作用。

这时候,赵小雷听到母亲在说,哎呀别喝了吧,你说你现在这个身体,还喝酒。

就一两嘛,父亲说,一口就下去了,呵呵,你别以为我不行了,我其实好着呢,身体上的事情,自己最清楚,一天天在好起来。呵呵。呵呵。

哎哎,睡觉了睡觉了,你还搞什么啊,你手也不洗洗,怎么黏乎乎的,哎哎你都那样了,你还在想什么呀!

小时候,隔壁的板床叽咕作响,赵小雷并不知道是怎么回事,大了他明白了,那是在做爱,不过床板后来就不怎么响了。

刚才南间里发生了什么,有两点是可以确定的。父亲又喝酒了,另外就是,父亲还有想法。赵小雷再一次做出决定,他拿过床头的书包,找到了那封信。赵小雷其实是个不会撒谎的人,可是他已经对父亲撒谎了，这真是很不道德的事情，可现在如果再把信寄给分配办，那就是一个更大的谎言。父亲的身体一天天的好起来，就像我们这个国家一样一天天地在好起来，那还有什么好多说的。

他索性就把信撕了，免得心烦。

他起身，开窗。他抓着一把碎纸片，摊手，一任潮湿的夜风把纸片吹去。

24

锦屏中学乒乓训练场的条件要好许多,大而明亮。有十几张桌子,许多人在训练。梁教练在球桌间走来走去,他是总教练,要关心到每张桌子。

文武进场后有点怯怯的,他从来没有进过这么大的训练场,以前他多半在防空洞里练。前面,梁教练停下了,他看一个小同学在练,小同学在练对攻。他叫停。

停!

小同学停住。扭过头来看梁教练。

梁教练上去就是一记头塌,跟你讲过多少遍了,要收前臂,收前臂,收了没有?

小同学摇头,说,没有。

为什么没有?

收不起来。

啪,又往头上拍了一记。小同学低下脑袋,咬着唇,不敢哭。

看好了!梁教练示范了几个收前臂的动作,看清楚了没有,是少先队员吧,会敬礼吧,敬礼!敬礼!动作一模一样的,会了哦!啊?

小同学点头。

去！

小同学上台，继续练，看上去好一点点了，但是梁教练还是不满意。不过，罗马不是一天建成的，饭要一口一口地吃，这个道理梁教练肯定懂。梁教练不再说什么，走开了。他扭头，看到了文武。

一开始，他没认出文武来，好像忘了，然后突然想起来了，哦哦，你来了？你叫？

高文武。教练，上次我们约好时间，地点就在这里。

哦对对，大胡带的，现在要我接手。你是要参加选拔赛的，对哦？

文武点头。

还有一个半月？对哦？

一个月零十四天，下个月的二十号。

梁教练点头。梁教练往前走，文武跟着走，走到窗前，两人都停下了。梁教练伸手，问文武要拍子看。文武从体育包里掏出了拍子，梁教练接过，看。正面，反面，又曲起食指叩了叩。他把拍子还给了文武。

这样，文武啊，我呢，以前没有带过你，好像也没认真看过你比赛。我跟大胡是兄弟，他要我帮忙做的事，那我是不能拒绝的。像你这种情况，我也从来没有遇见过。临阵换帅，兵家之大忌。不过也没有办法，真是没有办法，大胡这么器重你，我也是没有办法。

梁教练挠头。

文武看梁教练，看不出他的年龄，可能三十多岁，也可能五十岁。他显得很疲倦的样子，脾气大，刚才请小同学吃头塌文武也看到了，大概他带的学生太多了，实在带不过来。

梁教练又往前走，文武跟着。到了一张空桌前，梁教练停住了。

就在这里吧。他说。

文武把体育包放在长条椅上，取出板来。梁教练四处看，看到一个女生待着，他把女生叫来。他跟文武和女生说，你们两个好像差不多大，都是属羊的吧。文武说，我属猴的。梁教练对女生说，哦，那还是你大一点。梁教练就让女生跟文武练球。女生板着脸一声不吭，操起板就跟文武对打。

数十板之后，梁教练叫停。

梁教练问文武，知道自己最大的毛病在哪里吗？

文武说，前臂，大胡老师也说了要我加强前臂。

梁教练摇头，你现在最大的毛病不在手上，是在脚上，脚步跟不上，总是差那么一点点。交叉步不用，移步也慢，前后步小碎步都不行。这样，他想了想。哎，你，他转身跟女生说，去吧，还是不要上桌，今天就去那里坐着，好好想，把我要求的那些想想透。女生板着脸，走去，文武见她坐到了窗边的凳子上，然后就呆坐在那里，看上去立马就进入了冥想状态。你也是，梁教练跟文武说，今天你也别打球了，练步伐。现在我教你，注意看。

随后,梁教练就边说边示范。

左右移步,一二三四,一二三四。跨步,一二三,一二三,小碎步,一二一二,前后步,一二一二,一二三四一二三四。要注意弹性,左右腿重心交换。

梁教练停下,问文武听懂了哦。文武表示懂了。梁教练继续说,还要想着球,眼睛里有球,球就在你的胸前,你是冲着球在动脚,不是瞎动一气,乱动八动。还要像只老虎,做虎扑状,就是一只快饿煞的老虎要扑上去把你的对手一口吞掉的腔调。

文武点头。

梁教练说,那么好,你练。

然后他转身走去,一会儿,别处又响起了梁教练的斥责声。

这里,文武练步伐。文武从来就是个听话的运动员,教练说一是一,他从不敢违抗。十五分钟过去了,文武一分钟没停,一直在练步伐,在跳,半个小时过去,他继续跳,又过了十五分钟,他还在跳。

其间,梁教练来来回回几次从他身边过,也就是稍稍指点了下,然后,很快就离去。大概跳了快一个小时,跳到其他球桌的小队员们都不见了,他才休息。他从运动包里掏出水来喝。才喝了两口,梁教练过来了。

啥意思?啊?

梁教练勃然大怒,我要你停下来的吗?我说过了吗?啊?

文武吓坏了,一口水呛到,拼命咳,边咳边大喘气,边摇头,意思梁教练确实没有说过要停下来了。啪的一下,他的脑袋上重重地吃了记头塌。痛的。他想刚才那个小同学的头要比他小,一定更痛。

你记好了,你现在归我带,那就必须听我的,我没有说停就不能停,只有我说停了你才可以停!

文武点头。

练!

文武继续跳。

他觉得自己进入了迷幻状态,他的眼前先是有一个乒乓球,接着是五个球,又多了,八到十个球,后来已经是无数个乒乓球在狂飞乱舞。他感觉到几乎要被那些球埋葬了。他甩甩头,又甩甩头,他知道会有一个极点,过了这个极点就会好一些,果然,慢慢地,他轻松些了,眼前的球也少了。

冥想中的那个小姐姐一直坐在那里,她面对跳动着的文武,但显然她的眼里并没有他。她的眼睛大而无光,既空洞又深邃。起先,阳光照在她的左侧,她的左脸和左半身很亮,而现在,太阳去了她的身后,在她的周身套上了金边。

有个瞬间,文武觉得她好像冲他笑了一下,可是定睛看,她还是那个样子,一点变化没有。文武意识到,那也是个幻觉。小姐姐长得很漂亮,坐在那里又一动不动,假的一样。文武突然想到阿松,阿松就希望这样画图,人家坐着不动,让他画。

接下去好几次训练,差不多都是练步法,就是跳,手上动作作业很少,更别提综合性提升的模拟比赛了。跟了梁教练才练了

151

一段日子，文武就瘦了七八斤。文武越来越想念大胡老师了，从训练场出来，他也不急着回家，他会绕一个圈子去西火车站的桥头堡。

他爬上桥头堡，他就坐在那里，看火车，想念大胡老师。直到现在为止，他也弄不清大胡老师为什么扔下他不管了。当然，大胡老师扔下的不仅仅是他一人，他好像什么人都不教了，几个球友都说大胡老师也不管他们了。距离比赛的日子越来越近了，可是他心里一点底都没有。家里的肉票几乎都被他吃掉了，他还能吃到水果，苹果、橘子什么的。父母嘴上不说，但是他知道他们是怎么想的。

那天，训练结束，那次也是跳，三个小时的训练，跳了差不多一半的时间。文武离开时，训练场里差不多没什么人了，管理人员已经在关灯了，梁教练早走了，那天他好像有事。

文武下楼，出门。这时候有人在他身后喊：嗨！

文武扭头看，是小姐姐。虽然他每次来，多半可以看到小姐姐，可他们从来没说过话。小姐姐的训练十分认真，每次训练的间隙，梁教练都安排了她冥想时刻，时间并不长，只一会儿。小姐姐闭着眼好像突然睡着了一般。

文武等她过来，笑笑，也打了个招呼。两人往一个方向走，文武要坐71路，小姐姐要坐69路，两个站点是在同一处的。

小姐姐说，你以前是跟大胡老师的吧，我见过你打球。我其实很喜欢看你打，特别有灵气，赏心悦目。文武没有想到小姐姐会这么说,他心里一喜。

谢谢。他说。

其实,最早我也是跟大胡老师学过的,后来大胡老师的学生实在太多了,而且他说了,他不想带女生了。那我也只有跟梁教练学了。哎哎,反正我瞎问啊,听说,大胡老师出事了。

大概是的,文武说,我猜大概是家里的私事,听说他爱人身体一直不好,要他照顾,也有可能和领导闹翻了,大胡老师和校领导的关系一直不好,这个大家都知道。他和校领导在马路上公开吵,我也看到过。

小姐姐摇头,你想简单了,阿弟。他是涉嫌贪污,先是被体育部门的专案组隔离审查,前两天听说,已经被公安局拘留了。

文武的头上像是被打了一闷棍,他呆住了。

小姐姐拽了他一把,走吧,你傻呆在这里做什么,想不通啊,想不通回去想。呆站在这里也没有用,你的大胡老师也出不来。

你肯定吗?

差不多吧。

小姐姐前去,文武跟上,走在她的边上。车站到了,还好,人不多。一辆71路刚好过来,开门,但是文武并不上,他还想听小姐姐继续说大胡老师。

我知道的是,他把上面给的比赛训练经费贪污了,后来有人举报,一查果然是真的,他自己也承认了。真的,麻烦大了。

那他会吃官司吗?

当然！如果数目大的话，连命都不一定保得住。

又一辆71路到站，开门，上下客。文武还是不上车。他已经完全抬不起腿了，突然有人告诉他，大胡老师要吃官司了，甚至连命都不保了，他觉得天旋地转。

哎哎，小姐姐拍了拍他的肩头，脸色这么难看，还一头的汗。小姐姐从他的肩上拽下体育包，拉开，翻了下，找到了毛巾。小姐姐掏出毛巾塞在他的手中，给，擦汗！要经得起，别那么脆弱。比赛也一样，别脆弱！小姐姐说话的口气，有点像梁教练。

文武擦汗。

在我看来，他是他，你是你。也没什么，作为教练来说，大胡老师肯定是一流的，不过梁教练也一点不差，他们两个以前都是市队的，还是男双搭档，也都培养出了不少人才，有的还进了国家队。所以，你跟着梁教练，也是很有前途的。就是两人教法有点不一样，各有千秋，你要适应。

文武不言。他的双眼定烊烊地看着前面，前面有什么他不知道，他只是在看。

我真的学会了冥想，小姐姐说，那是梁教练教的，他真是有一套。我现在可以在任何时候，大脑突然排空，然后再上场就焕然一新。所以我的比赛成绩比实际水平要好，他们说我是比赛型的。你不要怀疑梁教练，他要你怎么练，你就怎么练，他会有不少奇奇怪怪的训练方法，你听他的就是了。

有一辆69路靠站了，小姐姐也是没有上车。

两人继续说话。

文武说，我听你的就是了，以后，除了梁教练，我就听你的。

小姐姐笑了。哎，文武。

文武抬头看她。

我要和你再见了，今天是我最后一次来这里训练，其实，也是想跟梁教练告个别。我参军了，要去南京军区的集训队打球了，他们录用我了。

文武吃惊，他没有想到还可以参军打球，也没有想到和小姐姐才说了几句话，就再也见不到了。

我要是去不了部队，那只能去农场了。我们两个是一届的，我是务农档，你呢？

也是。文武说。

所以啊，我听他们说，你是要参加下个月体工集训队选拔赛的，一定要加油啊。我是连资格赛都没有过，所以刚好有一个参军的机会，赶紧抓牢。我本来还想请梁教练吃顿饭，梁教练吓死了，要我千万别害他。小姐姐笑。

文武笑不出来。

又有车来了，是小姐姐要坐的车，69路。

好了，我要上车了，那么我们就此别过。还有，赛场见！哦对了，再说一遍，你真的是我见过的打球最聪明的人，你比赛的那几场球，我都能背出来了。

车停，开门，小姐姐上。

接下去的训练日，文武是一点精神都提不起来，脑子里不时地会浮现出大胡老师，他真是想不通。大胡老师时常跟他说，球要打好，人也要做好。只有人做好，球才能打好。都要好。可他自己为什么要去贪污，做出这种事情。后来，在去训练场的路上，又遇见球友。说到大胡老师，都是讳莫如深的样子，好像都知道内情了，可又不便说。一直以来，大胡老师，真是神一样的存在啊。

梁教练走来，瞄了文武一眼，伸手就往文武的头上敲一记头塌。在想啥，你这个是在打球还是在跳舞啊。文武停了下来，他摸了摸头，然后继续练。梁教练看了一会儿，还是看不下去。他在文武的身后皱着眉踱来踱去，他说，停停停！他扬了下手。

你跟我来！

训练场是在五楼，有一个大阳台，文武跟着梁教练去阳台。他是头一次走到这个阳台上，他立在阳台上看，视野很好，可以看得很远，甚至可以看到有一个弯势的苏州河，黑色的河上有船只往来。还可以看到河对岸的那些工厂，有不少耸立的烟囱，有冒烟的，黑烟、灰烟，或是白烟。也有不冒烟的，摆摆样子的。远处是天，还有更远更远的天，灰蒙蒙的，像是没有阳光。而阳光在近处，楼下的各种树都被照得透亮，有一些红色的果子都被照得无处逃遁。

梁教练问，在看啥？

文武回过神来，可也不知道如何回答。

这个地方,看看,风景老好的。你以后也可以来这里看看,看看,心情会舒畅许多。这个训练场以前也打比赛的,以后可能还会当赛场,看上面态度。以前,我和大胡搭档拿男双冠军就在这个地方。记得每进一轮,就来这个阳台上吃支香烟休息休息。接下去再打,就这样一轮轮地打上去。

噢。文武说。

你有心事,我看得出来,上两次也是的。这个状态不行的,肯定是要输球的。你要讲给我听,到底出了什么事情?嗯?

文武摇摇头,他其实一点不想说。

梁教练也不再说什么,沉默。楼下有女员工离校,推着自行车,女员工抬头看到了他们。女员工喊,又在跟学生谈心啊!梁教练没理她,女员工骑上车走了。

梁教练从兜里掏出了一颗大白兔奶糖,他把大白兔奶糖塞在了文武的手中。他说,唔,吃。那好,说吧,把心里想的事最好告诉我,我们来想想办法,怎么解决。

一直在想大胡老师。文武说。刚说完,他就哭了,泪流满面,甚至抽泣了起来,但是大白兔奶糖一直含在嘴里。

我就猜到了,梁教练说。他给自己点了一支烟,他的视线随着苏州河上的一只机动轮船远去。

文武也不哭了。

好吧,我可以跟你说,大胡叫我不要跟你说,可想来想去还是说吧,看起来,让你知道点也是好的。要不然,这个样子,梁教练摇了摇头,怎么弄?没错,他是贪污了,大概贪了三次,几次的集训队的补贴费用上面都交给他管,训练、比赛、生活都要花钱。他就从这个补贴中贪了点钱,后来被人家举报了。我跟你说,他犯这个错,全都是因为你。

文武大惊,他张皇地看着梁教练。

他说你身体弱,家里条件也不好,从肌肉类型上来讲,也不是最好的那种。他说你要打上去,一定要多多补充蛋白质,讲白了吧,就是要多吃肉。红肉白肉,懂吗?

文武拼命点头。

文武顿时想起了许多。大胡老师带着他上馆子,然后肯定会叫上一盘肉,他要文武吃,文武在吃的时候,大胡老师总是会捏捏他的手臂。他不满意文武的手臂,太细了,他摇头,根本不达标。

文武大快朵颐,大胡老师在一边看,他也吃一点,但是吃得很少,甚至只喝几口汤。如果文武实在吃撑了,吃不下了,大胡老师就会从包里取出一只饭盒子,又把吃剩下的肉都装进饭盒里,连细碎的肉末都不放过。他把饭盒塞进文武的体育包里。

下次训练饭盒带来还我,别忘了。

可文武还是会忘,甚至会忘得一干二净,大胡老师问起来,他也想不起来饭盒子的事。

想到这里,文武恨死自己了。他手中拿着球板,他把球板往自己的脑袋上重重地拍了一下。啪!

梁教练说,你不要这样。他伸出手去,摸了摸文武的脑袋,文武感觉到梁教练的手钢锉一样,甚至比大胡老师的手还要粗糟。痛哦？梁教练说，脑袋不要乱拍，打球打球，实际上，有一多半就是要和对方比拼脑子。脑子要是坏掉了，还打啥个球。你这样对自己的骷郎头乱拍，大胡要是看到了，还了得。有时候我请你们吃头塌，是想让你们清醒一点，轻重分寸我是晓得的，你们自己千万不要乱拍。

有几个小队员在阳台门口探出头来，跟梁教练说，时间到了，他们要回家了。

梁教练说好，要他们路上当心，过马路要走横道线。

小队员嘻嘻哈哈走了。

我跟大胡这么小就在一起打球了，梁教练说，先是打少年队，后来打青年队。集训时，我们就住在一个房间里，上下铺。我们两个人水平差不多，大小比赛打了无数次，最后结账算总分五五开。其实，我们都有希望进市队的，甚至进国家队也是有可能的。不过后来，泡汤了。我是因为出身有问题，运动一来，讲我阿爷来上海前，在宁波老家是有农田的，算起来比富农多一点，比地主少一点。那么就算是小地主。小地主出身，不要说进市队了，连区队都进不了了。册那！大胡的出身倒是好的，工人，就是有一次打联赛摔了一跤，脚踝断掉了，断掉了么去医院看，还是我陪他去的，中心医院，运气实在太差，居然碰到了一个庸医，瞎弄八弄，把他的脚骨头接歪掉了。半年以后才发觉是歪的，那么再去敲开来，重新接过。你说，这个样子还打个啥球，能走路走好就不错了。你看得出哦，他走路有点一跷一跷的。

文武想了想，果然是有一点，往左边跷的。

有一次他跟我讲，他连死的念头都有了。我跟他讲，死就不要死了，死了么啥都没有了，还搞啥啦？那个时候，我已经在云海小学，喏，就是锦屏中学隔壁的那个小学当体育老师了，我在那里啥个都教，木马、单双杠、球类运动都教。当然重点还是教乒乓球，当时有个学生球打得不错，也是我重点培养的对象，他家长路道粗。我后来就通过这个家长把大胡安排到了一个民办小学校去，也是当体育老师。他一开始还搭架子，说不去，说体育老师他是做不来的。我一定要他去，要不然我担心他有一天突然之间死掉了。

梁教练说到这里笑，文武也忍不住跟着笑了一下。

后来就去了，过了没有几个月，我看到他，哎哟，不得了了，胖了，不仅胖了，而且面色红润，眼睛都有光了。我问他哪能啦。他说他找到方向了，他说已经在学校里成立了乒乓球队，一开始领导不同意，领导欢喜游泳，领导讲乒乓球比游泳要低好几个档次，后来领导还是被他搞定了。乒乓球队成立了，每天训练，跟外校比赛时还叫领导去看，赢了！领导开心煞了，还买了一只球桌给他。他跟我讲了，这辈子自己打不了球了，不过一定要培养出几个人来，进市队，进国家队，要是以后可以出国比赛了，那就去拿世界冠军。

梁教练又拍了拍文武的肩头，你知道他有多看好你吗？

沉默。

梁教练往阳台里走去，他停住，想了想，又返身。梁教练伸手，说，板！文武赶紧把手中的球板给他。梁教练拿过球板来，细看。这块皮不行了，他说，下次我带两块来，你试试，都是大胡以前用的那种皮。

几天以后的一个晚上，文武一直在粘贴他的球板，胶皮是梁教练拿来的，两块，一红一黑。红胶皮他试了，手感挺好的，攻球速度快，弹性足。他还想试试黑胶皮，他撕了红胶皮又贴上黑胶皮，可好像总也贴不好，老是贴歪，不是左了，就是右了。他很自责，想，连一块胶皮都贴不好，还打什么球啊。他就一直在忙，贴了撕撕了贴。这时候有人敲门，他去开门。居然是大胡老师立在门口。

你可以的，相信梁教练，相信我，更要相信自己。大胡老师说。大胡老师又给了他许多胶皮，这里有二十块胶皮，颗粒的和反胶的都有，你随便用。大胡老师手里还提着一个布袋，他又从布袋里取出了饭盒子。还有，这里是一只蹄髈，松江丁蹄，酱汁的，一顿头吃掉它。

第二天一早，母亲说，你昨晚好吵，一直在说梦话，我在隔壁都能听见，梦到什么了？

梦到大胡老师了，他说。

25

阿松回家，在门外他就听见家里很吵，显然是弟弟和他的那群玩伴又来了。弟弟贪玩，而且老把人领来家里玩，还老捉弄阿松。有时候阿松进门，一盆水突然浇落下来，或者是一脚踩到了香蕉皮，给了他一颗水果糖，吃进嘴里才知道是肥皂块，等等，花样经层出不穷。在那群捣蛋鬼看来，阿松差不多就是个呆子。一天到晚就知道画图。有一次他们打八十分，八缺一，要阿松顶一下。阿松不从，说不会。弟弟揭发说他会的，他常去一号花园打牌的。阿松说那是去画写生。弟弟坚持说，画也画，牌也打的。阿松说，我不想陪你们玩那又怎么样？当时阿松还在画写生，他站在那里画，把那几个捣蛋鬼一个个画得活灵活现的。后来，捣蛋鬼们就去抢阿松的画板，意思是你不打牌，我们也不让你画。阿松反抢，画板就在屋里飞里飞去，还砸碎了挂墙上的父母结婚照镜框。父母回来见结婚照都被砸了，怒。问怎么回事？弟弟恶人先靠状，弟弟说，阿松把我朋友画得难看死了，一个个像鬼一样的，人家就不让他画，他就用画板砸人家，砸偏了，就把镜框砸碎了。

父母其实并不相信小儿子的话，父母知道老大老实，老二滑头，恶作剧大王。不过这种事追究下去也没啥意思，他们只是为阿松担心。地上散落着阿松的炭笔速写，父母捡起，看，摇头。母亲说，阿松啊，为什么啊，你现在真的是越画越不灵了，你看看，黑乎乎的一片，你就不能画得清爽点吗？这点人，都是怪模怪样的，脚么这么大，头颈么这么长，没有眼睛也没有鼻子。这种画啥人要看啦？你马上要去美校了，这次真是天上掉大饼了，轮到你了，你要珍惜啊，要好好画不要瞎画呀。我和你爸爸是不懂画的，不过基本道理是懂的，画么，要人家看了好看才是好画呀，否则要画家做啥啦，否则大家都去瞎画一气么好来。就像这种画一样，母亲抖了抖手中的速写画，啥人不会画，我也会画。父亲的观点和母亲的完全一致，父亲讷言，他不说什么，但是他拼命地点头。

阿松知道关于画没有多说头的，懂的人自然就懂，不懂的怎么说都不会懂，包括自己的父母。华老师家他还是定时去，他在复兴路的那个弄堂里进进出出，可以闻到某家店里的奶油冰淇淋的味道。华老师每次要查看他的速写本。阿松觉得华老师在看完之后，脸色就会舒展开来。华老师说，嗯嗯，可以的，有进步，线条流畅多了，结构上也合理。阿松只听华老师的，别人说什么，他只当耳旁风，只当放屁。

阿松在外面走，他不想回家，他想让那帮捣蛋鬼玩够了滚蛋了才回去。他在一条街闲逛。

春光照相馆。橱窗前，阿松站住了，他看到王先生在橱窗里忙，王先生要把橱窗重新布置一下，要拿下旧照片，换上新的。

大大小小有七八个相框,相框里男女老少都有。他摆来摆去不满意,他累了,直起腰来,同时敲打着坐骨神经,他抬头看到了阿松。他朝阿松摊摊手,摇头,意思是说搞不定。阿松毕竟是画图的,未来的美术生,静物摆设对于阿松来说,实在是小菜一碟。阿松就隔着玻璃指导王先生怎么弄,上下左右一调整,感觉上就生动多了。

王先生出门,请阿松去照相馆里坐。阿松不想去,王先生硬拉阿松去。王先生这天生意不好,一个人没有,白板,他就拽着阿松聊天。两人坐在外间的长沙发上聊,长沙发是给客人休息预备的。王先生说,阿松是有水平的,橱窗,就是要这个样子才对,以前的相片摆法太呆了,怪不得生意一直好不起来。王先生又问阿松情况,又说看上去脸熟的。阿松说,前两次来拍毕业照,都没有拍成,是冰冰约的。王先生一拍脑门,哦对了,想起来了,对对,你们老是少一个人,你也在里面的,不过你现在头发好像更长了,我认不出来了。你这个样子像个艺术家了。阿松说,我们还是要来拍的。王先生又问阿松是啥个档次,分配趋向是哪里。

美专,现在在等通知。

王先生惊。

真的是艺术家啊,我的眼力还是好啊。我是没有听说过啥个美专,这个是头一次听到,这个一定不是一般人可以进去的。

全市试招二十个人。阿松说。

对哦,我讲哦。真的不是一般人可以进去的,要特殊人才,必需的。

两人沉默。

一会儿，王先生问，你是学西洋画，还是国画？

美术老师要我先画速写、素描，打基础。不过我更喜欢画油画。

哦哦，王先生点头。其实我也是美术爱好者，以前读书时也喜欢画图，不过，就是天赋不够，画不上去，再讲，运动来了，学画的各方面条件都没有了，然后就来就这家照相馆做，糊口谋生。年轻时，我也是经常跑美术馆去看画的，老实讲，我是只看油画，别的画不看的。油画是要远看的，近看乱糟糟的，远看才能看出名堂来。那么你们画模特哦？

阿松说，要画的，工农兵肖像都要画。

石膏像呢？

这个不能多画，学校领导不让画，我是去老师那里才可以画一点，我老师家里还有几个石膏像。我老师讲，要是不画石膏像基础不牢靠。

石膏像啥道理不让画，是因为有裸体石膏像是哦？

裸体是不能画的。

瞎搞，我一个美术爱好也晓得的，西洋画不画裸体还叫啥，米开朗基罗，拉菲尔，哪个大师不画裸体，没有裸体的西洋画就不叫西洋画，你说对吧。

阿松点头。嗯嗯。

那你们去了美专以后会画裸体哦？

不晓得。

又是沉默。

阿松说他要回去了。他从沙发上起,他说再见王先生,然后他往外走去,可王先生不让他走。

王先生把一张"暂停营业"的牌子挂在门外的把手上,他又关门,锁上,然后他要阿松在外面等一会儿。王先生去里边的摄影棚,一会儿,王先生出,手中拿着一个小纸袋,小纸袋是装相片的。王先生的神色很凝重,这个和平时很不一样,平时他总是很开朗的,时常嬉皮笑脸的,要不然他大概难以拍出让客户开心的照片。

两人又坐在了沙发上。

王先生说,我要给你讲个故事。

王先生的故事是这样的:运动刚开始时扫四旧,夏天,有一个傍晚,外头下着大雨,王先生已经打算关门打烊了。就在这个时候,居然有人来了。那人先是罩着雨衣,根本看不出什么样子,进店来,雨帽摘掉,看清了,是个年轻貌美的女子。那女子跟王先生低声说,想请他帮个忙。女子说她要拍一组照片。王先生说已经下班了,明天可以吗?女子说,现在就拍。女子走进了摄影棚,王先生跟进。王先生打开了灯,女子走向中央,王先生要她把雨衣脱了,总不见得穿着雨衣拍照,女子脱了雨衣,居然是赤身裸体的,什么也没有穿。王先生吓坏了。女子要王先生拍,并且说要是王先生不拍的话,就会告他非礼强奸。王先生昏头昏脑地拍了照。女子临走时留下了地址,要王先生相片洗印完

傅星油画 苏州河

了之后，送到她的住处去。她又给了王先生一大笔钱。几天以后，王先生照着女子给的地址去送相片。那是在中山公园后门的一个别墅区里，可王先生再也见不到她了。人家说，这个女人已经自杀了，死的时候是赤身裸体的，以前她是跳舞的，被批斗了好几次，像是精神出了点问题。王先生回来就把胶卷和照片烧了，后来他发现漏了一张照片在暗房里，几次想烧，还是心一软，留了下来。王先生一直记得那女子临走时说的那句话。

她说了什么？阿松问。

人体是上帝的杰作。

这张照片在我这里，我现在想把它给你，王先生摆弄了一下面前茶几上的纸袋。留在我这里一点用没有，烧掉也方便，但是烧掉就烧掉了，烧掉了，就一点点痕迹都没有了。你们画图的总归是要画人体的，你拿去，你是画家，或者讲是未来的画家，这个照片肯定对你有用，可以临摹，研究人体线条，结构，明暗，也可以作为创作素材，随你。给了你，坦白地讲，我也轻松了，放在我这里，万一被什么人看到，或许还会出点什么事情。

阿松想看照片。

王先生制止了他。不要在这里看，你拿回去看。

阿松点头，他把纸袋放在了包里。

阿松要走，王先生给他开门。王先生想了想，把门又关上。

你说，那个女人到底为什么临死前来拍裸照？

可能精神上不太正常。阿松说。

不一定，可能还会有别的原因，我已经想了几年了，总算初步有了个答案。你听听,我讲得对不对。这个人,我说的就是这个女人,她来这里拍裸照,又不拿走,她是想要我,通过什么办法,让她的形象就一直留在这里,让这个世界知道,有这么一个美女,跳舞的,上帝的杰作,来过,又走了。

阿松想王先生可能是对的,也可能并不那么复杂,那个女人就是因为病了。他以前也见过精神病人赤身裸体地在马路上乱跑,不过那是个男的。

现在这个照片你拿去,王先生说,那么她的愿望就可以达到了,对哦?

阿松又是不言。

王先生拍了拍阿松的肩,好了好了,我讲得太多了,你走吧,你妈妈大概在叫你吃夜饭了。王先生打开了门,可是他继续啰嗦,不过,讲好了,这件事情,在我这里就结束了,就不存在了,你现在踏出这个门,我们就,一笔勾销了。别人要是问起来,我是随便怎么都不会承认的,甚至于我根本就不认得你的,而且,也没有什么证据的对吧,王先生闪闪烁烁地说得很拗口。你,画家,你听明白了我的意思了吗?

这次阿松想都没想,使劲地点头。

王先生往外伸手示意阿松可以走了,嗯嗯,再会!

黑白照,仅一个四十五度的光源,几乎不带辅光,反差很强。女人苗条,看不清脸,脸的一半被笔直下垂的长发遮挡住了,她的乳房很小,像个男孩。她坐在那里,三角区处在黑色的阴影中，她的腿细长，作交叉状，脚形有点怪，脚背躬着如同一个半圆球，这个大概和她长期跳芭蕾有关。整个画面最突出的部分是那只未被遮挡住的眼睛，眼神在长睫毛下追着你，是悲伤的、哀怨的、乞求的。

阿松不喜欢这个人体，这张相片让他心烦。

26

家里很平静，一点看不出弟弟的那帮捣蛋鬼朋友来过了。母亲说，有邻居去看了青年宫的美展，说看到了阿松的画，是整个画展里最好看的。

没有什么值得高兴的，他们都是不懂的，说好说坏都是外行话，毫无价值。

晚饭吃过，阿松去洗碗，他和弟弟一人一天轮着洗。他很快地洗完，然后进了自己的房间，锁门。他已经在门上加了插销，也不用再担心弟弟会突然出现在他的身后。

对过的那扇窗还暗着，不知道为什么，这几天都很晚，以前，七点之前一定会有灯光亮起。

他有点焦虑。

自从画了油画之后，家里松节油的味道就很重。弟弟几次吵，要把他的松节油扔出去，说他闻了要吐，可是父母知道画图的重要性，父母跟弟弟说，如果想吐，那就吐好了，油画是一定要画的。有一次弟弟又吵，想进阿松的房间，进不去，索性就踹门大声嚷嚷。没想到房门突然打开了。阿松涂了一脸的油彩，并且手持两把油画刮刀朝着弟弟扑去。那次弟弟真是吓破了胆，跌跌撞撞往屋外跑。阿松哈哈笑。弟弟后来有所收敛，也不敢再踹屋门了，阿松当时的那张自绘的彩色鬼脸实在太吓人了。

有一幅未完成的油画，四十乘五十厘米尺寸的，平时不画的时候，阿松把它藏在书柜里。画框是他自己根据橱柜的大小做的。

现在他打开了橱柜门，拿出了画。

这是小孟老师的裸体肖像。

已经是第三稿了，一开始是坐姿，裸女披着长发，长发是褐色的，与白色的肌肤形成对比。但是阿松后来不满意，放弃了，涂掉重画。第二次是侧卧姿，着力表现的是她的水蜜桃臀，有一条毯子搭在身上，但遮不住什么。阿松一开始觉得这个造型很好，但后来还是不满意，又涂掉了。现在画的是站姿，裸女站在窗前，月色和背景的灯光交织在她的身上，清晰地勾勒出柔美的线条。阿松对这一稿十分满意。他打算就这么画下去了。

这真是一个浩大的工程，每天他只能画一点点，他用最小号的笔，轻轻地描。他的功底还是太弱，华老师说得没错，许多细节他都不知道如何处理，如何深入下去。

他会举着望远镜看，观察她的一切。绝大多数的时间他是在等待一个时间点，在那个时间点上，她脱衣，洗浴，或是上床，她裸露着或是半裸露着被他看见，动态和表情，各种光影，等等。如果他能捕捉到他想要的，那么他一定会迅速地记录下来。

他画了很多的草图，有多少张他自己也弄不清了。那些草图上的人体线条都是非常概括的，有全身的，也有半身的，还有局部的。

他全身心地创作，有时候，他觉得非常累，累到跪在了架前画，当然更多的时候，他非常享受，他真的感觉到和画中人融为一体了。他画她，她也画她自己，他们互相商量着下一笔，用什么颜色和笔触，落在哪里。有一次，他边画边做梦了，他听见小孟老师说，你别画了，那个部位可以了，已经比真实还真实了，而且你这么用笔我觉得痒。当然，还有情欲。

对过的灯终于亮了起来。

他举起望远镜看了会儿，然后他打算开工了，但是他找不到速写本了。

那里面可是有上百张的裸体速写。阿松的第一反应是他弟弟拿的，他觉得他弟弟现在越来越坏了，轧了坏道了，什么恶心的事情都做得出来。

弟弟已经睡着了，阿松上去把他揪起。阿松问他那些速写画哪里去了？弟弟说没有，他要拿他的那些画做什么，他看都不想看。阿松又问，你的那几个同学呢，他们有没有拿？弟弟想了想，说，不可能。他们也不喜欢你的画，你把他们画得那么丑，他们其实就想撕你的画。

阿松手持着一把油画刀，最大号的那种，刀锋上还粘着深红色的颜料。阿松举起那把刀指着弟弟的鼻子，阿松说，你要是敢骗我，我就杀了你。弟弟吓得发抖，他对自己的阿哥有了更进一步的认知，他不仅可以扮鬼，还可以成为一个杀人犯。

父母亲听到响声进弟弟屋，他们看到的场景是阿松手持一把血淋淋的刀对着弟弟。父母真是吓晕了。

阿松呆坐在自己的屋里，对过的灯一直亮在那里，可他已不再关注，他只是在想，那些画究竟到哪里去了。敲门声，不是弟弟的敲门风格，这是父母。

阿松开门，父母进。父母坐在了阿松的身边，一边一个。母亲宽慰阿松，阿松啊，图画么再找找，总归找得到的对哦？

阿松摇头，找遍了，找不到了。

母亲说，找不到么就算了，有可能是你弟弟带家里的那几个捣蛋鬼拿走了，恶作剧，也可能哪天又送回来了。还有一个可能是，你自己稀里糊涂地带了出去，想让华老师看，在路上被偷了，或者自己弄丢了。你这个人有时候就像灵魂出窍一样，有好几次我从你身边走过，你都没有看到我，你连你自己的妈妈都不认识一样的。

父亲点头，是呃是呃，这个小人从小就跟人家不一样的，两只眼睛好像在看你，不过实际上面他眼睛里根本就没有你，他在看别的地方。还有，还记得哦，那一次寻脚踏车，寻了两天两夜，总算寻到了，就在后门口树下面，根本就没有踏出去过，老老糊涂的。母亲说，你弟弟不懂事，一直是皮大王，从小就是这样，也没有办法。哪怕就是他和那些捣蛋鬼把你的画弄没了，你也不能拿着刀对他，晓得你不会哪能的，不过要是把他吓出病来哪能办啦？楼上十六室伟伟不就是被体育老师吓出病来了？现在只会在家里兜圈子，吃精神病的药也没有用场。

阿松一直沉默。他知道多说无益，也于事无补。沉默了许久，他说，晓得了。

父母起身往屋外去，明天还要上班，两个小孩也真是让他们烦的，连睡眠都不能保证。屋里的灯光有点怪异，左边一个小灯，右边一个小灯。父母其实很不适应这种灯光，父母要阿松开大灯，可是阿松就是不开。这个时候，父母看到的那幅四十乘五十厘米的未完成油画，以前他们根本就没有机会看到这幅画，作画时阿松肯定是要锁上房门的，而且一旦停笔了，他肯定会把画收进橱柜里，外面摆放的油画都是小幅的风景速写，有临摹的，也有写生的，画照片的。不过现在这些画差不多也都不见了。

那个画中的裸女把父母吓坏了。

一左一右的两个光源，把这个未完成裸女照得立体感特别强，尽管下半身模模糊糊的还没有画好，但是这个光屁股女人就是呼之欲出的样子。

母亲紧张地一把抓住了父亲的胳膊，父亲看画，又看阿松，父亲说，你在画什么？

接下去有好几天，阿松不画图了，他黑夜睡白天也睡，而且毫无胃口。弟弟也变得乖了。阿松起床了跐着木拖板在屋里毫无目的地走来走去，弟弟就缩在角落里看连环画。那天弟弟突然抬头对他说，我问过他们了，他们说不知道，没拿。阿松不理他。弟弟说，他们说，你每天都在画的，就是送他们几张其实也没什么。

阿松要弟弟闭嘴，不过弟弟有一句话是提醒他了，他是每天都在画了，可是他已经有好多天不画了，拳不离手，曲不离口，必须天天动笔。这是华老师对他的要求。

阿松又拿起了画笔,他勾勒涂抹,画了几张,但是好像已经失去了感觉。那些僵硬的线条和莫名其妙的造型,他自己都看不下去。他不想画了,继续睡觉。

最先是从电影院门前的电线杆上开始的,某人走过,停下了,他看到一张画,是铅笔画,画面上是人体,尽管笔触很写意,但是毫无疑问,画中就是裸女。某人紧张了起来,这还了得,一张裸女画贴在了公众场合。某人在看的时候,更多的人围了上来看,观者的感觉和某人是差不多的,都是觉得不可思议,是什么人吃了豹子胆了,不仅画了,居然还把画贴在了大马路上。

后来,纠察队的人来了,见众人在看一张乱七八糟的画,上去一把撕了。纠察队的人驱散了人群,散了散了散了,有什么好看的。纠察队的人把画撕成了碎片,抛向空中。好像出了点事,但还好,很快过去了。乱世,无奇不有,大家都忙,散了。

可是第二天又来了,这次的事情是发生在新村南面的围墙上。又是一张裸女画。众人围观。有人前一天在电影院门口看过一张,然后做了比较,以为这张比那张画得仔细了,两只乳房都画出来了,上次那张仅画出了半只。众人看画,聚在那里,在议论,在问来问去,到底什么人画的,又怎么贴在这里?

又有里革委的人来了,里革委的人也不说什么,上去一把撕下了画。里革委的人其实也不想多事,够忙了,里革委也叫大家散了。大家又散了。

但是随后的几天里面这些裸女速写画不断出现，车站、学校门口、澡堂门前、剃头店等地方都有画贴出，并造成围观。最先的几张是没有落款的，但是后来的就有了落款和日期，不过字很潦草，看不清。又多了几张，落款的那个字就让人猜出来了：

松。

松？松是啥人？

那天，金河去一条街的酱油店打酱油，她手里提着个酱油瓶子。到了酱油店门口，她见一群人在围观墙上的一张画。金河挤上去看。她看清了，脑袋嗡的一下。

这是阿松画的，金河一眼就认它出来。好多年了，阿松把她当模特画了无数张速写，就是这样的风格，洒脱而流畅的线条，暗部是手指搓出来的各种灰调子，头发涂黑后还会用橡皮或是胡须刀刮两下。阿松的人物速写画辨识度太高了。阿松画金河，金河有满意的，也有不满意的，她如果觉得不像，就摇头说不好。如果说不好，阿松多半就会撕掉重画。

可是金河实在不明白，阿松什么时候画裸体了，还有，他的裸体画为什么贴在酱油店的门口，金河也顾不上打酱油了，她上前把那张画揭了下来。金河在揭下画的时候，一些人十分不满，他们才看了一个大概，还没有好好看呢。

一些人没画看了，就看金河，好像金河就是那个模特一样。金河被看得面颊通红，感觉上很心虚的样子。她赶紧挤出人群跑了。

阿松一直在睡觉,他睡了一觉又一觉,他觉得好疲劳。楼下有人尖着嗓子把他喊醒。阿松起身,推窗,阳光如鞭击打在他的脸上,他几乎睁不开眼来。他眯着眼看到了金河,金河的手中还挥舞着一个深色的酒瓶子(装酱油的),但又好像不是请他喝酒的样子。

阿松下楼。

金河站立在他的面前,她把那张画送到了阿松的鼻下。

这是什么?

阿松接过画看,他很吃惊,他不知道这是怎么回事。他当然认识这个就是他画的,而且他也记得这是什么时候画的。那个晚上,明月高悬,快中秋了。他举着望远镜,对过的老师尽入眼底。然后他几乎是一笔成画,那一晚,老师显得格外地妩媚和妖娆。

阿松问金河怎么回事。

是你画的吗?金河问。

阿松点头。阿松问这张画怎么会在她那里?金河告知说是在酱油店门口撕下的。阿松问他的画怎么跑那里去了?

金河冲着他嚷,你问我,我还要问你呢!那些人说,这几天有人把你的画到处乱贴,听说电影院、剃头店那里都贴过了,看的人比前两年看大字报的人都多。

嗯嗯,谢谢你,我晓得了。

阿松转身,往楼里去。金河又叫住了他。

哎哎哎。

阿松折过身，等金河继续说话。

几天不见，你的样子怎么变得那么怪了？

我怎么啦？阿松问。

你看你的头发，比我的都长了，都可以梳辫子了。你索性扎个辫子还好一点，这个样子，男不男女不女的也太难看了。赶紧剃头去吧，对你不了解的人，要把你当成流氓的，你知道吗？

剃头师傅一直不帮我剪，他说这个是女人的头发，钱要加倍，那不是敲我竹杠吗？

那你不能想想办法啊，或者先在家里自己先剪得短一点，然后再去剃头师傅那里，办法总归是有的，对不对？

可是我家里剪刀剪不断头发啊，两把剪刀都被弟弟剪马口铁罐头剪坏了，家里面什么东西都会被他弄坏，弄得不能用了。我在等磨刀师傅来，但是磨刀师傅又不来，已经两个礼拜了，磨刀师傅就是一点声音都没有。

好吧，你总归有道理的。这样，我跟你讲清楚啊，下个月的二十号，还有三个多礼拜吧，文武打比赛对吧，他打完了比赛无论输赢，我们都要去拍毕业照的对吧。

对的。

那，我的要求是，到时候如果你还是这么男不男女不女的样子，那我就肯定拒绝拍照的，你们六个男的自己拍吧。

金河你放心，到时候我一定剪掉，你放心好了。

还有，金河指了指阿松手上的画，你赶紧弄清楚事情的来龙去脉,画的作者是你,赖都赖不掉了,又怎么会流入到社会上去的,又是谁在一张一张贴的,这种让人恶心的事情到底啥人做的?要不然,我们就此绝交,我以后也不想再看到你了。

阿松一脸茫然。

为什么?

别人还以为你是在画我呢。

不会的吧,阿松认真地说,阿松还上下打量了一下金河,不会有人往那方向想的吧,金河你书读得太多了,想象力也太丰富了,你想多了。

金河看上去比较瘦,女性特征并不突出。阿松的脑子里突然闪过两个画面,金河的裸体肖像,还有王先生硬塞给他的那张女人照片,两者之间好像是一种风格的,都应该是骨感的、炫酷的类型,只是金河的腿比那个女人的短,还有她的脚背肯定不是包子型的。

阿松一脚踹开弟弟的房间门,他手里拿着的是酱油店门口撕下的那张画。弟弟在拆弄一个闹钟,那个闹钟不时地响起尖锐的铃声。弟弟抬头看他,又看他手中的画。

你不要问我,我不知道。

阿松还是站在他的面前,一声不吭,只是怒视着他。

哎呀,你走开走开,你把光线都挡住了。闹钟铃声又响起,一直响,好不容易不响了。弟弟继续说,我真的不知道,我向毛主席发誓。前天我在剃头店门口也看到贴了一张,我反正看到一张就撕掉一张,这个你放心好了。不过啥人偷了你的画,啥人贴的我真的是不知道。

你给我去查清楚。

查不清楚的,我已经一个个地都去问过了,他们都说我是精神病,要是再怀疑是他们贴的,就要打我,要砸扁我的狗头。这几个人什么事都做得出来的,他们真的会把我的头砸扁的。好的我晓得了,我绝对不把那几个人带来家里玩了。这几只赤佬瘪三!

阿松还是站在他的面前不动。

你走开点呀,我真的没有光线了,弟弟又抬头看他。哎,你这个人怎么介下流啊,你老画这种黄色画啥意思啊。你老是怪别人,怪我,你怎么不怪你自己啊。

阿松无话可说,他想和跟弟弟说,他的理想是成为一个油画家,油画是西洋画,西洋画最注重人体结构和造型,世界上最伟大的作品都是裸体人像。当然,还有一些复杂得多的、说不清的理由在里面。

可是弟弟能听懂吗?

还有啊,弟弟说,你到了晚上就偷画对过的女人。他们都知道了。

他们还知道什么?

你有一个望远镜,你看不清的时候就用望远镜。他们说你是个画家,又是个流氓。他们说想为你好,让你成为画家,不想看你成为流氓。

他们什么时候说的?

说了好几次了,我也记不得什么时候说的,还有,他们说什么时候还要教训你一下,你要再敢用望远镜看,就把你的望远镜弹碎掉,他们里面有弹皮弓神枪手的。打麻雀一打一个,想打哪只麻雀那只麻雀肯定就死定了。

阿松记得,有一次弟弟拿了一袋血淋淋的死麻雀回来,说是刚刚才打死的。阿松见了恶心,父亲还很高兴。父亲把死麻雀处理干净,做了盘酱爆麻雀,死麻雀酱爆以后倒真的是很好吃的,阿松也吃了好几只。父亲那晚还喝了不少黄酒,还醉醺醺地说了,两个儿子,大儿子玩虚的,小儿子来实的,大儿子肯定弄不来这盘麻雀,他大概只会画麻雀。

27

　　小孟老师全名叫孟菁,她二十一岁。孟菁起先教语文,后来生理卫生课也教。她的课其实讲得不错,她讲毛主席诗词,"我失娇杨君失柳,杨柳轻飏直上重霄九",她在讲的时候动了真情,差点落下泪来。有老师去听小孟老师的课,听后的评语是,孟菁老师是个善于解读文本且感情丰富的人。

　　男生们喜欢听孟菁的课。听课是次要的,多半还是因为小孟老师是美女,她真是太养眼了。男生们上小孟老师的课,多半是嘻嘻哈哈人来疯似的,他们把书本或是其他的一些什么杂物在课堂上扔来扔去,根本不在乎她在讲什么。有时候,甚至会有一只臭鞋落到讲台上。众人大笑。他们也希望看到美女老师的反应,可他们得到的反应就是没有反应。小孟老师继续讲课,深陷在自我之中,根本不顾别的。教室里会逐渐静下来,当然也有个别拎不清的男生继续闹,完全不识趣。

　　在读师范的时候,孟菁有过一个男朋友,男友是画家,在某个场合两人相遇了,男友说他在创作一幅画,知青题材的,孟菁太像他要的女主角了。孟菁答应去当他的模特儿。男友的画室在巨鹿路上,孟菁头一次进入画室,差点被他的烟味以及松节油味呛得喘不过气来。但是她很快地就适合了。服装是画家提供的,上衣紧一点，能够体现出她的身体曲线，下身短一点，可以露出她的美腿。

孟菁根据画家的要求做着一个向阳擦汗的动作，一动不动。实在太累了，画家要她休息一下。他会给她一杯咖啡，然后他就提出要替她按摩，让她可以放松一些。后来就上床了。孟菁那时很傻，十八岁都不到。她没有什么特别的感觉，她只是觉得他的床很油腻也很冷，而且有块什么突出的东西一直抵着她腰部，疼。后来画家要她别来了，他画的是一组群像，要画七八个女青年，会有不同的模特儿来画室工作。

后来那幅画展出了，是在美术馆里，展出的信息是孟菁从报上看到的。她去美术馆看画，画很大，几乎占据了一整面墙，可她就是没有找见她自己。那个向着太阳擦汗的女知青肯定不是她，除了胸部和腿部，好像还有一点点她的身体的影子外，别的肯定都不是了。她的脸没有那么大，而且脸上也从未有过那种深色的高原红，她的手臂也不会有那么粗壮，还有那个臀部，根本不是她的。

她坐在美术馆的门前，不愿离去，她等画家。没有别的意思，她就是要问画家，她被他弄到哪里去了，为什么？后来，人家告诉她，画家得了大奖，画家去北京领了奖之后，就上山下乡去了，天涯海角，去了哪里不知道，也许在到处乱跑。不过肯定不再回来了，他是为艺术而生的。那个画室，已经变成生煎馒头店了。

孟菁去那个店吃了二两生煎，真够难吃的，干乎乎的，还有一种她不喜欢的有点像松节油的味道，可是居然还要排队。她想她以后再也不会来这家店吃生煎了。

孟菁师范毕业后，就分到了秀湖中学教书，学校告知她还要代一两门副课，因为师资太紧张。孟菁想了想说，音乐可以，她学过一点钢琴，领导说音乐课有老师教了。孟菁说那美术课大概也可以，起码美术赏析课她有兴趣教的。领导又摇头，领导说学校不设美术课，后来领导又说，学校有个美术组，那美术组就归你管吧。

孟菁最初见到阿松的时候吃了一惊，阿松和那个画家长得太像，就像是画家的少年版。孟菁问阿松，家里有人，比如说哥哥有当画家的吗？阿松说，他没有哥哥，只有一个弟弟。孟菁喜欢阿松的画，她喜欢他画面里的那种灵动飘逸的气息。同时她也喜欢上了阿松这个男生，这个学生内敛、聪明，他画图的姿态很优雅，而且他的眼睛特别明澈，又似乎老是在观察可以入画的对象。

孟菁带阿松去看过两次画展，头一次去的时候，阿松才入校，他的个头还没有孟菁高。孟菁看画时，有时会下意识地牵起他的手。孟菁会忘掉，跟在他边上的是她的学生，而不是她的弟弟。孟菁有个弟弟，姐弟俩感情特别好，小时候上街，孟菁要是不牵上弟弟的手，他就哭。第二次孟菁再请阿松去看展时，阿松已经比她高半个头了，孟菁再下意识地碰他的手时，阿松会躲闪，面红耳赤。孟菁扭头看他，笑，哦，三年级了，长大了。我说过的，你和我弟弟一般大。孟菁后来很少提起她弟弟，弟弟病了，一种莫名其妙的病，肌功能衰退，而且还有了语言障碍。

那次，孟菁带着阿松立在画家的那幅图前看，看了好久。孟菁问，你觉得怎么样？阿松说，我一定会画得比这个好。

是吗？你觉得这张画不怎么样？人家可是得了大奖的。

阿松不言，良久。

他把你歪曲了。

孟菁大为吃惊，她没有想到，他居然连这个都能看穿。

其实，这几天，孟菁的心情不错。她不是正班主任，也不是学校分配办的，压力并不很大。当然也挺忙的，要帮助做外调，有学生的家庭情况表乱填，需要核实。还有就是，阿松的事。美术组出了个阿松美校要了，那是桩大事，领导大大地表扬了孟菁，教育革命后专科学校第一次试招，全市才二十个名额，秀湖中学居然有学生入榜。那在校史上也是很光彩的一笔。可是孟菁总感觉心里不踏实，她还是三天两头跟美校那边打电话，问这问那。美校老师烦了，说，小孟老师啊，这样好了，你就跟你的那个学生说，他已经被录取了，叫他做准备就是，我们这里是要住校的，生活用品什么的要自己带的。你就吃了这颗定心丸吧。

孟菁笑，我才不这么说呢，我是一定要拿到你们的通知书才放心。哎，我问下，以前下放在我们学校的华老师已经调去你们学校了吧？

华老师已经来了，对方说，华老师他们在准备教学大纲呢，这是第一届，没有经验，要想得周密一点，所以他们很忙很累的。你的那个学生是华老师一手带出来的,他多次说过,那个学生与众不同,前途不可限量,会好好栽培的,所以,真的放心好了。

华老师真是这么说的?

是的是的是的是的。是的是的。是的。

孟菁心满意足地放下电话,可是过不了两天,她还会去电话追问,后来人家索性就不接她的电话了,孟菁也不生气,她知道自己在阿松的事情上,有了点强迫症。

孟菁走过学校的长廊,没什么人。她听见有打字的声音,她知道那是顾老太,她住在学校,而且总是有打不完的字。她没有去顾老太那里打招呼,以往她总是去会顾老太那里问个好,而顾老太就停下了手中的工作,拉住她说话,问她男朋友在哪里。孟菁说,天上飞着呢。顾老太会说,别拖,别像我,你别看我现在像个老巫婆,可在你这个年纪一点都不比你差的。来,看照片。孟菁看照片,孟菁说,顾老师你年轻时真漂亮,简直是风华绝代。顾老太毫不谦虚,点点头,一转眼就过去了,所以,不要辜负韶华。然后,顾老太会拉开抽屉,她的抽屉里有糖,她会剥开一颗糖,然后塞在孟菁的嘴里。

孟菁有事,她要尽快地去更正两张学生情况表。一个学生说有两个姐姐都在务农,还有一个学生说他得了类风湿关节炎,瘫在床上起不来了。但是调查下来,完全不是那么回事。

她匆匆地往自己的办公室走,顾老太的打字声在身后逐渐地弱了下来。

办公室门前，光线有点暗，又有不知道从哪里来的一道光源，照在办公室门口的墙上。墙上贴有两张画，在光照下倒是可以看得清。孟菁的办公室有五位老师合用，都是教中四年级的，几位老师都不在。孟菁也是因为要更正表格才特意过来的，表格下午要送上去的。

一张是水彩速写，另一张是炭笔速写。她一眼就看出那是她自己。水彩是站姿，炭笔是卧姿。全裸。在彩图上，有一条紫罗兰色的丝巾扎在她的头发上，丝巾是二十一岁生日那天她买给自己的礼物。

有一次阿松说，小孟老师紫罗兰色最适合你了。

她弄不清楚发生了什么。

他是什么时候画的，为什么又贴在了办公室门口，多少人看到了，别处还会有吗，接下去怎么办？

她的脑子是懵的。

那晚，阿松和赵小雷，还有海洋坐在桥头堡上。堡顶上生长了一些植物，应该都是野生的。这个地方打过仗。阿松更小的时候，在周边捡到过子弹壳。

植物丛中有虫鸣，各种怪叫声。有一株高点的植物上居然有知了在叫。阿松打算去捉知了。海洋说你别去捉它，我喜欢听它叫。阿松说，其实知了是可以吃的。海洋说，知道。赵小雷

187

也说，知道。阿松说，在火上烤烤就可以吃了，其实蟑螂也可以吃的。那两人不言，抬头看他。阿松说，蟑螂放在火上烤烤就吃了，我爸吃过，他还问过我想不想吃，我没吃。那两人还是不言。阿松问，文武怎么好几天不见了。那两人说，在训练。阿松又问，金河金麦两人也没看见。赵小雷说，吵起来了。阿松问，为什么？赵小雷说，抢着去上山下乡。阿松问，那么最后到底啥人去了？赵小雷说，不知道。阿松问，你怎么会不知道？海洋说，哎呀，你管人家做啥啦，那你还是管好你自己吧。

阿松不作声了。

火车来了，一节一节的车厢从眼前掠过。

赵小雷突然从兜里掏出了一张裸画，他把画递给了阿松。桥头堡边上的路灯可以照亮一切。阿松接过画，瞄了一眼，然后折起，对半折，再对半，一直折到成很小的小方块，他把小方块放进了上衣兜。一会儿，海洋也塞过来一张裸画，阿松以同样的方式接过，瞄一眼，折，再折，折成了小方块，也放进了兜里。以前，人家把他的画折成小方块放在兜里，现在他把自己的画折成小方块放在兜里，他们好像都是有小方糖吃的孩子。

沉默。

阿松问，哪儿来的？

赵小雷说，到处都是，每天都有。不知道哪个乌龟王八蛋贴的，听说你弟弟不要你画图，他在外面说你画图把家里的钱都用光了，他现在连牛奶都没有喝的了。他不想让你去美校，他要你上山下乡去。

阿松说，不是他，他没有那么坏。

海洋问，那会是啥人。

肯定是他的那帮朋友做的事，他老把那些人带来我家里玩。

赵小雷说，那他们什么目的？

阿松摇头。又是沉默。

蚊子太多了，三人都在不时地拍打自己身体的裸露部分——手臂、腿、脸。但是三人都不想回去，他们就这么坐着，被蚊子咬，然后就噼里啪啦打蚊子。

又驶来一列货车，远看像是装煤的，近看不是，是用油布罩着的高射炮，好多节车厢，好多高射炮。他们想，远方在打仗了。

海洋突然问，以后中学毕业了，会有去打仗这个档次吗？这个问题很尖锐，也很深刻。没有人能回答得了。

28

　　金河从朋友那里借了本《牛虻》，她把自己关在房里，哪里都不去，如饥似渴地读完。小说最后亚瑟给琼玛的一封信让她大哭了一场。

　　她看完后去还书，回来时遇到了赵小雷家楼下的欢欢。欢欢问她下午的活动参不参加，金河这几天埋头看小说，因此不知道欢欢说的活动是什么。欢欢告诉她下午两点，在一条街的电影院，学校包场放两部电影，在校生和应届毕业生都可以去。就是在放电影前要有一个会，好像是关于上山下乡的内容，有先进人物来演讲。

　　金河喜欢看书，也喜欢看电影，金河说那去吧。

　　下午两点，金河就去了电影院。电影院里差不多已经坐满了，都是熟悉的面孔。金河好不容易找了个空位坐下，后面就有人叫她，金河回头看，是冰冰。

　　冰冰的边上坐着的是美玲，美玲满面红光，贴着冰冰。金河想换个座位，起身看，一个空位都找不到。后排的美玲说，哎，你坐下吧，你挡到我的视线了。美玲是学校文艺宣传队的，能歌善舞，她的声音也好听。金河无奈，只得重又坐下了。

　　旁边有人说，今天的两部片子都是外国的，一部是卓别林的，一部是《卖花姑娘》。金河没有看过卓别林，实在想看，要不然她真的就离场了。

说好了的，放电影前，要有个会，有上山下乡的先进人物来做宣讲。幕布拉开，台上有一张条桌和几把空椅，等人来。一会儿从侧幕上来三个人，其中两人金河不认识，但走在中间的那个金河是很熟悉的，金麦。

三人上场，坐在条桌后，话筒对准了金麦。左边的老师的说，今天是秀湖中学的金麦同学巡回宣讲。金麦同学是可以留在上海的，但是他坚决要去上山下乡，他也是可以去近郊农场的，但是他坚决要求去苏北大丰……

金河一时耳鸣，好像什么也听不见了。

后来右边的老师又说了几句什么，金河一句都未能听进去。

接下去金麦开讲了。他贴话筒太近了，声音很响，喇叭里一阵刺耳的啸叫。在金河的眼里，现在坐在台上讲话的那个人根本就不是她的阿弟，一点不像。他穿着军装，戴着军帽，感觉上英气逼人。他在那里从容不迫地谈人生理念、心路历程，谈他如何从疾病的困扰中摆脱了出来，成为了一个健康的人，而且他不仅要成为一个健康的人，还要成为一个特殊材料制成的人。他已经入团了，就在入团的同一天，他又申请加入中国共产党了，他已经向党组织递交入党申请书了。

左边的老师拿过了话筒，插言，老师说，组织上已经收到了金麦同志的入党申请书，组织会尽快研究讨论金麦同志的申请，希望他早日成为一名共产党员。

有人喊口号,向金麦同志学习!致敬!全场气氛无比热烈。金麦起身,他施了个军礼。金河不得不承认,她的弟弟真够帅的,以前怎么就一点都没有注意到。

又在喊口号。

金河听见她身后冰冰的嗓子比任何人都响,真是烦死他了。

场内安静下来了,金麦说,他要朗读一首诗,是他写的,有一个夜晚,他心潮澎湃,夜不成寐,挥笔而就。

如雷般的掌声。

金麦读诗:

天空不再灰暗

大地不再飘散

我扬帆万里,去广阔天地

这不是普希金时代,生活从未辜负我

我去丈量耕耘祖国的每一寸土地

因为我有五十倍的生命

……

金河的心脏怦怦乱跳,这首诗是她写在日记本上的,知道金麦有偷看她日记本的陋习,她就到处藏日记本,隔段日子就换个地方,最近是塞在米缸里的。可现在看来,金麦还是看过她的日记本了。她真的没有任何隐私可言,包括她对某人的情感,她的那点心思。

她坐不下去了,她起身,往外走。

一个工纠队员手中的电筒亮起,并指向她,坐下,回去,他说,好好接受教育!

金河无奈,只得重新坐下。她的肩背处被轻轻地捅一下,又捅了一下,金河知道那是冰冰的手,他有话想跟她说,但是金河执意不理他。她真是陷入了困境,台上的人和身后的人,她既不想看他们,也不想听他们说什么。她只有无奈地呆坐在那里,把自己缩成一团。

唱歌了。金麦已经来到了舞台的最前端,他在挥舞着旗帜。好像是变戏法似的,他突然展开了一面大旗。金麦左右挥舞大旗,很有节奏感。

> 我们战斗在广阔天地
> 时代重任担在肩
> 打翻身仗
> 种争气田
> ……

全场起立,高唱五七赞歌,把会场气氛推向了顶点。

早上,父亲在报上看到了金麦,大惊,父亲又把报纸给母亲,母亲犹疑,这是她的那个病病歪歪的儿子吗?父母先去金河房间,金河不在卧室,她在卫生间洗漱。父亲抖着报纸问,这人到底是谁?

金河一嘴的牙膏沫,她瞥了一眼报纸,说,就是他,自家的儿子都认不出了吗?

父母在看报纸,那张相片,儿子在舞台上挥舞着旗帜,看上去了不起的样子。母亲流泪了,母亲的泪滴落在了报纸上,报上的那幅照片也湿了。

金麦的卧室门轻轻一推就开了,那是从小就定好的规矩,家人是担心金麦半夜突然发病,要是反锁着门会救治不及。金麦还在熟睡中,他光着上身,趴着睡。床头柜上,有多种药物,还有那个喷雾剂。父母,还有金河就立在门前看他,母亲的手中提着那个被泪水打湿的报纸,三人就一声不吭地凝视着那个趴着睡的风流人物。

不知道他什么时候起来吃早餐。

29

冰冰母亲身体真是太差了,脸上总是一点血色没有。母亲出身大户蔡姓人家,祖上做茶叶生意发了大财,后来蔡小姐下嫁给了冰冰父亲。父亲是出了名的京剧票友,就是长得登样些,别的简直一无是处,既穷又懒。父亲在冰冰两岁时就去世了,是车祸死的。那晚酒喝得太多了,在大马路上被车撞了。父亲去世后,母亲也懒得再嫁了,就和儿子相依为命,但身体一日不如一日,还动不动就晕倒了。冰冰从小听话,后来因为母亲的晕厥病就更听话了。可冰冰对母亲很有意见,就是母亲坚决不让他跟金河再有交往。母亲其实懂经的,她别的不懂,男女感情上的事情她是一目了然。母亲在几年前就已经轧出苗头了,当时母亲是一种静观其变的态度,后来不行了,金河的档次出来了,居然是务农硬档,那就想都别想了。

母亲有一天跟冰冰明说了。母亲说,即日起,不能去金河家,两人不能压马路,自己家也不欢迎金河来。母亲觉得楼上的美玲不错,美玲是上海工矿硬档,而且上次美玲还说了,她的表阿哥是仪表局的头头,以后工作上有什么事可以找她的表阿哥。冰冰心里很难受,但是也不敢跟母亲犟,她随时都可能晕倒。

礼拜天,家里要包馄饨,母亲喜欢吃馄饨。母亲以前住在南市老城厢,经常逛街吃馄饨。后来搬到西区的新村里来了,这里找不到一家像样的饨馄店,就只能自己做了。母亲知道怎么做馄饨,但是她身体不好,基本不动手,具体的事只有靠冰冰。

周末的那一夜,母亲失眠。她失眠是常态。半夜,母亲起床,走到了隔壁冰冰的房里,母亲是极软的软底拖鞋,一点点声音没有。可冰冰还是醒了,冰冰的梦原先是在幻动的,突然定格了。冰冰睁开眼来。

他看到母亲站在他的床边。

冰冰啊,母亲哑嗓子说。明朝就是礼拜天了,要包馄饨来。

晓得。冰冰说。还有别的事情哦?

呒有了,我就是来提醒你一声。那么你就继续困,我也要困了。母亲又像是个影子般地退去。

然后冰冰就睡不着了。他打开了床边灯,他看了下小闹钟,才凌晨三点多。他的闹铃是设定在五点钟的。五点钟去菜场,一切都来得及,刚刚好。现在还有两个小时,他就靠在床头上,七想八想。本来睡眠对他来说根本就不是问题,可自从和金河疏离了之后,他也会有睡不着的时候了,就如同现在,他就靠在床头想金河。他想起了那天下午金麦在台上感情充沛朗读的那首诗,那是金河写的。冰冰认识那首诗。金河写完后就背给他听了。冰冰平时不过是看看连环画什么的,文学素养比较差。但是金河写的诗,他都喜欢,有一种戳心窝的感觉。

我去丈量和耕耘祖国的每一寸土地,

因为我有五十倍的生命。

冰冰还记得,当时他还问了金河,为什么是五十倍,索性一百倍不是更好吗?金河说他笨,那不过是一种修辞,已经足够夸张了。那天,金麦在台上读诗,冰冰实在忍不住捅了捅前面的金河,但是金河根本没有理他,冰冰后来才反应过来,他身边坐的是美玲,金河怎么可能理他。

闹铃响了。

五点钟到了。其实他是完全可以不让闹钟响的,可他还是让它响了。接下去,他就可以听到母亲的声音了。果然,母亲在叫他,冰冰啊,起来了!

菜场里人已经不少了。他匆匆地去各个摊头买菜——荠菜、五花肉、笋、豆腐干,等等。他的菜篮子一会儿就满了。他从菜场出,又去大饼油条摊买早点。摊边上有一小堆人在往墙上看,冰冰也凑过去看,是两张小画,裸女,落款是阿松。阿松被人家恶搞的事,冰冰已经听赵小雷他们说了。冰冰很愤怒,可也很无奈。

事情居然还在继续,而且恰巧又让他碰到了。冰冰没有多想,上去就把画撕掉,揉吧揉吧,扔了。

回家,吃了早餐,冰冰开始做馄饨。他心情不好,不说话,只是闷着头干活。母亲问他有什么不开心的,他摇摇头,还是不说话。

他剁肉、剁菜、拌馅，然后包了一百只馄饨。冰冰包的馄饨有点奇怪，馄饨的耳朵是折了又折的。他自己也不知道是怎么会包出这个样子来，好像一上手就包成了这样，以后就再也改不过来了。母亲说样子好看的，冰冰包的馄饨她肯定会多吃几个的。

　　馄饨煮好了，装在了两只汤碗里，他把汤馄饨端给母亲，母亲说，我先不吃，你给楼上美玲送一碗去。母亲坐在红木圈椅上，她在结毛衣。她大小姐出身，结毛衣这种事以前根本不会做的，后来总算学会了，还是美玲她妈教的。毛衣是给冰冰穿的，冰冰要去大国企，要穿得好一点才对。

　　冰冰还是把汤馄饨搁在了母亲的面前。

　　母亲抬眼看他。咦？我不是说了吗，我先不吃，你给美玲送去。

　　这栋楼里民风淳朴，哪户人家要是做了馄饨，会端上一碗送隔壁邻家。但楼上楼下一般不送的。美玲家住楼上，现在母亲叫冰冰送上一碗，那肯定有更深一层的意思在里面。

　　冰冰好像没听见母亲在说什么，他转身去忙其他的。

　　冰冰！母亲生气了。

　　我说什么你听见了吗？给美玲家送馄饨去！

　　冰冰无奈，只得端起馄饨出门。冰冰其实一点都不想送这碗馄饨。那天下午从电影院出来后，美玲就对冰冰不理不睬的，晚上压马路也不叫他。冰冰去约她，美玲就说，不去，还说，金河不去乡下头了，她弟弟代她去了，你开心得睡不着觉吧。

　　馄饨碗烫手，冰冰家三楼，美玲家六楼。送一碗馄饨要爬三个楼面。冰冰爬了一个楼面就好像爬不动了,他觉得现在送馄饨去很没意思,像是自讨没趣。

他坐在了楼梯上,想来想去,感觉到做人好难啊。肚子又饿了,已经过了中午十二点了。他从口袋中掏出了钥匙圈,钥匙圈里有把多功能的小洋刀,掰开,内里有一个小勺子,小勺子的用途十分广泛,可以掏耳朵,当然用以吃馄饨也是没问题的。仅一会儿,他就借助小勺子把一碗十只馄饨一口一只吃了,又捧起碗来,仰面把馄饨汤也喝得一滴不剩。楼上有个阿婆刚好下,阿婆问,哎哟冰冰啊,你在这里做啥啦?阿婆看上去病病歪歪的,活不了几天了,可是声音出奇响亮。冰冰赶紧逃。

回家门,母亲问,哪能啦?

送到了!冰冰说。

美玲吃了哦?

吃了。

美玲讲好吃哦?

好吃。

那么你再送一碗去。

冰冰赶紧继续逃,反正已经算吃过了,也不那么饿了,他逃出了楼外,胸有块垒,哇啦哇啦地大叫几声,出出闷气。别人看他觉得莫名其妙。

30

十七年前,姚阿姨二十三岁,她结婚已有三年了,一直未孕。姚阿姨和老公张师傅去医院查了不止一次,查不出什么问题,但就是不孕。有一天,姚阿姨的表妹来找她,两人也是多年不见了。表妹一踏进姚阿姨家门就哭,表妹是大学毕业,文化高,不像姚阿姨,只是技校毕业。姚阿姨一开始弄不明白,大学毕业生要在她这个技校生面前哭什么。

表妹告诉姚阿姨,她去年支内去了湖南大三线,这是被上面选中了不得不去,但她去之前已经结婚,还有了个儿子。

姚阿姨心有不满,这些事情她都不知道,也没有吃过喜糖。

表妹说,儿子生下才没几天老公就去世了,她要去大三线就把儿子托给了母亲带。可是现在她在大三线又找到了真爱,想想在上海有儿子的事情最好瞒着对方,对方肯定不喜欢她带个小孩。后来又知道表姐生不出孩子,就想把儿子过继给表姐。

表妹说,这次回来就是想当面谈的。

技校生的脑子到底不灵光。私生子?姚阿姨问。

表妹痛哭。说,不是私生子,是和前夫生的,是合理合法的。

姚阿姨说,先看看再说吧。

姚阿姨就跟着表妹去看她儿子，看了第一眼她就说，我要了。

　　姚阿姨从表妹的手中接过了孩子，她问小孩叫什么名字。表妹说，叫海洋，他父亲是船长，海难死的。海洋这个名字还是他父亲起的，你们想换个名字也可以。姚阿姨说不换，就这个名字挺好的。

　　海洋慢慢长大。大概在海洋五岁的时候，姚阿姨有一段日子上吐下泻，去医院查，医生告知怀孕了。大喜。然后生一女孩。又过了几年，接连再生两个女孩。不过海洋仍是海洋，海洋是有小鸡巴的，是不可取代的。海洋懂事，聪明，孝顺。姚阿姨和张师傅一直把海洋视若己出，他们就是想把海洋留在身边，一想到海洋要去农村就再也回不来了，两人就睡不着觉，完全接受不了。姚阿姨胸都痛了。

　　然后他们思来想去，睡不着，长考，终于落子，走出了这步大臭棋。

　　那天，唐永义把海洋叫去。

　　海洋坐在唐永义面前，海洋看唐永义，觉得他好像变了，变得又干又瘦又黑。他烟不离口，还咳嗽。而且他身上还有一种难闻的味道，当然不能肯定这味道就唐永义身上的，也可能是这个空间里本来就有的。办公室灰蒙蒙的，没有别的老师，据说他们都躲出去讨论分配方案了。有人说他们是在中山公园边上的一栋楼里，也有人说又搬了，去了闸北，最新的传言是，他们一直躲在某个地下的防空洞里,那个防空洞以前是当乒乓球训练馆的,现在他们就在那里上班,累了就打打乒乓球。

当然,海洋对老师们去了哪里一点兴趣没有,唐永义叫他来,那么他就来。他其实从来就是很听老师话的。唐永义也比较认同海洋这样的学生,他不像红卫兵干部那样好出风头,也不是老跟班主任过不去的那种小赤佬,海洋是中间的大多数。他总是坐在角落里做自己的事,好像有点停不下来,但他是闷声不响的,从不碍到别人。有时候他会戴一副细边眼镜,度数很浅的那种。

唐永义说,今天来找你,两件事。

这个时候海洋的思想有点开小差了。他看窗外,天上的云朵在飘动,特别欢快,有一块云朵像极了天狗,大张着嘴去吞噬前面的一切。尽管谁也没见过天狗,但是此刻的海洋确信天狗就是那个样子的。天狗像是马上要吃掉一个兔子了。海洋又突然想起,早上听广播里说,第六号台风要来了。

唐永义清了清嗓子,又拍了拍桌子。哎哎,你听见我在说话吗?

海洋收回目光。看着唐永义点头,表示他回过神来了。

第一件事,告诉我,哪几个去过我家里造过反了。为什么?

沉默。

你去了吗?唐永义又问。

海洋点头。

为什么,去我家里有什么目的?听说连金河都去了?唐永义摇头。难以想象,太疯狂了。说说,到底什么目的?

没什么,就是那天游泳回来,下大雨了,肚子又饿了,想去你家里躲躲雨,再找点吃的。反正给钱就是了。我们把钱压在桌上的烟缸下了。

胃口真好啊,把我楼上楼下全都吃空了,然后给了十块钱。这个生意不错,下次还有这样的好事别忘了带上我。还有那张留言条,我一看字迹就知道是谁写的。

唐永义又从脚边提上了一只瓷瓶,瓷瓶破碎了,又被橡皮胶粘住。他说,我特意拿来了这个,我还想问问你,这个是谁敲碎的?

海洋瞄了一眼。说,是我。

为什么?我在替你做什么,你又在替我做什么?真是天晓得。知道吗,这是古董,宋代青花瓷,宋徽宗的宫廷器物,在我们唐家传了好多代。抄家,扫四旧,逃过好几劫,现在倒好,你把它敲成了这样。

当时和金麦打了起来,海洋轻声说,就顺手拿了个瓶子砸他,根本不知道那是一个宝,如果知道是宝,那我肯定不会砸他的,宁可被他打。

打架了?

他骂我连个亲生都不是!

他是这么说的?

嗯!海洋的眼泪哗的一下流了出来,大颗的泪珠从他的脸上滚落。但是他很快地又把泪水擦干了。

203

海洋说，对不起你，我可以走了吗？

你等等，重要的事我还没有讲呢。你的养父母……海洋的身子抖了一下。唐永义赶紧停下，想了想，换个说法。你上海的爸妈来学校讲了几次你们家的情况，学校还是很重视的，然后就指派我去做个调查。我去了湖南的701军工企业了，见到了你的生母。她现在是那家大厂的工程师。

唐永义拉开抽屉，取出了一张照片。那是一张旧照，泛黄了，一个烫了发的女人，海洋和她有点像，都是那种细长的凤眼，还有尖削的下巴。

这是你生母。

海洋看了一眼，他的视线很快地就划了过去，他不再看了。他又扭过头去关注那只天狗，它已经把那只小兔子吞下去了。

海洋，家庭出身是不能选择的，你不能选择，我也不能选择，我要是可以选择，那我肯定就选个工人阶级家庭，这样，入党、提干、读大学，都一点问题没有的，对吧。你看我，有个资本家的父亲，因此读大学，我也只能读读师范的这种，可是你应该也看出来了，我这个人，是最不会跟学生打交道的。

海洋点点头。

我是直截了当跟你的生母说了，如果确有其事，海洋是你的儿子，而且你现在愿意重新领回这个儿子，那么我们在海洋的分配问题上就有话好说，就可以在政策允许的情况下，力争把海洋留在上海。当然，如果你不想这么做，那么海洋根据政策，就必须上山下乡。你的生母说，她肯定希望让你留在上海，而且她会尽快来上海完成一切手续证明你们母子的血缘关系，去产院，去派出所，居委会，要跑许多地方。其实，我看得出来，她心里一直装着你。她说有几次回上海，她在你们楼下偷偷地看过你。有一次，你还叫她阿姨。她给了你一块芝麻糖，还有一只苹果，你还有印象吗？她说你那次穿了一件画有小熊的兜兜衫。

沉默。

唐永义又把桌上的照片往海洋面前推一推，意思是要海洋收起来。但是海洋不伸手，他不想要。

现在学校就是要知道你本人怎么想的，唐永义说，学校要你本人写一个情况说明，以及对这个事情的明确态度，这是个案，材料要尽可能完备，学校要报区里，区里可能还要报市里，反正你的问题很特别，肯定是要一级级地报。喂喂，你在听我说没有？

我可以走了吗？海洋问。

唐永义终于忍不住了，他立了起来。他又抽烟，手在抖。

学校完全可以不受理你们家事，可就是，可就是，唐永义在海洋的面前打转。你毕竟是我的学生，是不是？我就想帮帮你，帮帮你们这个家，我去那种穷山沟沟里，坐火车坐汽车，车子转来转去，差不多坐了一周，其间还得了一次痢疾。他又一甩手，好好，这些我都不说了，那你，张海洋，你的情况说明，什么时候可以给我，你的生母也在等你的态度，她要申请拿年假来上海，她请假也不是那么容易的，在当地家里，她还有三个小孩需要照顾。

海洋不理他,还是转身往外走去。

张海洋!

唐永义真的生气了,他的眼镜挂在鼻子上像要掉下来了。他一直显得很神气的样子,可是现在看上去有点狼狈相。海洋突然想起来了,有个问题想问他。

唐老师,他是怎么死的?

谁?你问哪个人?

他!

唐永义听懂了,海洋问的应该是他的生父。

他是船长,船在海上,暴风雨来了,船不见了,你的生父也消失了。那时候,你才六个月。

海洋还是扭头走了,唐永义在后面喊也无用。他不知道,海洋的那份情况说明及表态书写还是不写,如果不写,这个事情肯定是无法推动下去的。可时间不多了,他知道分在上海工矿的,有的都已经在企业落档了,好像快的下个月中下旬就可以发通知书了。

唐永义一筹莫展。在读书时,他一直是学霸,可他实在不适合当中学班主任,他一点不懂他的学生,也不懂如何可以和他们相处得更好。他一直在想,哪一天要是真的能离开就好了。

六号台风来了,台风是和雷暴雨一起来的。海洋家里的所有门窗都在咣当作响,而且整栋都是摇摇欲坠的样子。三个妹妹在床上挤成了一团。

家长在寻找海洋,他们发现海洋不在家里,两人问三个妹妹,妹妹们只是惊恐地睁大了眼睛,拼命地摇头。突然之间,家里的灯灭了,很快的,整栋楼和整个新村的灯都灭了。一片漆黑,风雨大作,可以听见楼里的各种尖叫声,妹妹们也在尖叫,一声高过一声。上海这个地方,好像还没有过这么剧烈的台风。现在,伸手不见五指,张师傅找蜡烛,好容易找到了一根,擦亮火柴去点,又发现那是根胡萝卜。张师傅叫海洋,海洋海洋!他知道海洋一定有蜡烛,海洋什么都有,家里的大事小事,没有海洋解决不了的。

海洋其实并没有离开家,他是待在北面的那个公用阳台上,他就是冲着台风来的。他把自己反锁在阳台上,整栋楼四户人家,没有人在这个时候会去北阳台的。

开始,雨幕中,还可以看到一些光,点点的灯晕。突然的一个炸雷,天地间完全黑掉了,唯有闪电在不断亮起,刺眼,炫目。随着闪电,暴风雨更猛烈了。

这个时候,海洋差不多把自己脱了个精光,他大喊,来吧,来吧,让暴风雨来得更猛烈些吧!

唐永义跟他说,你的生父是个船长,他消失在一场暴风雨中。现在,在海洋的幻觉里,他就在这条船上,父亲把自己绑在船桅上,父亲的胸前挂着望远镜。巨大的海浪从高空砸下,父亲在嘶喊,左!左!左!右!右!右!但是船舵已经失灵了,整个甲板上的水手,都伸直了双臂冲着天空祈祷。父亲也放弃了,他的背景是黑色的吞噬一切的海浪,然而他看向他的儿子海洋。又

207

一个浪打来,船不见了。

父亲已经跌在水中,可以看到他的挣扎。父亲长什么样海洋不知道,可他就是认得父亲。父亲在水里呼救,伸着长长的无力的手臂希望儿子海洋立刻把他拉上岸去。

海洋爬上了围栏,那不是阳台的围栏,那是在救生船上,他的两只脚都爬了上去。这时候,头顶上又是一个炸雷。

张师傅到处找海洋,后来,他透过北阳台湿淋淋的窗,看到了海洋的身影,海洋几乎赤身裸体地打算往下跳。张师傅大声地嘶喊海洋,然后一脚踹开了阳台门,他扑上前去搂住了海洋。风雨大作,又一股妖风吹来裹住了张师傅和海洋,像是要把他俩卷上天去。对面,又有哪栋楼的玻璃碎了,传来了呼救声。

而此刻,海洋的生父在黑色巨浪中已化作了飞沫,消失得无影无踪了。

姚阿姨下班回来,累坏了。她走进新村,一步三喘。她看到了赵小雷,叫住了叫他。姚阿姨说,小雷啊,你去哪里啊。赵小雷说,阿姨好,我去替我爸拿药。姚阿姨问,那你爸现在的身体怎么样啦?赵小雷说,前两天又去医院看了下,好像不太好,这两天,又好了。他总是时好时不好,很难说的,不过总的来说,还是好的。

姚阿姨把赵小雷拉到树下,她看看四周,还算清静,只有一个老头在楼前埋头挑拣鸡毛菜。老头肯定听不见他们在说什么。

姚阿姨说,我听说,你爸给学校分配办写信啦,说他身体情况不好,希望你能留在上海,哪怕去里弄生产组也可以。有这个事情吗?

赵小雷点头。

姚阿姨问,那有回音吗?

没有。

姚阿姨说,哦,那就再等等吧。

赵小雷欲走,姚阿姨又拽住了他,姚阿姨说有更要紧的事问他。

你觉得我们家海洋近来怎么样了?

赵小雷挠头,说,阿姨我不知道你是想问什么,海洋我们差不多天天见面的啊,没什么啊?挺好的啊。

他没跟你们说点什么吗?

说的啊,他什么都说的。

他告诉过你没有,到底是想上山下乡呢,还是想留在上海。

哦,这个啊,他倒是没有说,我想想,赵小雷又挠头。他好像从来不说这个事的,大概他也是随便的吧,都可以的吧。赵小雷又要走,姚阿姨还是拽着他,而且越拽越紧了。

你觉得,我们家海洋,最近的脑子有毛病吗?

没有。赵小雷肯定地说。

我告诉你一件事,你可不要透露给别人,好哎,阿姨相信你,你和他是最要好的朋友,你帮阿姨分析分析看,好哎?

阿姨你讲。

上个礼拜五刮台风你还记得吗?

赵小雷当然还记得，半夜里，一个炸雷将他打醒，他当时还在想，以后要是上山下乡，一旦来了台风，可能会更猛烈的吧。他以前看过一本连环画，一个秀才连同他的茅屋从山下被大风卷到了山顶上，后来茅屋又被吹走了，独留秀才一人在山上。

那天晚上，我们家海洋差点从阳台上跳下去。

赵小雷大张着嘴吃惊地看着姚阿姨。

幸好被他爸爸发现了，他爸爸说，拖都拖不住，他衣服都脱光了，身上又湿又滑，他爸爸手也滑，后来是扑上去抱住了他。他爸爸后来说，海洋的身子滚烫，像是火烧了一样。

那天晚上，赵小雷说，他大概是吓坏了吧，我也是吓坏了，一直在打雷，天空好像要裂开了。

还有啊，海洋在家里是一句话都不说了，那他跟你们在一起的时候，说话正常吗？

说的啊，很正常，赵小雷说，而且好像话特别多，看上去心情一直很好的。有几次，我们在一起走路，说话，他还突然间往前跑，然后做几个地滚翻，好像开心得不得了的样子。我没觉得他有什么不对的地方。

那，那为啥呢，为啥呢，他就那么恨我们吗？姚阿姨放掉了赵小雷，去一边想，一会儿她自顾走去，走错了，又拐了个弯，再往家的方向走去。这次是赵小雷叫住了她。

阿姨。

姚阿姨停住，折回。

外面都在传，海洋好像自己也说过的了，说他不是你们亲生的，说他是领养的，现在只要他认同自己是领养的，那他就可以留在上海。大概是这个事，对他的刺激太大了吧，他在家里不说话，跟这个事情肯定有关系的吧。

他从六个月我就把他抱回来啦！姚阿姨突然爆发出来，她揪住了自己的心窝处。我们啥时候把他当成领养的啦，我就这么一个儿子，我就是怕他上山下乡去，那就再也回不来了，我等于是白养了这个儿子，你叫我怎么想得通！你现在就不想在家里说一句话了吗？有话你就说呀？你要是不想认那你就不认，这还不是你说了算嘛？

赵小雷觉得，在这个片刻，在姚阿姨的眼里，他已经成了海洋。他赶紧脱身走了，药店要关门了。

31

　　文武已进入了半封闭式训练状态，他重点要练的是防弧圈球。据梁教练获得的信息，这次的决赛有好几个拉弧圈的，球极转，一碰就飞上了天，那还怎么打。弧圈球是从日本传来的一项新技术，在赛场上无往不胜、所向披靡，可梁教练对其也只是一知半解。

　　那次梁教练去了黄浦区青训基地，他听说那里有两个弧圈高手，想去看看。据说，他们的教练是从日本来的，中日建交后就申请过来了。

　　梁教练在一边偷着看，看到了一点皮毛。其间还有一个小插曲，一个中年男突然过来，他问梁教练是干什么的。梁教练说是孩子的家长，陪练球的。那人问哪个孩子？梁教练指着最远处的一个，那个小孩正在用横板狂拉弧圈球。那人扭头看，问，你是我儿子的什么人？可待他转过身来，梁教练已经跑掉了。

　　梁教练不断地喂球，文武正手反手，跳来跳去，他的步伐要比以前好许多，可是当梁教练的球加转拉成弧圈之后，文武就不会打了。球在他的拍上高速而怪异地旋转，不是出界，就是落网。

　　梁教练叫停。他说，休息会儿吧。梁教练叫了休息之后，他自己先去一边休息了。他坐在一个墙角里，双臂交叉着，闭上了眼，像是真正地进入了休息状态。

这时候，训练场已经没有人了，别的人早就练完了。

文武的情况特殊，如果梁教练不叫停，那就继续往下练。有几次，一直练到了晚上，还下雨了。梁教练就是再晚都得回去，那是他老婆定下的规矩。梁教练怕老婆。但是他有好多次不让文武回去，训练场里有个小房间，有张床。梁教练就叫文武睡在那里，他担心文武跑来跑去太远，万一太累了，又感冒了就前功尽弃了，怎么比赛，要是输了他又怎么向大胡交待。

梁教练闭着眼坐在那里，文武不知道怎么办才好，走也不好，不走也不好。一会儿梁教练睁开眼来。他摆了一下头，文武明白，叫他走，去小房间。

文武在澡间洗了下，然后就去了小房间。他饿了。以前这个时候，大胡老师有可能带他下馆子吃蹄髈去，可这样的美事，现在也别想了。文武的包里有饭盒，饭盒是多层的，而且还有保温功能，尽管保温的效果并不好。食物都是母亲替他准备的，餐餐有肉。家里的肉票近来都给了文武，知道这是文武的特殊时期。

文武在小房间里吃了晚饭。他探头看了看，梁教练居然还坐在那里闭目休息，一动不动。只是那个角落更暗了。文武又不知如何是好，回家，还是继续练，然后就在小房间里过夜？

他不敢问，梁教练在休息时，最烦人家惊扰他。一次有个小队员拿根稻草去捅他的鼻孔，突然他就跳了起来，然后倒抱着小队员去卫生间，还把他的头往马桶里塞。当然是吓唬吓唬的，不

213

过也不像是纯粹的玩笑,反正是吓死人。

文武只有等,他靠在了铁皮床上。他从包里掏出一封信,他现在三天两头可以收到信。信寄至这个锦屏中学。当然,信的事情不能让梁教练知道。门卫和文武有默契,门卫轻声说,有你的。然后就把信以很快的速度塞进了文武的体育包里。哪怕梁教练就在不远处,也看不见。

信是部队小姐姐写来的。

现在文武手上的信还是一早来训练时,门卫悄悄塞给他的。文武拆信看。

几句问候语、套路话后,小姐姐很快地切入正题。她告知文武,目前最为先进的技术是弧圈,而且从发展趋势看,单面弧还不行,必须是两面弧。就当下的正胶颗粒直板快攻,会被两面弧打得满地爬。小姐姐问文武,他现在的训练内容里有没有弧圈这一项,如果从直板正胶快攻改不了反胶两面弧,那至少要有一点防弧的手段。小姐姐说,她很替文武着急,知道他就要打选拔赛了,时间不多了。又说如果需要,她可以寄一些训练资料给文武,尽管这个有点涉及军事机密,但好在无关打仗。她也管不了那么多了,而且她愿意担这个风险。要,还是不要?

不要!文武大摇其头。资料涉及军密,要是暴露了麻烦就大了。他的眼前是小姐姐站在军事法庭上的样子,法官问她,你偷给了文武什么?小姐姐坦白,两面弧!

文武继续摇头,他掏出笔和纸来,答复了小姐姐,把他想说的都说了。他说他宁可上山下乡去,也不愿看到小姐姐上军事法庭，哪怕有万分之一的可能性。

文武在写信时，心有暖意。

梁教练进来了。梁教练问，在忙什么呢？

文武说，训练笔记。他把信纸收起。

梁教练点头。梁教练说，每日一记，绝不能漏，要养成好动脑的习惯。文武说，一定。梁教练说，你早点休息吧，今天晚上不练了，你还是睡在这里，家里都说过的吧。尽量别跑来跑去，分心。我们那时候重要赛事半年前就封闭了，家人探望都不可以。

那不是坐牢吗？文武开了一个小小的玩笑。

说什么呢！梁教练给了他一记头塌。

梁教练走后，文武继续写信，吭哧吭哧又写了一两个小时，像是写信，又像是在跟自己说话，有说不尽的话，他甚至写下了，如果输了，那他就去苏南插队，离小姐姐近点，如果她打比赛，他可以去看，去喊加油。他突然想哭，但是他屏住了，大胡老师一直说他心理素质差，要他强悍一些，一点娘娘腔不能有。

写完了。

他拿着信下楼，校门口有悬挂式的邮箱，他把信扔了进去。然后再回小房间，上床躺下。已经挺晚了。

整栋楼就这一间休息用的小房间，一张床。他关了灯，漆黑一片，又有某些不知从哪里冒出来的怪声音，让他心惊肉跳。可是开了灯睡，他又怕睡不着。这个时候，他听见外面有人在叫他，声音轻轻的、尖尖的，像个女人的声音。文武起身，走向训练场的大门，他打开门，竟然是海洋。

黑暗中的海洋嬉皮笑脸的正对着他，声音是他憋着嗓子装出来的，他说，我像不像一个女鬼？

文武松了口气，文武说，有事吗？

海洋说，今晚可以住你这里吗？我没地方睡了。

文武不知如何是好，他也不知道海洋是怎么进校门的，也可能他装女鬼把门卫吓瘫了。文武还在犹豫中，海洋已经入门。进小屋，海洋问，有吃的吗？文武拿出一个面包和一只苹果。海洋拿过就吃，看上去他真的是饿坏了。

吃完了，海洋看四周，说，你的房间好小啊。床也小。你还要在这里住几天啊？

二十号比赛。文武说。

海洋想了想，说，哦对对对，我记起来了，二十号，你去打比赛，我们在场外加油，打完之后，无论是赢是输，都要去"春光"拍个毕业照。对哦？

文武说是。

那么，你还要在这里住好几天，是吧，我前两天碰到你爸，你爸说的，你现在是半封闭式训练。那么，我来陪你住好吧，晚饭我来解决，你只管吃就可以了。白天你训练，我出去，晚上我送饭来，睡觉。

文武摇头。

这个梁教练肯定不允许的，你怎么想得出来的，为啥不在家里睡觉了？再说，我也不一定天天住在这里。文武突然止住不说话了，他盯着海洋看。上次听赵小雷说的，海洋的脑子好像出了点问题，自从戴上了那个领养的帽子之后，他就不正常了。刮台风那晚，他就站在阳台上喊，让暴风雨来得更猛烈些吧。还差点跳下楼去，幸好被张师傅抱住了，还有传言，当时的海洋身子滚烫，皮肤很滑，像是涂了一层鱼油，还散发出了一种奇怪的鱼腥味。

海洋问，你为什么这么看我？

他们说你不正常了，脑子坏掉了？

海洋说，放他娘的屁！都是些什么人在造谣啊，老子的脑子好得很，怎么会坏掉？

然后海洋说他累了，他实在困极了。他躺上床，倒头即睡，一会儿，他就打起了鼾。后来，文武关灯，他也躺下，他也很快地睡着了。

半夜，文武醒了。他想起海洋，海洋应该睡在边上。但是他没有摸到海洋。文武坐起，他发现暗中有海洋的身影。海洋坐在窗前，他的身影显得比平时更瘦小，借着夜光，可见他的头发像是往上冲的，竖起的一样。

海洋，文武轻声叫他。

海洋一动不动。一会儿，海洋说话。他说，我爸爸是船长。海洋说这话的时候，如梦似幻。文武还想继续睡觉，他睁不开眼来。

那是一艘大船，我爸爸驾船远航，哪里都去过，太平洋，北

217

冰洋，大西洋，达达尼尔海峡，马六甲海峡，苏门答腊……后来，他把船开到海底去了。后来，他经历了海底两万里，好多年，他只吃鱼，没有肉吃，他馋煞了。他去海底的那天，海天是倒过来的，阿松以前画过，把海画成天，天画成海，黑的在上，蓝的在下。我爸爸就一直站在甲板上，他从来不睡觉，他可以和鱼交流，他们没有语言障碍。太阳在海底，有十八个，到了夏天，就是二十八个。

文武是被球拍拍醒的。文武睁眼，他看到梁教练在拍他。起来！梁教练说。文武起身，看了下闹钟，六点。

梁教练问昨晚睡得怎么样？

文武说，好的。

梁教练欲出门，他又折回。他四处看，又用鼻子嗅嗅，梁教练转向文武问，不对头啊。文武紧张，他要尽可能地不让梁教练知道海洋来过一事。他不打算交代。

我怎么闻到了一种奇怪的味道？梁教练说。好像是鱼的味道，你吃鱼了吗？

吃了。

吃了什么鱼，味这么重？

海鱼。

什么海鱼？

马鲛鱼，还有肉塌鱼和乌贼鱼，都很腥的。

你干吗吃那么多鱼？叫你多吃肉的！

梁教练说他昨夜几乎没睡,他去七宝镇跑了一趟,自行车的轮胎都爆掉了,后来推车走了好几公里,又没有公交车,鞋底都走穿了。

昨晚,我见到你的大胡老师了。

文武问,大胡老师在七宝?

他不在七宝,他在哪里我没有必要告诉你,他也不让我跟你说,免得你七想八想。反正我是见到他了,当然也要通过关系的。他还关着,在写交代材料。我是想同他商量下怎么防弧圈。大胡告诉我有一种新的防弧胶皮,是日本货,市场上没有卖的,但是他的一个朋友可能有,要我去问问,他给了我地址。我去了。果然有,听说是大胡要,就直接给了我一张,而且坚决不肯收钱。那人说大胡对他有恩,到底有什么恩我也不知道,也不想多问。他那个朋友在七宝。

七宝?

梁教练冲着文武瞪眼,你小点声!

梁教练从口袋里掏出了一张胶皮。喏,就这个。梁教练把胶皮给了文武,文武正反看,感觉上没有什么特别的。

文武练球。他用板的另一面,是防弧圈皮,一开始感觉一般,练了几天,觉得蛮灵的,不过也难以控制,稍有不当,球还是会飞。

晚上,文武就担心海洋突然出现,但是没有,海洋再也没有来过。文武因为担心海洋会来，有两个晚上没有睡好，后来知道他不会来了，又恢复了良好的睡眠。比赛日越来越近了，他得万分小心才是。

　　那天下午练球，休息时他想喝水，水瓶干了，当时梁教练不在身边，他好像去辅导别的小队员去了，他的茶缸子放在窗台上，茶缸里有水，是浓茶，文武顺手拿起梁教练的茶缸子喝干了。然后他晚上就失眠了。次日文武状态很差，梁教练问什么情况。文武坦言说，一夜未眠，可能是因为喝了你的茶。梁教练大怒，顺手抄起脚边的小板凳欲往文武砸去，好在他忍住了。

　　文武说，我错了。

32

阿松低着头走路,他的头发更长了。他的大包里装着画具,但是他不画写生。别人不知道他去哪里,他自己也不知道他想去哪里。

前两天学校跟他说了,美校没有录取他,换了别人了,按照一般的档次划分,阿松要去近郊农场,奉贤的名额已经满了,崇明还有一两个名额。

你就去崇明吧,他们也看了你的档案,看你有特长,要了你。你要晓得哦,学校方面是保护你的。

跟阿松说这番话的是工宣队队长潘师傅,说完之后,她挥挥手,要阿松出门。看表情,潘师傅是一副痛心的样子。潘师傅说,把头发剃一下,剃短点,你就是再聪明、再有才,你也不能去当个流氓的,对不对?

阿松继续在马路上闲逛,他遇见了那个圆脸女生,阿松记得她。他画过她,还把她挂在了美术馆的展览厅里。不过她的脸不如以前那么圆了。圆脸女生看到阿松,站住了。女生说,我能跟你说几句话吗?

阿松想了想,说,可以的。

阿松抬头四周看了下，原来这已经在一条街上了，他的身边就是食品店。天热了，女生好像浑身在冒汗。女生说，你先等下，然后她跑去食品店的冷饮柜，买了两根赤豆棒冰。

女生把阿松带到了僻静一点的地方，其实也很吵，白杨树上的夏蝉叫个不停，但是说话还能听清。

阿松的口里含着赤豆棒冰。

女生说，大画家，你为什么要画那么下流的画？女生单刀直入，从她的眼里看得出，她很愤怒。

阿松不言。

女生说，我真的是一点都不理解，前途都不要了。我都为你感到可惜。

阿松心里在冷笑，阿松想，她懂个屁，当时就应该把她也画成个裸体才对，让她裸体上墙。想到这里，阿松突然笑了起来。他哈哈大笑，又觉得不好，想忍，但是很难忍住。女生很不满意他的态度，看上去她更生气了。

你笑什么？

阿松终于止住了笑，那是艺术！阿松说，你们其实都不懂。

女生一时无语，两人吃棒冰。阿松说，我走了。但是女生拽住了他。你等等。

你不去美校了？

嗯，他们不让我去了。学校跟我谈过了，要我去崇明农场。

那你知道谁顶了你这个名额，我们学校有一个名额肯定要有人去的对吧。

阿松摇头，说不知道。

女生从兜里掏出了一张纸来递给了阿松。阿松接过看。女生说，美校录取通知书，上面的那个名字，林海萍，就是我。下个月，我就要去报到了。是在大场那里，先要军训半个月，然后测试我们的水平再分班。可是我，你当然不了解我，我是除了被人家画，从来还没有画过别人的人，连一只鸟都没有画过。

为什么是你？

我爸要我去。我本来去读卫校的，我妈支持，我爸反对。我爸说，读卫校当医生不好，天天和病人打交道，自己都要得病，还有可能去当赤脚医生。他说刚好多出了一个美校名额，就要我去。我爸说，尽管我从来没有学过画图，但是他小时候画图好，因为我是他女儿，肯定也一定能画好。在我们家里，我爸说什么就是什么，没人敢反对他。

你爸是做什么的？

他是大头头，他的话我们学校要听，美校那里也要听他的。

阿松说，那，祝贺你！阿松说完，转身打算离去，但是女生又拽住了他。哎，我就是想问你，画图难不难？我还有两个礼拜的时间可以准备，这两个礼拜里，你可以教教我吗？我跟你说过的，我连一只鸟都没有画过。

阿松想了想，说，那我教你画一只鸟吧。

阿松从他的大挎包里取出了速写簿，还有笔。他就画了一只鸟。先画一个圆加个小三角，那是鸟头，再画一个月亮，那是鸟的身子，再就是翅膀，像是横写的数字3，尾巴像草，爪子就像

223

鸡爪子一样。阿松边画，边嘴里嘟嘟哝哝地说，也不知道女生听清了没有。

阿松画好，从速写簿上撕下了那张画。他把画给了女生。女生细看。

女生说，像只怪鸟。

对的，它就是只怪鸟。

阿松真的要走了，他突然想起了一桩急事。他说，我要走了。

那我这几天去你家学画好吗？女生说。

阿松摇头。这是不可能的，他说。而且，我再也不想看到你了。

阿松想到的急事是关于华老师的。

已经有三个多礼拜没有去华老师家了，那张贝多芬石膏像一直都没有完成。华老师的要求是能敲碎它，真是太难了。

阿松要告诉华老师几件事：一是他去不成美校了，墙上的那个小姑娘取代了他，他刚刚还教她画了一只怪鸟。二是他不想画图了，要去农场，那里种地很累，而且人家大概也不让他画了。三是他之所以画人体，是因为他在画人体的时候状态特别好，他以为这是艺术，可是人家说他是流氓。不过，就是人体他也没有画好，和华老师那些画册中的人体比差太远了。四是这些事到底谁干的，查不出来，他也不想查了。还有就是，他要向华老师三鞠躬，是他自作自受，自毁前程，辜负了老师的培育。

阿松坐上了公交，他居然在公交车上立着睡着了，好在车到站时，他醒了。

傍晚，复兴路上人还是那么多。

弄堂口的大上海电影院刚刚散场，观众涌出，把阿松往另一个方向挤。阿松挤不过人家，只得躲进边上的小店里。他在小店里待了好一会儿，见人少了，才出店门。他在店里待了半天，什么也没有买。店员看他出门一脸的鄙夷，不过阿松无所谓，他近来这种脸色看得太多了，已经免疫了。

弄堂很深，他走得很慢，他想这是最后一次了，以后再也不会来了。快走到公寓了，又传出钢琴声，不知是哪一家的，叮叮咚咚，如同扔在黄昏中的碎冰块。

阿松突然觉得自己抬不起脚了。

他站在公寓前，像是钉在了那里。其实他伸手就可以按响门铃。以前就是这样的，门铃响几下，华老师的烟嗓就响了，谁呀？阿松说，华老师好。华老师说，上来吧。嘎嗒一下门锁开了，阿松就进楼，楼梯既窄又陡，但很干净，打了蜡，有一条窄窄的米色的地毯让人下脚，免得滑倒了。

阿松努力抬脚，不行，他喘息，再试，还是不行。他哭了。泪水滑落下来，滑过了他的脸，落在了他肮脏的油彩斑斑的圆领衫上。

他向公寓，还有公寓里的华老师深深地鞠躬。然后他转身离去，他大汗淋漓，不过还可以正常地行走。

弄堂口的电影院。第三场电影又要开演了，观众在进场。阿松看海报，上演的是《南征北战》。这个电影他已经看了无数次了，可现在他突然又想看了。好在口袋里还有点钱，他就去买了张票，座位很差，在最后一排的角落里。阿松进电影院，然后看电影，看得激情澎湃。影片结束后他还想看，然后又去买票，再看。那天晚上，他接连看了三场《南征北战》，而且一分钟都没有打盹，最后一场还是午夜场。

华老师在晚上八点左右出门。他画图累了，肚子也饿了，太太不在家，家里也没有吃的，华老师只得外出去吃点东西。他去电影院边上的小店吃阳春面，他在进店的时候，看到一个长发飘飘的细高个的身影，很像他的学生阿松。阿松？那个身影在买票要进场看电影。身影与他擦肩而过，一晃不见了。

华老师疑心自己眼花了。

阿松的事情他知道的，甚至那些裸体速写贴在哪里，贴了几张他都一清二楚。他在秀湖中学教书时，人缘特别好，即便他现在离去了，但是和老同事们一直保持着沟通。人家什么事情都会告诉他。有一晚，华老师几乎整宵不眠，他把一些画册烧了，那些画册里有大量的裸体。太太已经睡着了，睡梦中闻到了焦糊味。太太以为失火了，惊跳起来。后来见华老师在阳台上烧画册。太太说，你这是疯了吗？华老师说，真不该让他看到这些。随后华老师就盯着火苗不眨眼，长久地一语不发。太太就立在他的身后，跟着一同看火苗，不打扰。

天亮时他说，我杀死了一个天才。

那晚，阿松睡醒了。他看了下座钟，十二点。他不知道自己什么时候睡下的，睡了有多久。他起床，这个夏季特别热。阿松把自己差不多脱光了，仅剩下了一条内裤。他真是恨不得把内裤也脱了，但又怕弟弟突然进来。就是上了插销也无用，弟弟随时可以出现在他的面前。有一次弟弟说自己不是人，是妖怪，要阿松当心点。或许弟弟就是个妖怪，阿松有一次做梦，他被弟弟吃了，先是吃手，再是吃脚。然后把他整个吃了，好像还饿，后来吃了他的全部的画和画具，这才满足了，拍拍毛茸茸的肚子，扬长而去。

热。阿松走到窗前，他看到对过的那盏灯已经被点燃了，感觉更亮了，像是装了只小太阳。他不用望远镜也可以看见小孟老师的身影，那个美丽的身影一直令他无比销魂。

他又举起了望远镜。

他看到小孟老师一动不动地正面对着他，她也一定是在看在关注着他，她甚至抬了抬手。

没有任何疑问，那是在向自己打招呼。

又对视了一会儿。

她穿得很少，在这个深夜，她向他展示的那些，真是难以描述。阿松不再看了，他已经明白了。

你还是你。她说，她默立在那里，啜泣中。

有一个返校日，许多学生看到小孟老师在办公室里哭，她呜呜地哭，一点也不掩饰自己。

阿松担心会有妖怪,他拉上了窗帘。窗帘很厚重,几年没有洗了,灰尘弥漫开来,屋里变得更热更污浊。

　　他又从橱柜中取出了那幅油画。裸女,站姿,未完成,而且永远也完成不了了。他把它靠在墙上,竖放。然后他盘脚对着画坐在地板上,他的脑中突然浮起了一个恶念,他要毁了这幅画,恰恰就是这幅画让他失去了一切,他要上山下乡去了,他没有未来。

　　他一把抓过了好几把油画刀在手上,然后他扔出了一把刀。画破了,发出了卟的一声。阿松很满意,继续扔,卟卟卟,她的全身,完成的以及未完成的部分都破了。转眼间,整幅画就破烂得不成型了。

　　阿松满意了,长吁不止。他把该结束的结束了,以后,他只要简单地活着就可以了。他又起身,拉开窗帘,手势很轻,他还想看看。

　　她还立在那里,她被照耀着,形成了一个剪影。

　　那么,阿松想,小孟老师今晚不睡觉了么?

33

这是一个极其重要的日子。

文武在体育宫里比赛,比赛将决定文武的命运。

除去文武,其余六人都在那棵树下待着。照计划,文武无论输赢都要去拍毕业照的。几个人又是如上两次那样,把自己弄得像模像样的。有两个人变化比较大,一个是金麦,他现在是一身崭新的军装。金麦说,军装是红卫兵军区送的,军区认为他到处演讲,要注重形象,要神气些,就从区武装部申领了一套给他。还有就是阿松的头发剃掉了,他把自己刨成了一个光头。

阿松的光头在日照下闪光,他待在一边吃五香豆,他把五香豆抛起,然后迎着太阳用嘴去接这颗豆。豆没有接到,但是他发现了一个情况,就是对过那栋楼屋顶的平台上,有个女生在拉小提琴,因为距离太远,听不见琴声,但是女生拉琴的姿态特别的优雅。阿松心动,他赶紧掏包里的画具,可是没有,他这才意识到,他已经不再画了。画图这个事,已经和他完全没有关系了。

赵小雷坐在那里发呆。冰冰过去和他闲聊。冰冰问他爸的情况,怎么样了?赵小雷说,他好了,打算上班去了。冰冰说,天佑赵工,你爸真是命大,我认识的一个人,也是脑溢血,后来也好了,在跑马拉松了。赵小雷说,我一直去新泾庙替他烧香磕头的，我爸不许我去，说那个是迷信，可是我觉得蛮灵的。

海洋真的是越来越怪了，他围着众人在转圈，转了一个又一个，转得别人头晕。金河要他别转了，但他还是转。

有一个海军军官走过，海洋上前，立定。海洋朝他行了美式军礼。

请问现在是什么时间？海洋问军官。

军官立定了，他看海洋，回了个军礼。军官看表，四点三十二分。他说。

军官说完，走去。

树下的这几个人不说话了。当下时间四点三十二分，文武跟他们说，他打的是第二场。第二场的上场时间是两点半左右，那么，比赛差不多已近尾声了。

赛场爆满，观众在喊加油。观众举着牌子，牌子上写了运动员的姓名。唯独文武最为寂寞，没人替他呐喊。如果文武愿意，那会有很多人进场为文武助威，但是他不要。以文武个人的赛事经验，越是有人助威，他越是输。所以，这次选拔赛，文武只提了一个要求，让他安静专注地比赛，不要有啦啦队，一喊叫，他会乱掉，一旦血脉偾张，那他会乱打一气，然后就迅速败下阵来。梁教练同意，梁教练说只要赢球，怎么都可以，他不在场都行。

那六个人每次都来，可是每次就如同六只麻雀待在那里，根本就不能进。其实他们就是来听比分的，并不是来看比赛的。

文武的对手是黄浦区队的长脚,文武以前跟长脚交过手,互有胜负。才一年多不见,对方的脚更长了,手臂也长了,像是站在台的对面,伸手就可拍拍文武的头一样。

决赛是二十一分,三局两胜制的。前两局,打成了一比一。先是文武输了一局,局中休息时,梁教练只说了一句,你自己想,问题出在哪里。

文武跟梁教练训练有一段日子了,知道梁教练的脾气,他现在是压制着自己,当然,火山随时可以爆发。文武闭上了眼睛,坐在了一边,他想到了小姐姐,以前小姐姐就是闭目冥想,让自己的脑子清醒过来。文武也学会了,冥想对他有奇效,他仅仅闭了一会儿眼睛,就意识到输球的问题所在了。推挡慢了,落点不好。长短球运用不当,发球变化少,训练的组合球基本上没有发挥出来,甚至都没有想到去运用。关键是只想速赢,打得太急,用脑不够。

文武把自己意识到的问题说了,梁教练点头。正解,他说,和我看到的完全一致,好吧,你就是拿冠军的料,你一点也没有辜负大胡对你的一番栽培,好了,时间到了,去吧,给我拿下。

文武再一次上场的时候,感觉到自己就像一只充足了气的球。

果然,他赢了,二十一分,他只让对手得了七分。在后半局的时候,文武就意识到自己会赢,他感觉到自己打得很顺手,而且觉得脚下很轻,以前打比赛他的步伐老是让大胡老师不满,有几次大胡老师甚至愤怒到叫他滚下场。可这次,完全不一样了,他总是可以在挥板的前一刻，步子已经完全到位了。

他想到头一天跟梁教练训练，梁教练布置的功课就是跳，除了步伐还是步伐。他还记得他在跳的时候，小姐姐就坐在窗下，逆光，她的面目是模糊的。

第二局还差两分即可拿下时，文武瞥了一眼场边坐席上的梁教练，他看到梁教练轻轻地鼓着掌，好像怕弄出更大的响声而影响到他对比赛的关注度。

第二局文武赢了。

他去教练席。梁教练说，我什么也不说了，说什么都是多余的了，就这样打。渴了吧，来，喝水。梁教练把自己的水杯子给了文武，他的水杯还是有丰富的内容。白参片、枸杞子，最近好像又多了一种草，看上去大补。文武接过了梁教练的水杯，大口地喝光，文武想起，那次他喝光了他杯里的水，一晚未眠，第二天梁教练举起了小板凳差点砸扁了他的狗头。

文武又上场，这个时候，他仍然像一只打足了气的球。

第三局的发球轮过后，他的感觉就不对了。

弧圈球！

文武紧张起来，根据以前和长脚交手的经验，他是没有拉弧圈这一板的。可是现在，事实上对手真的就拉起了弧圈球，长腿后退，再后退，然后在球的下降期拉起，他把球拉得漂亮极了，又高，又转，又飘。文武挡了一下，飞了，又来球，又挡了一下，又飞了。文武开始慌乱了，他充分地意识到自己麻烦了。

场边的梁教练示意文武用防弧胶皮应对。

显然，这是孤注一掷了。比赛方案是这样设计的，一旦启用了防弧胶皮，那就是搏杀了。梁教练只是在夜晚去七宝拿来了一块防弧胶皮，他本人没有用过，而作为运动员本人，文武也是头一次听说还有这样的胶皮。后来的训练，也是凭感觉的。所以在制定比赛方案时，梁教练和文武商量还是保守一点，尽量不用防弧胶皮，即便对方拉弧圈，能不用还是不用，实在不行了才用，一旦用了，那就是命悬一线时刻，那就是搏命了。

没有暂停时间了。

比分已经是十五比七。对方领先了八分。文武试着用防弧，用了防弧后，球倒是不飞了，但是老下网。一个两个三个，接连下网。文武眼冒金星，突然想尿尿了，这是很不好的现象，这是心理紧张造成的一种躯体反应，而两者的叠加效应可能会令他彻底崩溃。有一次就是这样，在一场重要比赛的决胜局中，他可以连丢九分，直接失去了九个赛点。

这时候，他突然看到了大胡老师，大胡老师不是出现在教练席上，而是坐在场地的另一侧。他还是那样，套着那件印有体委字样的蓝色运动衫，他的左手腕上套有一串佛珠。谁都知道，只要是比赛，大胡老师的手腕上一定要套上这串佛珠，这是他的幸运珠。

文武起初以为这是他的幻觉。

他去场边擦汗，再看，无疑，那就是大胡老师。他坐在面前，抬头看了下文武，好像是点了点头，但是又好像没有。他的身边坐了一个戴红袖标的人。文武弄不清楚那是个什么人。

一定是因为大胡老师的到场，文武的心理波动好了许多，尤其是他看到大胡老师手腕上的那串佛珠，他一定是有意把佛珠暴露在外吧，他仿佛在说，放心打，没问题的，菩萨保佑你！

接下去，文武发球，防弧挡，赢了一分。十七比十九。

又赢了两分：十九比十九。

文武发球，对方直接弧圈拉起，文武挡，对方再拉，再挡，再拉，挡不住了。文武输了一分：十九比二十，到赛点了。

整个赛场极度地安静，赛场上所有的人都在围观。文武并不慌乱，刚才还尿急，可是现在一点尿意没有了。奇怪的是，他已经进入了忘我的状态，他的脑子里居然塞满了大胡老师，他想大胡老师不是在隔离审查吗，他的案子撤掉了？平反了？再也不用坐牢了？

还是文武发球，一个高抛侧上旋，他是想打第三板直线进攻的，但其意图被对方识破，球被狠狠推回中路，文武只得放弃进攻，他搓球过度，长了点，出台了，对方立刻弧圈拉起。

球往高处去。

文武抬头看，小太阳灯晃眼，他一时眼花，球又落下。文武打空。最后这个球正副裁判打分是完全不同的。主裁认为是擦边了，比赛结束，长脚胜。可副裁认为球出界，文武扳平，比赛继续。

梁教练揪着主裁大吵。梁教练说主裁是瞎了狗眼，那个球怎么可能碰到台面，要差三公里呢！主裁毫不退让，他又做了一个比赛结束的手势，要走。可是梁教练死拽着他不放。那个记分牌在副裁的手上，记录员要做记录，问比分多少，副裁坚定着说，二十比二十。

对方的教练和长脚的同伴都上来了，围住了文武，要文武说真话，推推搡搡的，有一个甚至还想打文武。在一边和主裁争吵的梁教练见状，一个跨步就到了文武的跟前护住了他，还一把夺过了文武的球板。他高举着球板，他手上的球板就如同砍刀似的，他说，谁敢，当心我劈了你！

梁教练吃相难看，还是对方教练比较有修养。对方教练说，让他，他指着文武，自己说，擦没擦边？凭良心说，要是说了假话，我们全体一辈子诅咒你永远赢不了球。

文武完全慌了，那个诅咒也太吓人了，而且好像比大胡老师的佛珠还厉害。其实他也弄不清楚到底擦没擦，如果擦边了，那肯定只是一点点，多半的时候，很难感觉得到。

说！

一大帮人围着他，要他说真话，凭良心说话！

这时候文武真是后悔，他是应该让啦啦队进场助威的。他们还待门外，等着他的消息，还要去拍照。这里就要打起来了，可他们一点忙都帮不上。

他又想尿了，再不去厕所他真的要尿在裤裆里了，但是那群人依然围着他，虽然没有动手，但也不让他走。

文武抬头找大胡老师，东看西看，总算看到了。大胡老师在往外走，那个戴红袖章的人拽着他。文武想喊他，想问他这种事怎么处理。大胡老师没有往他们这个方向看，他的背好像变驼了,他有点跷,走得很慢,他和那个戴红袖章的人走出了边门。

文武转过身来,然后他只是面对长脚。长脚一直没有发声,他在流汗。文武对长脚说,我保证说真话,我要是说假话,那我不得好死。

长脚点点头。

文武说,我真的不知道那是个什么球。

主裁和副裁还在吵,梁教练也在吵。赛事组委会的人也来了,人很多。七嘴八舌,根本听不清。文武终于脱身去了洗手间。等他回到场内来的时候,赛事主委会负责人向他宣布:

要听取各方意见,凡在场的中立方的人都要问个遍,然后大赛组委会投票再做出决定。你现在回去,两手准备,等消息吧。

梁教练跟文武道别后离开赛场。梁教练也是从场边的侧门出去的,但和大胡老师不同的是,他的背是笔直的,而且身边没有任何戴袖标的人。他的步子非常坚定,像是可以踏出坑来。

体育宫的正门开了,那六只等待的鸟瞬时动了起来。很多人走出体育宫的门,走向四方。到了最后,要关门的时候,他们才看到文武。

文武的脸色难看,而且是拖着脚走路。看上去情况很不妙。他以前也有过这种样子,那就输球了。如果赢球,文武多半是一脸的灿烂。

文武不说话,他只是站在他们面前喘息着。没人愿意最先开口，感觉到现在的提问会变得十分的残酷。后来是海洋不耐烦了，他问文武，哎哎，反正你总要说的对吧，到底是赢了还是输了？说嘛说嘛，说嘛！

不知道。文武说。

什么叫不知道，海洋问。赢还是输，你不知道？

最后一个球，可能擦边，也可能没有擦边。如果擦边了，那我就输了，如果没有擦边，那就可能重赛。是从头赛起，还是赛一局，还是就赛最后的几个球，这个要看组委会怎么决定。

肯定没有擦边吧？金麦说。

对吧，你是这么说的吧，别的人不知道，你肯定知道的是吧。冰冰说。

不知道。文武说。

你怎么会不知道的呢，球是你自己打的，你怎么会不知道的呢，海洋说，嚓！一下，就那么嚓一下，肯定的，打在桌子的角上，我都听到了，你怎么会不知道？

文武不言，他只是摆弄着手中的拍子，他的手掌轻轻地滑过另一面防弧胶皮。他心想这块胶皮其实很不错的，如果再赛一场，他有把握赢下比赛。

哎哎哎，你们说，你们说，大家说说，海洋又跳上了长条椅，是不是擦边球，就是一个擦边球对不对？我们都听到了对不对？

海洋，你个赤佬，你在搞什么？冰冰朝着他嚷，要是擦边球对方就赢了，就一点花头没有了，要是没有擦到，是界外球，那么还有希望。对吧，文武？

文武点头。

那不是很好吗？冰冰说，有希望，对我们来说，不就够了吗？文武，对不对？

文武点头。

我看到大胡老师了，文武说。但是没人听见他在说什么，都在急着去找自己的脚踏车，要往回赶。

时间不早了，约好了，无论输赢都要去拍毕业照，现在是不输不赢，那肯定也是要去拍的。

这次他们都是骑车来的，现在要骑车回。七辆车一路铃声，很快地骑过。

到了一条街，众人停车，然后就跑向春光照相馆，突然遇到了欢欢同学。欢欢刚从食品店出，捧了个大纸包，大纸包里有不少食品。欢欢说，哎哎哎，你们跑什么呀！

赵小雷急急地说，拍照去！

拍什么照？

毕业照？

啊？欢欢急了，在哪里拍毕业照啊，那我也毕业了啊，怎么没人通知我的，等等，我跟你们一起去！

赵小雷被欢欢一把拽住，跑不了了。欢欢又问，你们去哪里拍照？赵小雷说，"春光"。欢欢说，瞎说些什么呀，"春光"上个礼拜就关了，不知道啊？赵小雷说，不会吧，我们是跟王先生约好的。

前面冰冰在叫,小雷!快点!一会儿关门了。约好的四点半,现在都五点了!

赵小雷赶紧甩开欢欢,往前跑去。欢欢也不追了,她看着那几个人的背影,觉得好笑。跟他们说了还不听,那就去吃个闭门羹吧!

一众人跑到"春光"门口,果然如欢欢说的那样,铁门紧锁。门上贴有一张告示:本店即日起打烊,何时开张另行通知。就那么几个字。

他们立在门口发呆。

一会儿,又看到了欢欢慢慢地走来。然后她歪着头看众人,嘴边挂着讥讽的笑。

冰冰见她,问,怎么打烊了,啥情况欢欢你晓得哦?

欢欢说,听说王先生被捉起来了。

众人大惊。

听说他帮人家拍裸照,老下作的,被知情人揭发了。这种人还开什么店,吓死人的。

众人先是不言,后来都扭头看阿松。阿松此刻给人的感觉是迷迷瞪瞪的。

阿松看向橱窗。橱窗用一块布遮挡住了,原本里面是摆有一些相片的,而且在艺术性的处理上,他还是帮了一点忙的。还有,金河也在橱窗里露过脸,像个真正的明星。当然现在是什

239

么都看不到了，橱窗的玻璃有反光，阿松从中像是可以到一些影像，王先生，那个死前的美丽的裸女，奇怪的是小孟老师也浮现了出来。然后他们渐渐地淡去，叠化的是他身后的人都盯着他看，而他自己也在看自己。从前，长发的白衣少年如同一个艺术家，而当下，他已经剃成个光头，像刚从少教所出来的。

　　欢欢见赵小雷立在阿松身边，怎么看都不舒服。她喊：赵小雷，你妈叫你回家吃饭了！然后，她径直离去了。

34

梁教练离场时,拍了拍文武的肩,跟他说回去好好休息,这里一旦有了裁定结果,他会立即打电话告知文武。

梁教练把文武家的传呼电话号码写在了手上。

第四天的傍晚,一家人在吃饭,下面有人叫文武的电话,全家人都放下了筷子,母亲紧张得面部在抽搐。文武说,你们吃吧,反正伸头一刀,缩头一刀,要来的总归要来的。

下楼,电话房就在边上,电话间阿姨把话筒给了文武。文武接听,他听见了梁教练的声音,梁教练说,文武,你想开点吧。

文武立马知道自己的命运了。

赛场临别时,梁教练和他还有一个约定,梁教练说,如果他只是一句话,叫他想开点,那就是擦边了。如果没擦边,他会跟文武布置重赛前训练计划。

电话那头,咔嚓一声,挂断了。文武呆立了会儿,从兜里掏出了三分钱给了电话间阿姨,他在给钱的时候,说了声谢谢。文武是个懂礼貌、讲礼数的男生。这也是大胡老师训练出来的,文武记得第一堂训练课,大胡教练开宗明义地要求,要打好球,那就先做好人。

文武往回走,他要回家继续吃晚饭,他还没有吃饱呢。他看到母亲等在楼下了,她的面部好像仍在抽搐。母亲问,怎么样了。文武垂着头,摇了摇。

输了。他说。

这个时候,母亲反倒是平静下来。输了就好,输了就好。母亲平静地嘟嘟囔囔地说。

父亲探着身子趴在窗前,他都看见了,一切皆在眼前。

父亲吼,高文武!抬起头来!上山下乡好,人家能去我们也能去!

两个月后,文武在街上偶遇梁教练,梁教练匆匆而过,见文武,他停下了。梁教练好像刚下训练课,他显得很疲惫。梁教练说,文武啊,干吗去呢?文武说,去买点日常用品,农场的通知书下来了,就要去了。

哪里?

崇明。

哦哦,还好,近郊农场,就是坐船不太方便,还好还好,我有个忠告啊。

梁教练您说。

球嘛,不要全都放掉,有机会还是要打打的,农场也有乒乓球比赛的,能比就上去比,也是一门特长嘛,这个总比一天到晚的种地好吧。你说呢?而且以你这个水平,在你们农场,不仅是你们农场,我的估计是整个崇明岛肯定是头块牌子了。

文武说,我听教练的。

梁教练欲言又止，但他还是说了。

他告诉文武，事情的经过是这样的。赛前的那个晚上，大胡坐卧不宁，看管员问他怎么回事，是不是还有什么没交代的，大胡就说了他的一个学生明天要比赛的事，他想去看。大胡一直很配合看管员，两人关系不错，看管员第二天就带着大胡去了赛场。这个事看管员有没有请示上级，不知道。两个人来晚了，大概是比赛过半才到。然后就一直看到结束。大胡出现在赛场，很多人都注意到了。大胡坐在那里看球，距离球桌很近。赛后，看管员问大胡，擦没擦到？大胡说，擦到了。文武倒霉，命里没有。大胡说完后起身就离去。不承想大胡的话被某人听到了，某人是赛事工作人员。某人就去跟主裁说了。第二天裁判组还是定不下来，主裁坚持是擦到了，还提议去问大胡，他坐那么近，还是高文武的教练。然后一众人就去隔离所问大胡，大胡当众又说了一遍：

擦到了。

梁教练拍了拍文武。

文武啊，梁教练说，他就是这么个人，一根筋，他对自己也是这样，我记得有两次比赛，他都是自己认输，判他赢了，可他自己举手，说擦到了，擦到了他就输了。输了就输了，他说只有这样才睡得着觉，吃饭才香。别怪他，啊？

文武说，我听教练的。

35

海洋的生母来了，住在招待所里。生母也有顾虑，不敢突然闯入。生母和养母串通好了，先是由养母跑各家单位，产科医院，居委会，派出所等等地方，相关证据都准备好了，然后生母来认亲签字。事情又急又多，姚阿姨都累出病来了。

海洋家长是这么想的：事已至此，即便海洋本人尚未表态，但事实就是事实，血缘怎么改得了？无论如何，学校方面是有责任改档的。

起先，以为海洋在睡觉。

有时候，他可以连续睡几天几夜，有时候，人也不见，晚上也不回来睡，不知道他去了哪里。

张师傅和姚阿姨在厨房里说话，两人推搡着要对方去跟海洋谈，就说他的生母来了，见是一定要见的。还有许多亲子鉴定手续上的事要签字。可以叫生母来家里，也可以去她下榻的招待所，或者找一家安静点的饭店好好地吃上一顿，边吃边聊。钱么，家里还有。看海洋的心意，想跟生母说说话的，那就让生母多待几天，没感情不想多说的，那就让她尽快地回湖南就是了，其实她也忙。生母已经在招待所等了一天一夜，没想到来得这么突然，这里还没有准备好就来了，急吼吼的样子，这个让姚阿姨有点不满。

推搡了半天,两人都不敢去说。又吵起来了。好在后来总算达成了一致,一起去,打算就坐在海洋的床边说,一定要说到他开口才是。要是海洋坚决不开口。就去把住招待所的生母直接领来,现在生米已经做成了熟饭,没有退路了。

两人惦手惦脚地,惴惴地走向海洋的房间,轻轻开门。可是海洋不在,他的床是空的。张师傅肯定地说,下午海洋进屋,一直没见他出过门。姚阿姨心细些,发现海洋动过自己的衣柜了,再看,一些衣服不见了,鞋也不见了。

然后他们就等,等了一个通宵,还是不见人。

回想起来,那个傍晚,海洋应该是来跟大家告别的,但是几乎没有一个人意识到,接下去他就会离家出走,一去不复返了。

金河一家已经打算吃晚饭了。

突然有人敲门,金河开门,见是海洋,感觉上他是满脸的喜气。海洋打招呼,嗨,晚饭吃了吗?金河说,正准备吃呢,哎?有事吗?海洋笑着说,没事,我就是来问问,那你们吃吧。屋里头金麦正在忙着背演讲稿,听到是海洋的声音,就嚷,海洋,一起吃晚饭吧!海洋说,不了不了,好好,你们吃晚饭,我走了。

海洋咚咚地往楼下走去,金河注意到他背了一只大包,可也没有多想。海洋的行为举止多少有点怪异,不过大家已经习惯了。

一会儿,阿松的家门被海洋敲开了。

阿松弟弟开的门，弟弟用阿松的彩笔，把自己画成了一个花脸。他问，什么事？海洋看到那张花脸笑死了，笑得直不起腰来。弟弟就看着他笑，也不表示什么。海洋总算止住了笑，他问，阿松呢？弟弟说，不知道。海洋又问，那你们晚饭吃了吗？阿松弟弟说，没呢，什么意思，你要请我们请晚饭？那么好啊，我现在就跟着走，去哪儿，一条街饭店？海洋不理他，转身就跑了，快速地下楼离去。阿松弟弟肯定没有注意到他身上的大背包。

海洋又经过冰冰家的楼下。

冰冰在阳台上收衣服。海洋抬头看到了冰冰，他喊，冰冰，晚饭吃了吗？那次在别墅里，冰冰和海洋有过冲突，他在言语上伤害到了海洋，并把他推到了墙角里。所以冰冰对海洋一直心有歉疚，他觉得海洋对他也不如以前那么亲密了。没想到楼下的海洋那么热情地打招呼，冰冰的心头顿时一暖。他也喊，还没有呢，你一起来吃吧，家里今天包荠菜馄饨！海洋摆了摆手，转身走了。冰冰也没有注意到海洋身上的那个大背包，毕竟楼上楼下距离有点远，而且，暮色四合，冰冰还在忙着收衣服。

赵工身体康复了。身体好了，就会感觉到饿。赵工一直叫饿，所以赵家近来五点不到就开饭了。五点半左右，在吃了晚饭后，赵小雷就去倒垃圾，在路上他遇到了海洋。海洋说，嗨！小雷，晚饭吃了吗？赵小雷说，吃啦！赵小雷第一眼就注意到了海洋身上的那个大背包，问，你要去哪里？插队落户去啊！海洋不言，只是拍拍挂在身上的背包，又伸出手去。海洋说，来，握个手。赵小雷说，你没看到我手上的畚箕吗？海洋笑。就握个手嘛，哎，我这几天想，我们两人的关系有点特殊的，对不对？赵小雷不解。海洋说，你看，你爸是造船的，我爸呢，是开船的。是不是我们两家人，都和船有关系啊。赵小雷笑，那你呢，你就只能看看船。海洋不说话了。他想了会儿，他说，我不造船，我也不开船，我也不看，我，就是船。说完这话，他转身就走，头也不回，也不要求和赵小雷握手了。

文武要去崇明农场，通知还没收到，他已经在做准备了。那天傍晚，他在一条街的商场购物。海洋来了。海洋问，嗨，文武，买什么呢？文武见海洋，说，好巧啊。海洋说，我去你家，你家没人，五室阿婆说，你来商场了。文武说，我想买两个护膝，冬天一冷，膝盖总是痛，可能是打球打多了。海洋说，哦哦，那你，晚饭吃了吗？文武说，还没有呢，我家人都出去了，我想在外面吃点算了，哎，去饮食店吃冷面吧。海洋不说好，也不说不好，他只是在帮着文武挑护膝。先是紧了，后来又松了，总算试成了一款合适的。文武很满意，他去付费，再找海洋，不见了。

商场里不见海洋。出门，街上也不见海洋。

文武喊了起来，海洋海洋！没有任何回音。许多人看他，大概是觉得奇怪，海洋是谁？听上去不像个乱走的毛毛头，也肯定不是个失智老人。

文武去了饮食店，他买了两份冷面，两碗鸡鸭血汤。他还在等海洋。

然而海洋就此消失了。

36

冰冰的就业通知书来了，市轻工业局。凡是上海档的人收到通知书都要早一点，冰冰还不是最早的，还有比冰冰更早的，已经开始上岗工作了。

母亲接过冰冰手中的通知书，看了好久。母亲问，哎，那我还是不明白，轻工业局又是什么？冰冰摇头说他也不懂，去了就知道了。母亲说，不是说想去仪表局的吗？冰冰不说什么了，想归想，想了去不了那又怎么办？

母亲套上漂亮外衣，施了淡妆，上楼去。

她敲开了美铃家的开。美铃出现在了门口。美玲的脸上有泪痕，像是哭过。不过美铃的神态还算正常。美铃问，阿姨，什么事？

冰冰母亲问美玲，轻工业局是个什么局？

美玲说她也不知道，听起来还不错的。冰冰母亲又问美玲她的通知书下来了没有？美玲说上周就来了，纺织局。冰冰母惊，她一直以为美玲是仪表局的。美玲随后又告诉她，已经细分了，让她去纺织厂，先做挡车工，以后看表现再做调整。冰冰母亲问，那是哪家纺织厂。

国棉二十一厂。

冰冰母亲不再问什么了，转身离去。

母亲从楼上下了之后,就一直坐在圈椅上发呆。冰冰外出回,见母亲呆坐在那里,赶紧上前问什么情况。

母亲说,冰冰啊,美玲去二十一厂当女工了你晓得哦?

晓得!

那你怎么想的?

我有什么好想的。

不是说她表哥市里的头吗?怎么不帮帮的啦?她不是说过表哥好帮忙的吗?

她找过表哥了,她表哥意思是走后门的思想要批判的,要敢再提,就把她拉到哪里批判去!

哟唷,一本正经的样,吓死人了。

冰冰睡觉。才睡着,母亲又来摇醒他。冰冰很恼火,困死了,一早还要去菜场。有时候他很羡慕那些上山下乡的同学,他们很自由,不是吗,根本用不着四五点起床去买菜。

母亲有要紧话说。

母亲说,冰冰啊,那么我问一句,金河怎么样了?

冰冰的头顿时炸了,他的感觉是倒还不如去买菜。他把被子拉上,捂住了自己的脑袋。可母亲还是在说,声音捂不住。母亲的意思是,美玲其实不怎么样,金河么,怎么不来往了?从小在一起的,青梅竹马,你们两个不要吵架,有什么好吵的?

母亲走后,冰冰掀开了被子,他靠在了床上,也睡不着了。他只是在问自己。

吵过吗?

37

金麦失眠了,数羊也没用,明天有大事发生。一早,他从自己的房间出门,他有种不真实的感觉,脚上踩了棉花似的。

金河过来了。金麦没想到金河比他起得还早。金河问,这么早起来了,昨晚好像你一直在咳嗽,没睡好吧?金麦急急地往外走,没搭话。金河说,今天过生日,忘了吗?金麦说没忘,金河问,那你想吃什么面?金麦想了下,说,咸菜肉丝面吧。金河说,不是喜欢吃大排面的吗?金麦说,哎呀节约点吧,外面很多人吃不饱呢,我们能省就省一点吧。

金麦背上包匆匆出门。金河想要他吃了早饭走,可是人已经不见了,追都追不上。

一直以来,生日就是两个人一起过,好像只有在过生日的时候,金河才会想起她和金麦是龙凤胎,她只比金麦大半分钟,半分钟的优势,金麦就注定了要叫她阿姐。平时,金河感觉她远比金麦要大得多,在学校里的感觉更夸张,看上去她简直大到可以做他的妈了。可近来情况突变,她那个傻乎乎的、没啥头脑的、又老是喘不上气来的阿弟,居然成了远近闻名的人物了。

金河知道,他下个月就要去大丰了。即便上山下乡,他原本是可以去近郊农场的,可他执意要去那么远的地方。父母也知道金麦要去大丰了,但是他们根本阻止不了他。金麦的犟脾气来了,谁也拿他没有办法。直到目前为止,金河还在怀疑事情的真实性,假的一样。

金麦去坐车。他立在一条街饭店门口等。早高峰期间,人来车往,乱糟糟的。身后就是饭店设的点心铺子。金麦担心误事,没在家吃早点。现在他觉得饿了,就去点心铺子买早点。

哎,金麦。

卖点心的是个女青年,因为戴着工作帽和口罩,金麦认不出来她是谁。女青年说,认不出啦,我是欢欢啊。

欢欢?他当然认识。欢欢母亲是中心医院护士长,有好几次金麦住院,都是护士长帮的忙。很小的时候,金麦最怕打针,然后护士长就亲自操作,护士长跟金麦聊天,逗他笑,分散他的注意力。然后用酒精棉往他的屁股上擦,擦擦擦,一会儿护士长拉上金麦的裤子,说,好了。一点不痛。

你口罩拿掉我就认得你了,那个老太婆呢?金麦问。他记得以前是个老太婆在卖包子的。

她一三五,我二四六。欢欢说。欢欢告诉金麦,她原本想读卫校,但是去不了,档次不够。现在分到了饮食行业,报到的第三天就要她来卖包子。

给,欢欢夹起了两个大肉包子。算我请客,我明天就可以领工资了,你会常来买包子吗?

下月初我就要去大丰农场了。金麦说。

哦对对，欢欢说，我怎么忘了呢，你是自己要求去大丰的，本来是你阿姐去的，可是你非要去，还到处演讲。哎，我问你啊，欢欢的脑袋伸出了窗口，压低了嗓门。

排队的人在嚷，要她快点卖包子。

欢欢根本不理他们，坚持把她想说的话说完。大丰那个地方你不适合的，我妈说了，照你这个身体，用不了半年就病退了。你又何必呢？大丰，听听就蛮吓人的，那个地方真有你说的金山银山吗？

对话没再继续，金麦离开了窗。他以后也不会来这里买包子，也无需再回答这么愚蠢的问题了。

这一届真的不行，金麦想，觉悟太低。

金麦吃包子，味道实在不怎么样，大肉包子，其实也没有多少肉，而且感觉上肉也不香。欢欢卖的包子就是不如那个老太婆卖的好吃。

马路上的车在慢慢地挪，等公交车的人逐渐地多了起来。金麦看到赵工也来了，他夹着一个黑色的皮包，他是去上班，他完全康复了。

赵工也在吃包子。他扭头看到了金麦，他跟金麦打招呼，金麦也礼貌地点头，叫他赵伯伯。

赵伯伯，上班啊，身体好啦？

赵工说好了。他又上下打量金麦。你这是当兵啦？金麦一身军便服，就是没有领章帽徽。金麦摇头，说他下个月要去大丰农场了。

赵工点头。不无感慨地叹一口气。我们赵小雷也要去崇明了，走啦，你们都要走啦！该读书的时候，不好好读书，要去广阔天地修理地球去啦。

赵伯伯，金麦说，海阔凭鱼跃，天高任鸟飞。我们去那里是可以大有作为的。

好好好，我知道你先进，我不跟你说，你对，你肯定对。赵工板起了脸，转向了一边。他点起了一根烟，才抽了两口，71路车来了，他扔了烟头，往上挤，登上了车门，但是很难再挤得进去。金麦也上去帮忙推了两把，仍然进不去，他想扒着车门不动，但还是被里面的人推出了车外。

他趔趔趄趄地好不容易站稳。71路摇摇晃晃地开走了。赵工忿忿地冲着车屁股骂了两句，无奈，只得再等。他又掏出了一支烟来。医生告诫不能抽烟，但是赵工不管。

这时候，一辆军用吉普车驶来，然后在金麦的面前停下。一个漂亮女生探出头来，喊，金麦！快点！等公交的人都看金麦，赵工也盯着看。金麦跳上吉普车，在进车门的片刻，他扭过头来。他问赵工，赵伯伯，带你一段吗？

赵工挥了挥手。也不说话，他只是挥手，很不耐烦的意思。金麦就不再理睬他了，上车，关门，砰的一下。然后吉普车扬长而去。

车内，红卫兵军区的漂亮女生在告知金麦同学今天的日程安排。上午两场演说，泸定中学一场，玉屏二中一场，玉屏二中的这场是在户外，周边的玉屏一中和天山中学都有人要来听演讲。三个主讲人，你是主讲。中午去军区午餐，没有休息时间，然后直接进入入党宣誓仪式时间，这次全区新入党的就是你们上午演讲的三位同学。你们学校的工宣队潘师傅会来，她也是你的入党介绍人吧。

她是之一，金麦说，还有一位是唐永义老师。

区里的大头头也会来，他是主动要求参加你们的入党仪式的。那你，都准备好了吗？

金麦说他都准备好了，入党仪式上的发言也准备好了。漂亮女生问能否让她看一眼，金麦就拿出了那份入党的体会文章。漂亮女生认真看。看完了，点头。说，可以的。她把文章还给了金麦，然后又叫司机停车。

吉普车是停在了愚园路上，漂亮女生说，她要下了，先去军区，有急事。她下车，又转身透过车窗看向金麦，漂亮女生说，再见了金麦同学。金麦说，哎哎，那你是干什么的？我以前没见过你，以后我们还联系吗？漂亮女生笑笑，摇头。我是普通办事员，临时抽调去军区的。但是上海这里我再也帮不上忙了，后天就要去江西插队了，不过，我们走在共产主义的康庄大道上，我们是同一个目的，并终将达到，总有一天我们还会相见的，是吧？

漂亮女生挥挥手离去，她的马尾巴长辫和军用挎包在她的奔跑中跳跃，她消失在人流中。

金麦的内心多少有点失落。

在泸定中学的演讲,还算顺利。金麦最后一个讲,他自己都被自己感动了,差点哭出来。当时心想,千万不能真哭,这要是被金河知道了,她会笑死。好在他总算忍住了。不过在演讲的最后时刻,他感觉到了身体的不舒服。

又去玉屏二中演讲,那是在操场,有好几百人在操场上听,还下起了蒙蒙细雨。几乎每个人都坚持到了最后,还喊口号,口号的内容是,向金麦学习致敬!到祖国最需要的地方去!

金麦对自己的演讲效果很满意,他想这个大概是最后一次演讲了,总不能一直讲下去,没有没了。他还有许多下乡的准备工作要做呢,要有一个皮箱,家里的箱子太破了,一点腔调没有。还有冬季的衣裤鞋袜都还没买呢,还有,要去医院多配点药,要备上。想到药,他摸了一下衣兜,哮喘喷雾剂不在了。

他惊出了一身冷汗,他不知道这个救命的喷雾剂是他忘了带还是被他不小心弄丢了。也可能是心理紧张的缘故,他感觉到身体上的不适加重了。

中午去了红卫兵军区,去食堂吃饭。他一点吃不下,而且一点都不好吃,那两个大肉丸子,臭烘烘的,他想扔了,可是他感觉到别处有人冲着他指指点点的,他想扔的这个手势不好,有损自己的形象。这样他只得把肉丸子吃了下去。

然后他就想吐,他去洗手间干呕了会儿,可是基本上吐不出来。他出了食堂大门,他看到潘师傅和唐永义站在那里聊天。潘师傅看到了他，一脸的开心。潘师傅说，我们是为了你来的。

知道。金麦说。

你是给我们学校争光了，才入团，就入党了。我是打了报告等了十二年才批准我入党的，哎哎，唐老师，你是啥时候入的党啊。

大四那年。唐永义说。

哦哦，你也不容易哦，潘师傅对唐永义说，看你的样子，就像个资产阶级的小开，居然也是党员。

唐永义不说什么了。这时候，他注意到了金麦的脸色。哎金麦，你的脸色不太好啊，哪里不舒服吗？唐永义问。

金麦咳了两下，摇摇头。说正常，感觉很好，啥事没有。

这时候区委的大头头出现了，大头头走在前面，身边跟了好几个人，他们匆匆往办公楼去。潘师傅，唐永义等人也跟上。大头头停下了，他转身看他们。他上前和唐永义握手，哦哦，老同学啊，没想到你也来了，今天有你的学生？唐永义点头。大头头又问唐永义，你还好？唐永义说，还好。大头头说，别想太多，啊，别想太多，工作可以忘掉一切。啊？！

金麦在宣读入党感言的时候，不住地咳嗽，可他面前的所有人好像都不在乎，他们只是笔直地站着。金麦的感言有点长，间隙时，他抬头看了下，唐永义、潘师傅、大头头都是一脸的严肃，每个人的表情都是严肃而崇高的，这让他感动。

金麦又读了那首诗，因为我有五十倍的生命。

大头头问金麦,那么这首诗是你自己写的吗?金麦支吾地说是的。大头头又转身拍了拍身边的唐永义,说,他的作品很出色,而他又是你的作品,更出色!大头头朝他的大学老同学竖了竖拇指。

在回家的路上,金麦的身体更不适了,可他依然很兴奋。没有吉普车了,他只得坐71路回去。车里很挤,金麦几乎喘不过气来,可他还是没有下车。他坚持着。他只是想尽早回家,他要把入党的这个喜讯赶紧告知金河。

他入党了,而且比金河早。他的自我感觉是高高在上了,在去大丰农场前的这些日子,他简直超越了任何人,超越了一直压迫着他的阿姐,并且他每天都在超越自己。

到站下车。

他有点走不动了,这个时候,他很后悔,从军区办公楼出来,对过就是一家大药房,他应该去里面买一支喷雾剂的。那个救命的喷雾剂,先是找不到了,再是忘了买,一错再错,他真是被胜利冲昏了头脑。

在新村的入口处,他再也走不动了,他瘫坐在了一株白玉兰树下。这是个晴朗的傍晚,西天的火烧云灿烂极了,这也让他想起了下午宣誓时面对的那面党旗。

接下去是缺氧状态:

他出生了,身边是一个和他差不多的血肉模糊的肉球,有白衣人要他叫那个肉球阿姐。草地上,他在跑,一直跑,然后他突然摔倒了。阿姐就在边上，抱着一个会眨眼的洋娃娃，阿姐对着他愣愣地看着，她的眼里没有泪水。一个老巫婆在他的边上，老巫婆说，这只小囡活不长。有一根大号的针扎在他的手臂上，某种蓝色的液体正不断地注进了他的静脉。还是蓝色，一个氧气面罩，面罩既遮住了他的鼻子和嘴，也罩住了他的眼睛。他看到父亲母亲在蓝天下哭着聊天，全都是关于他的病情的话题。老巫婆又来了，她要烟，父亲给了她一支飞马牌的。老巫婆要他们别再聊了，聊了也白聊，这只小囡活不长。金河戴上了红领巾，她是大队长，而他因为住院每一门课都在六十分的边缘，有老师提议要他留一级，他说，要是留级那他就杀了老师全家，然后再把自己杀了。金河在操场前升国旗，有人拍照，照片上了报。金河的样子就像宣传画里的一样。生日，舅舅一家来替他俩庆生。他们只跟金河说话，要他家的孩子，弟弟妹妹都要学金河，要当大队长。走时，他们搂过金河，抱了又抱。没有人看他一眼，像是金河一个人的生日。当晚，老巫婆又出现了，她来要烟，飞马牌不要，要大前门的。老巫婆喷了他三个烟圈，她还是那句话，这只小囡活不长。有一次，他操起水果刀刺向老巫婆，当然，老巫婆是刺不死的。她散去了，不过她肯定还会来。金河有许多的玩具：有洋娃娃。有小木琴，可以敲出"我爱北京天安门"。有洋泡泡，红的和黄的，都可以吹得很大，在放气的时候，会发出一种尖厉的声音。有彩版童话书，画的是白雪公主和七个小矮人的故事。有万花筒，旋转，亮晶晶的颗粒组成各种彩色的图案，紫色的图案像八爪鱼。他问金河，我活不长吗？金河说，不会，你是我阿弟,我们的生命长度是一样的。他要玩金河的玩具,金河不允许。他问为什么?你什么都有,我只有喷雾剂。金河说,你不能贪玩,你要做功课,你要留级了。那只硬面的大夹子也是金河的,金河的全部奖状和学习成绩单都夹在里面,还有的奖状糊在墙上。她有那么多的奖状,而他却一张也没有。一只瘸腿的母鸡总在他眼前跳跃,母鸡歪头一只眼看他,眼里蓄满了悲悯。冬季,他独自去了一个地方。那个地方厚雪,雪松软而温暖,他给自己盖了一栋雪屋,他就躲进了雪屋。他看到了那个永远给他带来霉运的老巫婆,老巫婆在雪地的另一个地方游荡,她说了什么他听不清了。不过她一直在嘟哝。金河叫他吃晚饭,桌上有好吃的,大闸蟹,萝卜煮羊肉,老母鸡汤,他不能吃。母亲说,吃了就要犯病了,那些都是发病的。他吃泡饭,刚刚煮好,热腾腾的,据说这才是最适合他的食物。

金河又制作了一本"金河集"。集子里有她写的诗,也有大诗人的诗。第一本"金河集"她给了冰冰,这一本她打算送给金麦,是她精心准备的临别礼物。她在第二本"金河集"上做了最后的修饰,然后她看钟,快五点了,可以准备做生日面了。父母都是中班,他们太忙了,好像把什么都忘了。

去厨房,她发现面条不够了。

金河去买面,走了没多远,她就看见了金麦坐在地上,他靠在那棵白玉兰树下,有几片白色的花瓣落在他的脑袋上和肩膀上。

金河弄不懂这是怎么回事。

近看,金麦闭着眼,他在大口地喘息,金河意识到他这是犯病了。金河伸手提了提他的耳朵,金麦睁开眼来。

什么情况?金河问。

阿姐,你去哪儿?

买面条。

金麦挣扎着要起身,可他起不来。

阿姐,你去,帮我把喷雾剂拿来,忘了带,也可能是弄掉了,我动不了了。

这是要命的事,金河赶紧往回跑。阿姐,金河又叫住了她,金河折回。阿姐,出大事了!

啊?

阿姐,从今天开始,我就是中共预备党员了。

38

那天,冰冰拿到了人生第一笔工资,十七元八角四分。冰冰要请客,庆贺一下,也为要去乡下的金麦、阿松、文武、赵小雷等几位壮行。

去哪里吃,冰冰要大家商量定。

赵小雷提出去江苏路的老正兴。他说,楼下的欢欢分配到了饮食行业,那天跟他说,老正兴有人,请客吃饭可以找她,她去找人打折。

文武问,她一直对你蛮好的哦,现在怎么样?

赵小雷一脸的沮丧,摇头。

金麦说,哎呀,不就是那个卖大肉包子的吗?赵小雷,她根本配不上你!

礼拜天傍晚,他们一行五人骑车去老正兴。冰冰做东,照理他应该一起去的,不过头天突然接到单位通知,告知新员工礼拜天要集中学习,不得请假。可老正兴已经定好了,再退也不合适,因此冰冰只得当日学习完了后,自己去饭店,但估计会晚一点。

几个人到了老正兴,然后坐等冰冰。果然学习时间很长,左等右等不来。金麦说，不等了，我们点了吃吧。众人说好。然后就每人点两个菜，金河最先点，她要了两个冷盘，凉拌海蜇皮、糖藕。赵小雷点：咕咾肉、炒腰花。文武点：红烧肉煮蛋（他想起了大胡老师）、干煎带鱼。阿松点：鱼香茄子、三鲜汤。金麦说他就点一个：清水大闸蟹。服务员说，现在季节不对，店里好像没有大闸蟹。金麦说，去看看，要是没有就去买。服务转身离去，一会儿又过来了，告知的确没有。大厨说了，现在买不到，如果一定要吃蟹，那就只有梭子蟹。金麦面有不悦。服务员说，梭子蟹如果清蒸，配上吃蟹的专用调料，味道也差不多，我们店的梭子蟹很新鲜。金麦想了想说，那好吧。

金河一直盯着阿弟看，不言，待服务员离去后她才说话。

你药带了吗？

当然。

金河不说什么了。她在想，上次金麦在家里吃过蟹了，也没有怎么样，有些禁忌都是自己吓自己，吓出来的。金麦想吃什么就吃吧，放飞吧。反正急救的药就在兜里。以后这就是他的生活常态了，揣着急救药，去吃一些或许不该吃的东西，去做一些吃力的、他也从来没有做过的事情。金河突然一阵心酸，她的眼眶瞬间湿润了。但是没有人注意到她，包括金麦。

店堂里顾客逐渐多了起来，不少人在抽烟，空气越来越浑浊。顾客在大声说话，吵得人头晕。菜也上齐了，最先来的菜，就那个炒腰花差不多都已经凉了，可还是不见冰冰来。

不等了。大家开吃，风卷残云。

金麦几乎是独吃了一个梭子蟹,吃相极其难看,吃得一脸的蟹黄。金河掏出手绢,要他擦擦脸。金麦擦脸,擦完后还想吃,但是已经没有了。总共才点了两只蟹,不管怎么说,别人总要吃点的吧。还有,像金河这样的,索性连个蟹脚都没有尝到。

顾客不断地进来,礼拜天人多,顾客见这张桌子快结束了,就围在了桌边等着翻台。金河说我们走吧。几个人也说走,但是服务员不让走。

还没有付费呢。服务员说。

众人面面相觑,然后才意识到,冰冰没有预付餐费。而他们兜里的那点钱加在一起肯定也不够,他们又没有领工资。局面变得十分尴尬。

还是金麦想了个办法。

站远点,我们还没吃完呢。他先是跟身边的顾客说,然后又转向了服务员。他说,没吃饱,再点。

服务员万般不情愿地又掏出小本来。

小黄鱼煨面,五份!

煨面要时间的,挺慢的。服务员说。

慢才好,越慢越好,慢慢煨。

几个人心安理得地继续坐下去,只是眼睛都盯着饭店的那扇旋转门。大约过了半小时,煨面上来了,又慢慢吃,吃了十五分钟还没见到买单的人。金麦正打算继续点餐时,冰冰总算来了。

冰冰大呼对不起,并告知钱他已经在前台付掉了,还有,他已经吃过了,不必再吃了。冰冰看桌子边上围了那许多人,好几个人脸色极度难看,好像恨不得把这一桌人都吃了样子,便赶紧叫撤。

他们总算撤了,当然是吃得很饱了。

出餐馆,大家就问冰冰怎么回事。冰冰说,他在单位吵架了,大吵,不是小吵,把领导桌上的新员工分配方案都撕掉了,吵昏了头就直接回家了,把聚餐这个事彻底忘了。饭后倒垃圾时看到阿三端着碗在阳台上吃饭,才突然想起老正兴聚餐一事来。

几个人也不好说什么了,人家请客,付钱,自己不吃,又让他们吃得这么好这么饱,多说也没意思了。金河抬头看了看天,乌黑,一点星光没有。又要下雨了,这个夏季的雨真是多。冰冰说,走虹桥路吧,武夷路那边在埋地下管道,都封路了。

骑车回,来时是五辆,冰冰来了就多了一辆。冰冰的车总是最炫酷的,凤凰牌十八吋锰钢十三型,整个新村好像也没几辆。冰冰领头,又是几个人同时打铃,一道锐利的铃声,如同闪电划过。

他们还在路上。

不能再骑了,黑夜,还下着暴雨,路也不平。大家去一个屋檐下避雨,这是在虹桥路中段的某个地方,很快地,他们意识到来过这里的。

对面,就是唐永义家的别墅,那个尖顶在黑天的雨幕中依然可辨。他们安静地看着对过。二楼,有一盏灯在隐约闪烁。

唐老师是我的第二入党介绍人,区革委的大头头是他的大学同学。金麦说。他的话估计别人听不清楚。

这时候，二楼阳台现出一人影，那是唐永义。很快地，一束手电光射了过来，挨个扫过。他们闭眼，并下意识地抬胳膊捂住脸，唯金麦不动，他一直睁着眼站在那里，他现在可以睁着眼面对一切。

光灭了。

谁也不说话。又过了一会儿，雨小了点。冰冰说，走吧。话音刚落，对过的那扇门开了。有人撑着伞过来了。

来人是福根，他的伞很大，是油布雨伞。他说，你们是永义的学生吧，永义请你们去吃杯茶。几个人先是犹豫，后来又扭头看金麦。已经有一些日子了，在这个小集体活动中，金麦拥有了更多的话语权。

金麦说，走。

他带头过马路，往别墅走去。几个人跟上，福根撑着伞再跟上。

39

　　这个大厅很熟悉的，他们曾经在这里吃喝玩乐。跳上餐桌发表宣言，甚至还打过架，个头高的把个头矮的推倒在墙角上，还敲碎了一只古瓷瓶。但是唐永义一点没提那些事。

　　他坐在单人沙发上，看上去很虚弱的样子。感觉上他的头发又少了，差不多完全成了个秃子。在家里，他没有戴眼镜，眼睛显得水泡泡的。他眯着眼看他们，有点吃力，但是肯定可以分辨出来谁是谁。

　　众人喝姜汤，这是福根端来的。福根又去壁炉前生火。唐永义解释说，福根有关节炎，老是觉得这个屋子里太湿了，再热的天，他也要生火。

　　干柴噼啪作响，福根又加了煤。火苗变成了蓝色。

　　赵小雷和文武身上被雨淋湿了，便往壁炉前靠，他俩坐在了炉前，很舒服。

　　唐永义不说话，他就是这样，除了上课，话一直很少。即便和学生交谈，也是尽可能地简短。他看火苗。继续沉默。金河打起了哈欠，她都有点倦了。

　　唐永义问福根：家里还有葡萄酒哦？

　　福根说，有的。

唐永义就叫福根去拿酒。一会儿，福根就拿了酒来。几个人先是喝姜汤，现在换成喝酒了。文武端着酒杯有点犯难。唐永义问文武是不是不喝酒的，文武说是。唐永义说，喝一点，没关系，你们现在已经不是学生了，是社会人了，以后社会上做事，喝酒是免不了的。

来，干了！唐永义举着酒杯。

大吊灯没有开，仅亮着几盏壁灯。整个空间有点暗。

外面下雨，玻璃上布满了水雾。唐永义在喝酒，他的脚下已经有两个空瓶了，他的话也越来越多。整个中学期间，从来没听他说过这么多的话。

我知道你们不喜欢我，看到我烦，你们在背后也从来不叫我老师，就叫我唐永义，也有人索性就叫我老唐。呵呵，呵呵呵。

他喝酒。

其实无所谓的啊，其实我也确实没有教过你们什么。我呢，在大学里学的历史，来这个学校后，先是让我教政治，后来又让我教工基（工业基础知识）和农基（农业基础知识），好吧，本人是中共党员，从来就是听党话，跟党走，党叫干啥就干啥。可以，我教什么都可以胜任，为什么知道吗？因为你们这些学生，实在是太无知了。

停顿。

今天晚上，我把想说的话，都说了。其实，我也从来没有喜欢过你们。我在台上讲，讲什么都可以，反正你们就是从来不听，不是吵闹，就是死盯着我看，眼睛里一片空洞，完全没有内容。中学生，呵呵，学了四年，可笑。记住了，以后，永远，你们这些人，千万不要说是我的学生！

这不是我们的错！金河说。

说得对。

唐永义又打开了一瓶酒，炉中火也一点点熄灭了。

时代耽误了你们，我也耽误了你们，在你们最需要人生导师的时候，在你们的这个年龄，站在讲台上的，居然是我这么一个自私的、无能的、胆小怕事的、明哲保身的窝囊废，一个混蛋。

沉默。

所有人都如同蜡人一样待在那里，福根进来了一下，原本想说什么的，看了一眼，就赶紧退出去了。

唐永义动了一下身子，他继续说。金麦！金麦想朝他笑笑，但是他的脸僵掉了，一点也笑不出来。

你现在是预备党员了，区里就三个中学生突击入党的，你是一个。我还是你的入党介绍人之一。

谢谢。金麦说。

我在大学入的党，我要是不入党，那我就没有女朋友，她肯定不会答应我。后来我争取入党，女朋友是党员，党要她来帮助我入党，她要我和家里划清界限，要有明确的观点，要公开表态。她怎么说，我就怎么做。后来，我就入党了。当时在学校，作为可教育子女的一个典型，我也算个名人了。我女朋友去了甘肃，大学毕业我们就两地分居了。

有人哦了一下。

那么金麦,你的身体到底怎么样?

还好,金麦说,比以前好多了,可以控制的。

唐永义点头。嗯嗯,你这个病我知道的,不少人都是发育时带掉的,我一个表兄就是这个病,现在完全好了。还有就是异地疗法,气候环境不一样,自然就好了。所以,金麦,要看你运气了。

明白。

不过也不要硬撑,实在不行,就争取办病退。大丰那里来人,调你的档案,我着重跟他们说了你的情况。他们答应给你一定的照顾。总之,你自己当心。日子很长,一日复一日,光有激情是过不了日子的。

金麦说,好的。

唐永义的视线转向了金河。

金河怎么样?你是大集体吧,通知书下来了吗?金河说还没有。不过大概也快了。

金河,你是生不逢时,唐永义摇头。没有办法,不过我对你是不怎么担心的,你是特例,你到哪里都冒得出来。锥在囊中,必脱颖而出,肯定的。

谢谢唐老师。金河说。

那个,因为我有五十倍的生命,写得真是好极了。这是金句,可以一直读下去,没有人忘得了。

文武?唐永义又点到了文武。文武坐在一边,那里光线暗,唐永义看了会儿,才确定哪个是文武。是你吧,文武?文武的身子往前探探,尽可能地使自己更亮一些。是的,我是文武。

你是要去前线农场了吧。

是的唐老师,月底前就要去了,我已经准备好了。

是这样的,前线农场和我们学校不对口,全区也没有几个名额,前线主要是招黄浦区和南市区的。这个名额是我争取来的,我是想让你去那里。

文武困惑地看着唐永义。

怪不得,文武说,好像就我一个人去前线。我还在找一道去的搭档,找来找去没有找到。原来是这样啊。

知道为什么力争让你去前线吗?

文武说不知道。

前线的乒乓球队是有名的,他们拿过全国农垦系统的冠军,而且那支球队几乎就是半专业的。边劳动,边打球。教练也是原国家队的。他们说了,只要你能去他们那里,那么就一定让你进球队,而且,因为是全国中学生冠军得主,打主力也是没有问题的。

众人一声惊呼,鼓掌。

文武赶紧起身,他激动地向唐永义鞠躬致谢。一个接着一个。唐永义摆摆手说,说,好了。文武停住了。他在坐下去的时候,身后的小椅子被赵小雷抽掉了。文武一屁股跌坐在了地板上。众人大笑。

气氛轻松了起来。

高文武，你是运气不好，这个没有办法，人定胜天，怎么可能？许多事情就是天意，人怎么可能胜得了天？谋事在人成事在天，还是这个比较合理。哎哎哎，你们，别跟我在外面瞎说啊，这个是关起门来说的，我是把你们当作朋友了才说的，不要瞎说，不要瞎说。

众人说，唐老师放心好了。

当然，唐永义说，我应该放心，我说什么其实你们也记不住。几年来，我说的哪句话你们记住了。一会儿，出了这扇门，你们肯定把我说的话忘得一干二净了对不对？

众人尴尬。

无所谓的啦，唐永义摆了摆手，无所谓的，这一页翻过去了。唐永义喝酒。其实，我和你们一样，差不多一出生就命不好，运也不好。不过，贝五，你们听过贝五吗？

几个人摇头。

唐永义长叹一口气，摇头，这个不是你们的错。他想了想说，不过，你们一定要听听贝五。福根！福根！

福根进来。

福根，你放下贝五好哦，大家一道听听。

福根走向留声机，翻了会儿唱片，找出一张，打开了留声机。音乐起，福根退去。

贝五响起。

唐永义起身，他瞬间和贝多芬融为了一体。他随着乐曲的节奏，旋转了起来。不知道什么时候，他又戴上了眼镜，眼镜搭在鼻子上，像会滑落下来。他左手举着玻璃酒杯，右臂随着音律在打着节拍，在挥舞。

这是命运在敲门，听见了？咚咚咚！

但是，唐永义说，但是我们一定要掐住命运的咽喉，掐住它，不要放弃，不要低头。金麦特别激动，扼住命运的咽喉，这个话他也说过，他已经忘了是从哪里听来的。

一个乐章结束。唐永义上前把留声机关了。

整个厅里，又恢复了沉静。唐永义坐了下去，他坐在了沙发上，把自己深埋了进去。感觉上他很累了。他一直不说话。

金河示意众人差不多可以离开了吧，可沉默中的唐永义伸出手，摇了摇。别，他说，坐，坐坐，你们来，我很开心，我们继续聊，外面还在下雨呢，我就是让你们走现在也走不了对吧。今晚我们在聚会是吧，这也算是天意吧，居然还有这么一个聚会。好好，好，刚才算是上半场，接下去就算是下半场吧。

福根又进。

福根送宵夜来了。福根说，肚皮饿了吧。福根手提一个竹篓，他从篓子里取出了小碗、小碟、小勺。有花式点心，有绿豆汤。

众人宵夜，吃得很尽兴，一点不客气。他们总是那么容易饿，晚饭老正兴吃的那些也不知吃哪儿去了。

唐永义不吃，他看他的学生吃，显出很满意的神情，又微微地笑，一脸的温情，这也是从来没有过的，总之现在众人的眼里已经没有唐永义了，面前的这个人真不知道是谁。

冰冰，赵小雷，你们觉得还可以?

冰冰赶紧点头，说挺好的，他喜欢吃唐老师家的点心，很糯的，赵小雷说，绿豆汤很甜的。

唐永义又摆了摆手。他说不是问宵夜的糕点和绿豆汤，而是想知道对自己毕业分配怎么看。

我爸说了，服从国家分配。赵小雷说。

那他现在身体好了吗?

好了，他已经上班了。

唐永义转向冰冰，那你呢?

我其实没什么，冰冰说，就是我妈有点想法，本来以为可以去仪表局的，现在去了轻工业局。在我妈看来，仪表局都是穿白制服，不过其实轻工业局也可以的，可是现在上面要把我分到一个很小的玻璃厂去，老远，在大杨浦。我跟他们吵起来了，不过好像没有用。已经发工资了。一共十七块八角，今天其实就是想去老正兴庆祝一下，吃一顿的。冰冰有点饶舌，金河不住地朝他看，感觉得到他越来越像他妈了。

你妈叫蔡仙娥吧。唐永义突然问。

是的，唐老师连我妈的名字都记得啊，表格上看到的是哦，我妈不喜欢她自己的名字，一直想叫我去派出所替她改名，我替她想好好多个，红缨、卫红、一红，她都不满意。我还叫金河帮她想过，金河起了个名，我觉得挺好的……

冰冰继续饶舌，金河不得不打断他的话，好了别说了，你妈原本这个名字挺好的，她就是蔡仙娥，她不可能有别的名字。

273

你们家以前是不是住在摩西路三十五号里的？唐永义又问。

冰冰说好像是的。不过我是这个新村出生的，以前我听我妈说，我外婆家就住在那里的，法租界，出门看戏看电影很方便，美琪、国泰、兰心走几步就到了。

唐永义说，你外婆家是开医药公司的，你外公叫蔡文谦，留过洋的，不过蔡先生命也不好，五十岁不到就走了，好像是肺癌走的，身边有那么多药也没用。

冰冰吃惊地看唐永义。

早先，我们唐家和蔡家就离了一个街区，其实，唐家和蔡家有亲戚关系的。你的祖父是我高祖母二妹的丈夫，这样算，我应该叫你妈妈二姑奶奶，再算下去，你要比我高出一个辈分。我应该叫你二娘舅的。

啊？冰冰惊讶。

在场的人都笑了起来，连在一边干活的福根都停止了手中的活，也嘿嘿地笑。

我早就知道了，我一直没有说，是因为怕我们之间的关系复杂化，师生间沾亲带故的总归不自然，不过，现在想起来其实也没什么关系。师生之间，怎么说呢，现在太不正常了。你们，多半的学生，恨我们这些当老师的，我知道的，别别别，你们不说我也是知道的。就这么毕业了，一脚踢了。

静场。

跟你妈妈说，唐永义又转向了冰冰，仪表局被有权势的人占去了，学校没有权势，你们家也没有权势，能去轻工局已经是上上大吉了。我呢，也只能帮你到这里了。接下去，路要自己走，好好走，不要偷懒就是了。

冰冰点头。

那，唐永义一笑，你这个当二娘舅的，要理解我。

众人又笑。

冰冰赶紧起身敬酒。他说，唐老师永远是我的老师，你才是我们的二娘舅，以后，我一定要叫你二娘舅。

众人笑翻了。

壁炉刚才已经熄了，福根又把它燃了起来。几声炸雷响过，闪电划过每个人的脸。雨更大了，又有台风来了。厅里的灯在闪烁。只要有台风，外面的电路总会出问题。唐永义叫福根去拿蜡烛，他生怕一会儿断电了怎么办。

福根照做，他去别处找蜡烛。

海洋有消息吗？唐永义问。

众人摇头。

学校是打算帮他的，有一点阻力，但是后来还是统一了意见，只要事实真是这样，作为养子归档，那就可以力争把他留在上海。我还去湖南做了调查。

唐老师见到他生母了吗？金河问。

见到了。他生母后来还来了上海，住在区府的招待所里，她一直在等海洋，但海洋就是不去。后来我还去看了她。她一直说，都是她的错，她一点都不怪海洋。我第一眼看到她就确信海洋是她亲生的，假不了。母子俩长得太像了，一个模子里刻出来的，就连笑的声音都完全一样。

静场。

你们是好朋友，要留心，想办法找到他。可是他到底会去哪儿呢？现在海洋的档案就空挂在那里，不知道以后会怎么办。

电灯闪了几下，果然熄掉了。然后就是壁炉间那一点火光在亮，除此之外，没有别的光源。外面的路灯肯定也都不亮了。客厅里显得很黑。一会儿，福根端着烛座从内门处走来，有三根燃烛，福根把烛座搁在了某处。

刚才，因为断电，屋里的气氛好像凝固了，现在有了几许烛光，空气又在流动了。每个人的脸在炉火和烛光的映照下，显得花里胡哨的，看上去有点奇怪。

阿松，你呢？

唯有阿松一直坐在地毯上，他盘腿坐，一直沉默在那里，他的情绪没有大的起伏，多半的时候在发呆。

他缓慢地抬起头来。

阿松说，昨天收到通知了，十一月十五号去崇明海滨农场报到。

海滨农场我去过，唐永义说，就在海边。我去的时候也是秋天，一望无际的芦苇，美极了。那个地方还有一个打靶场，我还看到有女民兵趴在地上打枪。噼噼啪啪，一开始我还不知道那是什么声音，后来爬上一个坡才看到，好几十个女民兵趴在那里打枪。远处有好多个画了圈的靶子。这是我第一次见识了打枪是什么样的。

唐永义突然戛然而止,他不说了。

后来雨停了,他们离去。灯一直没有亮起,无论是户内的,还是街上的。

40

　　金河去买早点,而且买了许多,品种丰富。她是想让金麦多吃点。他就要远去,不知何时才能回来吃到上海的早点。他们家有个表叔,表叔六十年代初去了新疆,春节回上海探亲,来做客。他说,在新疆想上海,最想的就是上海的早点。大饼、油条、油墩子、粢饭糕、咸豆浆甜豆浆、小笼包子、小馄饨、锅贴、生煎,太多了。金河就是想让金麦多吃点,在外面,想着上海想着家,别那么一天到晚虚头瓜脑地忘了本。

　　她遇见了冰冰。冰冰买早点是每天必做的功课,就像要去菜场买青菜一样。冰冰妈的胃口很小,根本吃不多,早点吃得更少,但是内容一定要丰富,碗碟要多,台面上摆满,否则就不上桌。

　　冰冰告诉金河:晓得哦,唐永义离开学校了,要去甘肃了。

　　金河问,什么意思?他又是去外调吗?冰冰摇头。冰冰说他是去女朋友那里了,女朋友想断了关系,但是唐永义坚决不肯断。

　　他去甘肃了,上乡下山了?

　　冰冰点头,说,可以这么理解。

　　金河笑,哎,真是奇葩哦,这么大的事,上个礼拜我们在他家差不多待到了半夜,说了那么多话,可他就是不说要离去这件事。哎,我不懂啊,他为什么不说啦?

天晓得。

你也不知道啊,那你这个二娘舅是怎么当的?

呵呵,冰冰笑,二娘舅这个事情,我跟我妈说了,我妈讲,他们蔡家没有这门亲戚的。我妈说,肯定是唐永义搞错了,张冠李戴了。

你妈为什么这么肯定,人家也不会瞎说的对吧。

我也这么想,可是我妈说就是不可能的,家里的亲眷朋友没有她不晓得的,而且,她说,看唐永义那个样子就不可能是和蔡家人有关系的。

你妈见过唐永义?

见过的,中一年级时开家长会,她去了。回来她就讲唐永义看上去戆,介矮,年纪介轻就开始秃头了。

金河摇头。金河说冰冰妈真是以貌取人,长得不顺眼就连亲戚都不认。又问冰冰,他是从哪里听来唐永义要去甘肃这件事的。冰冰说昨天一早他去局里参加培训班,路上遇到了福根,是福根告诉他的。

我也问了,那晚他为什么不提这个事。福根说他也是才晓得没有几天。还说,他们家少爷的脾气是有点怪的,不像老爷,老爷一点不怪,老正常的,一直是客客气气的。

知道他哪天走吗,我们也应该去送送他的吧。

冰冰想了想,说,算了吧,他大概已经走了。他肯定也不想让我们去送他的,要不然那天晚上他就告诉我们了。

金河想,金麦也是这么说的,他去大丰,绝对不要家人送,他讨厌那个悲凄的场面。

这时候,可以听见铁路线上又有列车驶过,汽笛长鸣,列车喘息着驶来,又驶去。

金河和冰冰对视了一眼。

他们在想,或许唐永义老师正坐在这列车上,他订了一个靠窗的座位,离站时,他关上了窗。他不再看这座城市一眼,因为实在没有什么可留恋的。

41

深夜。阿松立在窗前,明目张胆,肆无忌惮。对过的那扇窗已经有好多日子不亮灯了,他完全弄不清楚,屋里的人是什么情况,是搬走了,还是就此不开灯了?当然,不开灯是不可能的,他自己否认了这个想法。多么漫长的黑夜啊。又想,如果她只用一盏小灯也是有可能的吧,就是很小的那种,电源是直流的,两节五号的干电池。灯罩是经过设计的,光源就那么一点点。窗外的人根本看不见。她端着灯走来走去,去厨房,去床上,去洗手间,她在灯下洗澡,脱去,她是那么美,她可以让任何一个大傻成为出色的肖像画家。

阿松在胡思乱想,他无事可干,去农场还有两个月的时间,这两个月的空白他不知道如何填补。奇怪的是,这个时候他突然看到了海洋。

海洋就从他的楼下走过,他还是挎着那个大包,他从墙角的暗处走来,又走在了清朗的月光下。海洋也看到了他,海洋抬头,他举起了右手打招呼,又向他行了个美式军礼。他还是那样,神气活现的样子。然后他又快步地往前走去,拐个弯,不见了。

阿松喊了声,海洋!没有回音。但是真的,那个人确确实实的就是海洋。阿松赶紧跑出房外，跑下楼去。他环顾，不见海洋。他到处找，没有。海洋的家就在边上，如果海洋回家那他一定看得见，海洋去的是另一个方向，和家的方向完全不搭界。阿松找了好久，甚至找到了商业一条街上，仍然不见海洋。

那天晚上，阿松没有睡好，头一次，他的脑子里装的不是小孟老师，而是海洋。

文武和赵小雷在一号花园看人家打牌，阿松跑来。阿松说他有要紧事告知他们。

然后他们就到了僻静处。

阿松说，我看到海洋了。

那两个人一脸的惊讶。阿松就把昨晚上的事说了，但是他并没有让文武和赵小雷信服。你是在做梦吧，赵小雷说。文武表达了同样的意思。

真的，他还举手朝我行了个军礼。

等一下，文武突然紧张起来。文武说，那个人肯定行军礼了？

阿松说是的。

文武沉默了。一会儿，文武说，有一晚，他去隔离所探望大胡老师。回家的时候已经很晚了。走过苏州河周家桥一带，没有灯，墨墨黑，吓人。后来总算有路灯了。这时候，就看到一个人站在路灯下，那人太像海洋了，他还朝文武行了个美式军礼。

文武赶紧往前跑，想确认下那到底是不是海洋，可是人不见了。苏州河上刚好有驳船驶过。文武当时心想，会不会海洋跳上船跑了，或者他原本就在船上，趁天黑上岸来玩玩，不过他为什么要这么做呢？文武就趴在河岸边的围栏上喊海洋，怎么喊也没有回音。

后来文武觉得应该是自己看错了。这个事要是阿松不提起，文武也不打算说，他怕人家笑话他疑神疑鬼的，乱说一气，不靠谱。

赵小雷摇头说，你们两个都不靠谱。

这个话题就算过去了。阿松离去，文武和赵小雷返回牌摊看人家打牌。

42

　　金麦要走了。他果然没有让父母送,父母还以为他要明年一月才走。金河当然知道,金麦想瞒也瞒不住她。金河说一定要送他。金麦无奈,只得同意了。

　　金河送金麦两件东西,一件是个小药箱,里头塞满了治哮喘的药,还有一本"金河集"。金麦翻了翻"金河集",头一篇就是"五十倍的生命。"这首诗压在普希金与泰戈尔的前面。金麦笑,说,就是"五十倍的生命"的好,在我看来比普希金他们的都好。金河捶他。金麦说,阿姐,有一件事情,我想跟你说。

　　什么?

　　你就和冰冰好了吧。

　　金河瞪着眼看他,她没有想到她这个傻兮兮的阿弟直到今天还有这份心思。

　　冰冰这个人吧,还是很善良的,你看他对他妈多少好,他对他妈好,那他以后对你也会好。美铃那个事,在我看来就是个小插曲,其实也不怪他,要是你去外地,那他怎么跟你好得下去。他就是跟美铃压了几次马路,也没有做什么事。

　　你怎么知道?金河气呼呼地说。

　　哎呀,这个轧轧苗头就看得出来的。我有两次看到他们压马路了，一边走一个，像是互相间不认得一样。要是真有什么事，怎么会这样。

可笑！

是他妈逼他的，上次冰冰说了，他要是不跟美铃去压马路，他妈就要昏过去。他妈是认真的，有好多天，每天都去听美铃的汇报。

金河忍不住笑了。

美铃吹牛皮，说她表哥是大头头，冰冰分配上的事，一点也不用担心。

现在美铃分哪里了？金河问。

纺织厂，挡车工。冰冰妈再也不提冰冰和美铃谈朋友的事，还说美玲不好，是吹牛皮大王，还是金河好。

金河问，你这都是听谁说的？

居委会阿姨一直要我帮忙，人家不肯去外地，就要我去上门动员。我已经帮她们动员了好几个了，十七号的大海，三号里的铁栓都是我动员去的。她们开心煞了，请我去她们食堂里吃饭。吃饭的时候，什么话都跟我说。

那你还知道些什么？

海洋不见了。张师傅姚阿姨就闹离婚，还问对方要海洋，好像海洋是被哪个人藏起来了。这种事居委会也要我去调解，滑稽吧，我是肯定不会去的。

金河说，海洋肯定是一时受了刺激，想不开，外面走走，不过我相信他会回来的。哎，阿松和文武都说看到过他了。

那是瞎说，幻觉，就一个军礼能说明什么？肯定不是海洋。

天不亮，父母还在睡觉，金河就送金麦走，他们去火车站。去大丰多半是坐长途汽车，但是金麦说要在火车站广场举行一个出征仪式，所以就先坐一段火车，再转长途汽车。

到了火车站广场，人很多。敲锣打鼓，彩旗飘扬，各路媒体人举着摄像机跑来跑去。金麦一到就淹没在人群中。然后欢呼声一浪高过一浪，金河在外围看到，金麦的帽子被抛向了高空，落下，又抛了上去。

金河走向了一边，她挤不进去，也不想往里挤。这种场面似乎和她没有关系，她其实很难过，她挑了一个稍许安静点的地方，坐下，她忍不住哭了。

又过了会儿，广场上安静了。不少人进站了，金河起身，往站内走去。检票员问她要月台票，金河不知道还要月台票，她没有来火车站送过人，这是第一次。金河说没有，她阿弟是金麦，就是刚才举着喇叭讲话的那个，阿弟要去大丰了。检票员摇头，说，规定是死的。大丰就不算什么，人家去黑龙江、西双版纳、贵州，那才叫远，不过送客的都要买月台票。金河只能去买月台票。售票处人很多，要排长队。待她买到了月台票，再进站，列车已经要开动了。

金河在月台上跑，找她的阿弟。每个车窗前都有送客，很多人在哭泣，还有哇哇大哭的。刚才还是豪情万丈的气氛，转眼间就转换成一副长离别的悲切景象。金河从车头跑到车尾，都没有找到金麦。

她大声地喊金麦，无人搭理，她的声音淹灭在各式各样的哭喊声中。列车启动，往前移去，慢慢加速，尾灯闪了几下，看不见了。唯独两根铁轨，像是通往天边。

金麦就这么走了，见不着了，这样送真是比不送更难受。她的体内仿佛被掏空了。她和阿弟是双胞胎，从来就没分开过。

她又想起，金麦的临别赠言居然是要她和冰冰重归于好，他还是管好自己吧，她想，也不知道他以后会找个什么样的，她突然觉得有点好笑。

在她离站时，不再那么难受了。

43

　　文武是去崇明，在吴淞码头坐船。

　　码头乱糟糟的，也没有什么仪式。送行人不少，父母去了，弟妹去了，金河和赵小雷去了。冰冰没去，他要上班，阿松也没去，他说他牙疼，不想去了。还有些球友也去送他，选拔赛赢他的那个长脚都去了。

　　金河受不了码头上的臭鱼烂虾味，她一直用手帕捂着嘴和鼻子，她有点恶心。再过几天，我也要在这个码头上船，赵小雷说，那天你就不要来送，这里的味道是难闻。

　　一些人围着文武，在说话，在笑。突然文武挤出了人堆，他朝另一边走去。

　　大胡老师立在那里，在朝他招手。

　　文武激动极了，他站在大胡老师的面前，憨笑着，有点手足无措，不知道说什么好。大胡老师伸手，在他的肩上拍了一掌，又替文武整理了一下衣领。

　　踏上社会了嘛，要登样点。大胡老师说。

　　文武继续憨笑。

　　众人都远离了他俩，都知道这个师徒俩的感情不一般，让他们有说话的时间。文武的父母也不去干扰他们说话，他们去跟金河和赵小雷说话。母亲问，大胡老师没事了吗？金河说，可以出来了，应该就没事了。赵小雷也说，肯定没事了。

那就好，那就好，阿弥陀佛，老天保佑，大胡老师是多好的人啊。母亲说。可是父亲一直虎着脸。母亲见状不悦。你又怎么啦，你又有什么不开心的？

那个擦边，他要是不说，又会怎么样？

哎呀，你又来又来了！

众人沉默。

那边，大胡老师的一只手搭在文武的肩上，不时地拍拍他。看上去他才像文武的父亲。他告诉文武，他赔了一笔钱，然后就没事了，查来查去也就那两笔比赛津贴，而且那一点钱也不是用在他自己的身上。

我知道，你是为了我。文武说。

好了，大胡老师说，事情已经过去了，不谈了。我其实这两天也蛮开心的，体育部门还是让我带学生，一点没限制我。我其实是蛮感激他们的。

真的啊。文武也开心。

还有，你去农场，不要放弃，我相信你还是有出头日子的，打球这个事情最硬了，只要赢球什么人也压不住你。你到了场队，好好训练，哪天我空了就去看你。还有，技术上的问题随时来信讲，千万千万，不要懒，有问题我们一定要想办法解决它。

好的。

上次，我看了，你的步伐好多了，梁教练还是有水平的，过两天，我就请他吃饭，要谢谢他。

嗯，梁教练教得很好的。

还有，你也要学会拉弧圈，我已经研究过了，也通过关系去看了录像，看了日本小野的全部录像。可以肯定，以你现在的基础，完全学得会弧圈。

我也有信心。

离台远一点，退后一步。最要紧的是发力，力要从脚底下开始，从脚底传导上来。要转腰，还有用胯，记牢我的话。转腰可以理解，用胯就比较难。好好体会，胯，重心转移，以胯带动腰，再带动手臂。

好的。

要解放大臂，以前我们强调小臂，大臂不让用。现在要改，要甩大臂，要有甩鞭的感觉，你甩过鞭子哦。

没有。

那你打过"贱骨头"（陀螺）哦，用鞭子抽的，越抽越转。

没有。

大胡老师无奈叹一口气。没有关系，你现在去乡下了，乡下肯定有牛车或是马车，你跟他们商量，去试试驾车，用鞭子狠狠地抽，要极其深刻地去体会甩鞭的感觉。

好的。

还有，皮子换掉，下定决心，不要再犹豫了。就用反胶，板的另一面用颗粒正胶，不是一般的正胶，要那种防弧圈的正胶。

哦。防弧胶皮大胡老师给过我的。

那块太旧了,我又搞到新的了。到了就写信来告诉我地址,我寄几块给你,我是托人从日本进口的,有反胶,也有防弧正胶。

好的。

还有,要有摩擦,晓得哦,一定要有摩擦。手腕不要再翻了,以前教的统统作废,手腕要屏牢,屏牢,手指参与发力,打下降期,然后摩擦,向前向上。

好像比较复杂,文武有点犹疑,挠头。回下旋球也不翻板了?他问。

不翻了,摩擦。来来,你看看我的动作,重心交换,胯,腰,大臂,小臂,手腕屏牢,手指参与发力,来来,你试试。大胡老师做示范。文武了跟着做。你认真点。大胡老师说,文武又认真地做了两下。大胡老师勉强地点了点头。

检票了。

人群往检票口去。母亲过来了。母亲朝大胡老师笑,又打招呼。母亲说大胡老师瘦多了,大胡老师吃冤枉官司,那些杀千刀的畜生不得好死。

那么,文武啊,上船了,跟大胡老师再会。

母亲拽着文武往检票口去,父亲卸下了文武肩上的包一起往检票口去。大胡老师立在原地,他真的瘦了好多,有点脱形了,不过看上去他的精神还不错。他看着文武一家人的背影非常失落。

文武,他突然又叫了一声。

那边,文武停下,回头。大胡老师招了下手,意思是过来,他还有话要说。

文武又站在了大胡老师的面前。

文武,大胡老师停顿,难以启齿的样子,他的手掌拍了拍自己的脑门。文武,不要恨我。我们做人,要紧的是睡得着觉,吃得下饭,要问心无愧,对得起自己的良心。你说,对哦?

文武呆看着他。

是擦边了,真的,千真万确的,我看到了,也听到了。嚓的一下。我回想几千几万遍了。还是嚓的一下。文武,你不恨我吧。

大胡老师哭了。

文武慌了。没有,我是一点不恨大胡老师的。就是擦边了。我听大胡老师的。

44

　　双体客轮，驶在了江面上，文武是初次登船，他立在甲板上，看见有女生在甲板上走来走去，难过的样子，眼泡虚肿的。但是文武并没有怎么难过，而开阔的江面和蓝色的远天更是令他心旷神怡，又想到去了农场就可以每天打球，那更是让他高兴。

　　他想，一定要好好打球，打出点名堂出来，让大胡老师高兴。他的手臂下意识地在做着水平运作，像一种摩擦的空手练习。船在行驶，不快。文武立在船头，可以闻到机油味，文武一点不讨厌这个味道，他甚至有点喜欢闻这个味道。他想起他的好几个同学就是受不了机油味，包括海洋也是。

　　有一个晚上，文武和海洋走在一条街上，海洋说他想吐，文武问他怎么了。海洋说，车子太多了，而且老在放屁，太难闻了。文武说那是汽油味，他一点也不讨厌那个味道，更小的时候，他还老是跑在汽车的屁股后面，就是想闻那个味道。

　　海洋听了哈哈笑，说，真的啊，人和人真太不一样了，看来我们不是同一个物种。

　　这时候，有一种突突的响声从水面的远处传来，近了，看清了是艘小船。小船的速度很快，撕开水面，劈波斩浪。

　　文武突然紧张了起来。

他看到了海洋。

海洋就立在船头，他还是那个样子，不过他的头发长了，和阿松以前的长发有得一拼了。他看到了大船甲板上的文武。他侧过身来面向文武，然后向他行了个标志性的美式军礼。

文武喊，海洋！

但是风太大了，把他的声音吹得七零八落，也不知道吹到哪里去了，海洋肯定听不见。宽水叠浪，烟波浩渺，小船很快不见踪影了。

傅星油画 少年

45

还是吴淞码头,赵小雷要走了,父母要送,赵小雷说不用送了吧。赵工说,要送的,还说自己身体好了,也想去外面走走。吴淞码头他也是好多年没去了。

金河送不了了,前些天她的通知书来了,去副食品公司。还好,金河本人和家人都很满意了。原来担心会分在里弄生产组的,如果去生产组就比较惨,尽是不识字的阿姨妈妈,除了粘纸盒子好像别的也做不了什么。而且生产组里还会安排一些精神不健全的人进去。新村里的一个精神分裂症患者就在菜场边上的一个生产组里粘纸盒子,据说脾气来了会把纸盒子都撕了,还吃掉不少。接到通知的第三天,金河就去公司报到了。要参加学习班,学政治,还有规章制度。学两周,两周后分配具体去哪里。学习班很重要,绝对不得请假。

冰冰也不能送赵小雷,新员工学习班结束后他就被分去了一家玻璃厂,工种也明确了,吹玻璃。听上去蛮好玩的。厂子太远了,在大杨浦。冰冰再怎么吵也无用,就分配他去那里。那天冰冰告诉母亲让他去吹玻璃,母亲就缠着他不放,问,那个玻璃到底怎么吹,是把碎玻璃吹成整块的吗?冰冰已经吹了一天,累死了。他不想说话,就躺上床睡觉。母亲就是不放过他,就在床边继续问，到底是怎么吹的，她就是想知道。

当然是用嘴吹的啦，总不会用肚脐眼吹吧。他蒙起头睡，再也不理母亲了。

阿松的牙还是痛，也不知道真假。他跟赵小雷说，牙齿痛，送不了，文武走的那天也没送，一路走好。阿松也是去崇明，还要过几天再走，他去的地方临海，有大片的芦苇。这是唐永义说的。这个景象想想都可以入画，可现在对阿松来讲已经没有意义了。他把画具和那些画都已经处理了，扔了或是烧了。

也许我们还能在岛上见到。阿松说。

赵小雷点头，他和阿松握手，告别。

赵工性急，天不亮就把赵小雷叫起来。赵小雷说，还早吧。赵工说不早了，都已经四点了。赵工出门吃了三种药，后来想想再加一种吧。他就吃了四种——抗血栓的、降血脂的、增强维生素的，还有一种他也不清楚是做什么用的，反正医生说要吃，那就吃吧。

赵小雷，还有父母亲，一家三口到吴淞码头时，天刚蒙蒙亮。码头上人还少，九点钟的船，现在才五点多一点。人家可能还在睡觉，或者还在家里打包。

他们立在可以看到江水的地方。这个地方赵小雷是知道的，上次送文武的时候，文武和大胡老师就是站在这里道别。周边有灌木丛，有一棵半死不活的古树，还有公鸡母鸡在溜达啄食。公鸡时而打个鸣，像是在呼应船的笛声。

一开始天是阴的,地平线上的云层很厚,但太阳还是钻出来了,有霞光从云缝中溢出,金色的和橘红色的,像一张美妙的风景画。

赵小雷想到了阿松,阿松也画过朝霞,但是远不如眼前的这个景象。母亲一直不说话,她原本就不善言辞,其实她就是想哭,什么也不想说,就是有几句关照的话,也是屏着不说,她怕一说话就控制不住情绪了。

赵工不看风景了,他转过身来看儿子。

你怎么样?他问。

赵小雷不太明白父亲的意思。他只是回答说,还好。赵工点头。赵工看了下表,时间过得还是很慢,才过去半个小时。

那你,赵工说,那次的一道题目想明白了哦?

赵小雷最喜欢的就是父亲送的那本《趣味数学》了,他几乎解出了书里的全部题目。就是有两道题解不出来。这两道题赵工试过,也找不到答案。对其中的一道题,赵工肯定地说,设题不合理,已知条件都没有,让人怎么解。他写信去问了出版社,又是让小雷去投信。这次小雷毫不犹豫地把信塞进了邮筒。后来出版社回信来了,万分感谢赵读者,题目是排版出错,下一版肯定勘误。还寄送了一本《趣味数学》以示答谢。赵工哼哼冷笑,他说,什么趣味,如此浪费读者时间,且误人不浅,还堂堂的大出版社。但是另一道题目是没错的,赵小雷解不出,他怎么解都是错,他的感觉是太妖了。赵工说,妖才对,只要不是印错了,那就是越妖越好,科学就是妖的。可是赵工自己也解不出,他甚至把手中的工作放下了来解，还是败下阵来。

　　这是一道天体星座运行假想的证伪题。有好多天，赵家父子食之不香，夜不成寐。这道难题就像是来折磨他俩似的，也谈不上趣味了。

　　后来他们似乎放弃了。

　　现在赵工又说起这道题。

　　赵小雷从挎包里掏出《趣味数学》，他说，我解出来了。

　　赵工接过了赵小雷的书，翻书，书中夹有赵小雷的解题步骤。赵工看，一时还看不明白。他问，有笔吗？赵小雷说没带。赵工就看地上，他找到了一小截树枝，然后就在地上划拉。

　　时间快了起来，人很多了，可以上船了。又是那个景象，上船的和送行的都挤着往检票处去。母亲叫赵工别再算了吧，检票了。可是赵工还在算。母亲把他拉起身来，赵工这才意犹未尽送赵小雷登船。

　　赵小雷登船，上了甲板。他向父母待的地方招手。赵工是近视眼，看不太清，当然他可以看见一个大船，双体的，有两个头。船一部分是他画的，前甲板上的那个舱，是在儿子上学那年画的。

　　船缓缓启动了，又笨拙地转过了身去。

　　母亲说，走了，我们也走吧。

　　两人就往回走，赵工还是忘不了地上的那些算式。他跑去看，可算式已经被几只鸡刨掉了。

在赵小雷去农场的第二周,赵工收到了他的来信。赵小雷说他一切都好,在蔬菜班干活,比较不累,就是要挑大粪,还好有点习惯了,也不觉得臭。大粪就是有机肥,如同黄金一样,在大粪上长出的蔬菜,又大又绿,生机盎然。

赵工看信,有点哭笑不得。

赵小雷解出的那道数学题,赵工一直放在心上。他始终不能确定到底对还是不对,他甚至把数学题拿到厂里让青年技术人员讨论。大家认为太难,解不了,又说,能够演算到这一步也相当不容易了。赵工说,是我儿子解的。众人大赞,说虎父无犬子,应该特招到厂子里来,好好栽培,肯定前途无量。

厂长继续关照赵工。赵工的事让副手去做,可一切还是他说了算。这天,赵工正常时间下班,他坐71路下,被挤得胸闷。他突然想到那天一早等车,居然有辆吉普车突然刹住,把金麦那个小赤佬接上车去。赵工想到这里更胸闷,他愤愤不平,觉得这个时代尽出怪物。

下车,他往包子铺看了一下,卖包子的不是欢欢。其实赵工喜欢欢欢,赵工觉得小姑娘脾气好,一直笑嘻嘻的,对长辈也是恭敬有加。他是想,如果儿子能跟欢欢好就美满了。可现在儿子去乡下挑大粪了,那还说什么?

走进新村,看上去到处都是明亮的,他的感觉好了许多,比刚才挤公交车舒服多了。有人在叫,赵叔叔好。是个小姑娘,声音有点尖,肯定不是欢欢。小姑娘留下个背影,跑远。

赵工进屋,满屋的饭菜香味,老婆已经做好了晚饭,就等他来了。赵工换了鞋,去洗手,然后坐下吃饭。晚饭可口极了,居然有大汤黄鱼,可赵工在吃饭的时候突然又感觉到胸闷,而且头也晕了。这个时候,无线电里在播一个报道,是说农场知青如何战天斗地的事迹,赵工有点听不清,赵工让小雷妈去把无线电的音量开高一点。

小雷妈放下筷子,无线电搁在五斗橱上,小雷妈去调音量。这时候,她听到身后一声响,她转身,见赵工倒在地上。

那个傍晚,赵工去世了。

在他去世之前,一切都是好好的,日升日落,上班下班,晚饭有大汤黄鱼小乐惠,但他就是去世了,离开了这个世界。

医生给出的死亡原因也是毛估估的,脑血管畸形导致的脑卒中(?)。

赵小雷回沪奔丧,还是要请阿松帮忙,把先前让他画的父亲的那幅画完成。阿松答应了,黑白照,家里还有炭笔和画纸。阿松幸好还在上海,再过一周他也要去崇明了。

肖像很快就完成了。

赵小雷细看肖像,感觉画得不像,父亲的样子有点呆,眼睛往两边看,鱼一样。可能是阿松画得太快,而且他的手也生了。好在这个并不重要。

葬礼上,众人都很伤心,不少人在哭。护士长几乎天天要面对死亡的也忍不住哭了,女儿欢欢更是大放悲声。

众人对着2K大小的赵工肖像鞠躬告别,又有人在窃窃私语,悲叹赵小雷的命不好，这个大家都懂的。要是赵工早些天去世，那么赵小雷留在上海是没有问题的，可现在什么也改变不了。

丧假五天。五天后赵小雷回到农场，继续务农。去蔬菜班，种菜，挑大粪。他是知青，务农档次。档次就是档次。这个被档次决定命运的年轻人，在劳作休息时远眺彼岸，思念父亲。以后的好几年，他唯一的爱好就是来自那本《趣味数学》，他把每一道题都演算了数遍，他想找到更合理的算法。

46

那天,公司领导把金河叫到了办公室,说要和她认真谈谈。

领导是位中年妇女,微胖,金河总觉得她面熟,好像哪里见过,可一时想不起来。领导要金河坐下,然后就谈。领导有点婆妈,但和颜悦色。

领导大致知道金河的家庭情况。父母双职工,都是国企,条件还是可以的。弟弟是名人,去了大丰,还登过报,中学刚毕业就入了党。还会写诗,诗都收到课本里去了。诗的内容是要活得长,建设共产主义,一定要活到五百岁,最好比孙猴子活得还长。

金河大笑。

不是这样的,金河说,现在谣传太多了。领导也笑,领导说,她从不读诗,是有人告诉她有这么一个情况。

那么金河,你打算怎么办?

金河不明白领导的意思,她呆坐在那里。公司不忙,领导也闲,领导笑眯眯地看着她,等她的回话。金河看到有各式锦旗挂在墙壁上,公司好像连年都是先进,而且历届生产大比武都进前三。也有领导的个人奖状,她是标兵,得到过系统内外的多项表彰。

我一定好好工作，不拖后腿。

领导一拍大腿，是啊，我就是等你的这句话呢。这样啊，金河，我跟你说呀，我们班子呢，已经研究过了，关于你，我们特别地重视，看档案时我是亲自去的，真是有缘啊，看一眼你的照片，就决定要你了。还好，晚一天你就要被别人家抢去了。

金河笑。问，谁来抢我？

哎呀，那个什么卫生系统、教育系统，好像都有那个意思，想破格录用你。

金河的心脏抽了一下，听上去那都是些多好的地方啊。

当然是我们这里更好啦，是吧，副食品公司哦，民以食为天嘛，我们现在做的事情比天还大，是吧。

领导就是领导，境界完全不同，金河根本没有想过她要做的事比天还大。

后来我们才知道你还是金麦的阿姐。

哦。

哎，金河，我突然想先问下啊，你弟弟去了大丰后身体怎么样了？没去医院抢救过吧？

没有。他觉得大丰好极了，在大丰呼吸比在医院吸氧更过瘾。他现在连药都不吃了。

是吧，金河，我要跟你说呀，其实我也是大丰人，我家祖辈都是大丰的，大丰那里啊，真是个好地方。起码空气啊，水啊，阳光啊，要比上海好得多。你弟弟去了大丰，我们也就有缘了是吧。

嗯嗯。

接下去又回到了今天的话题。

金河啊,领导说,我们是想重点培养你,但是你要有思想准备,要先吃苦。去最艰苦的地方,去别人都不想去的地方,去那里磨炼自己,从最底层干起,一步一个脚印,越扎实越好,先苦后甜,奉献青春,走群众路线,打好基础,全面熟悉公司的业务,慢慢地往上爬,不要急,心急是吃不了热豆腐的,要理解领导对你安排,良苦用心,你能听懂我的话吗?

金河摇摇头,我不太懂。

嗯嗯,你会懂的。

47

冰冰已经在玻璃厂干了些日子了,他在车间里干,吹玻璃,把玻璃吹成一个个杯子,或者是类似杯子的东西。一些日子吹下来,他觉得自己的肠胃很难受,甚至连呼吸都不畅了。在呼吸不畅的时候,他想起金麦随身带的那个喷雾剂,要是喷一下大概爽极了,可金麦去大丰了。

某日,他的工作量增加了,原本只要吹四小时的,现在要吹六小时了。冰冰怒。只要不是在吹,他就嘟嘟哝哝地发牢骚。工休时,他就去车间外,找个地方坐下,然后就发呆。厂里女工盛传,三车间来了一个美男子,然后工休时都去看美男子,但是哪来什么美男子,找不到。满眼的脏兮兮的男人在眼前晃。她们也注意到了坐在门外的冰冰,感觉到成色不算差,可也是满身油污,一脸的拉垮,好像欠了他八吊子钱似的。根本没有女工把冰冰当做美男子看。

冰冰继续发呆,他的样子像是每一分钟都有变化,越来越丑,他就是自己不知道罢了。一个工友吊儿郎当地过来。工友是和他同一天入厂的,也是同一天进这个车间的。工友抽烟。他到了冰冰面前,又掏出烟扔了一支给冰冰。

冰冰接过,吸烟,臭烟,阿尔巴尼亚产的。

哪能了？吃力？

冰冰闷在那里，不言。埋着头吸那根臭烟。

你家里啥情况？啥个档次？

就我跟我妈两个人，我爸早就不在了。冰冰说。

不在了啥意思？

死掉了。冰冰扔掉了那根抽了两口的臭烟，把剩下的半根烟狠狠地踩入了泥巴底下去。工友又掏出烟，牡丹。他扔了一根牡丹过去。冰冰抽牡丹，感觉好多了。

你是上海工矿硬档，我两个阿姐都在黑龙江，当然也是硬档。现在把我们硬档扔到了这种地方来，你讲讲，到底什么意思？

你问我？我问谁去？本来一门心思以为可以进仪表局的，仪表局没进去也就算了，没有想到会来吹玻璃。我到了这里才知道，原来像这种玻璃瓶子是吹出来的，本来我还以为是车床上车出来的。

轻工业局的大门进得还可以，就是小门走错了。轻工局的分得好的多了去了，咖啡厂做咖啡的，玩具厂去做洋娃娃的，随便哪里都要比吹玻璃好一万倍。

两人抽烟，叹息。冰冰问工友这个月的工资都用光了哦？工友说，差不多了，十八块还不到，香烟铜钿就要用掉不少。他问冰冰的工资哪能用的？冰冰讲，统统上交给他妈，我要是不给她，她要昏过去的。工友点头。工友说，是有这种人家的。

知道为啥要我们加两个小时吹哦？

订货多啰!

工友摇头,这个和订货多少没有关系的。我告诉你,你外面不要乱说,你不是个大嘴巴吧。冰冰说他的嘴很紧的,从来不是大嘴巴。

有两个师傅住院了,开刀,病休,人少了,事情还是那么多,所以我们要多做了,懂了哦?

啥毛病啊?

职业病,今年还算好,上半年一个,下半年才两个,据说前两年还要多。

那是啥职业病啊,冰冰问。

大卵泡!

冰冰抬头看工友,看了好半天,香烟都烫到手了,赶紧扔掉。他是听说过的,有这个病,而且吹玻璃就特别容易得这个病,不过他并没有在意,他甚至以为那不过是人家说着玩玩的,就像人家说吹喇叭也会把下面吹大一样。

你不晓得?

我听说过的,不过,听你说好像是真的一样?真的有这种事情的啊?

就是小肠气,也叫疝气,一直吹,把肚子里的东西也吹到下面去了,那么你自己想想,一旦吹下去了,是啥个情况。

冰冰紧张起来。

工友往车间里看了看,压着声音说,是我师傅告诉我的,他也生过这个病,苦煞,痛得不得了,不好跑,严重了路也不好走。师傅到现在也没有找到女朋友，你自己想想，哪个小姑娘会要一个大卵泡。

冰冰的脑子里迅速地闪过了金河。金河甜美地笑着，立在明媚的阳光下。

那，治不好吗？

要开刀，一刀不够的，有的师傅开了好几刀，反正是职业病，就是以后工资会多给五块，叫特殊岗位津贴。不过肯定不合算的对哦，像我们这样的家庭情况，五六块钱其实不是那么重要的，其实还是身体最重要。

冰冰僵在那里，他感觉到身上的某个部位已经大了起来。

工友拍拍他的肩，走，师傅在叫了，我们也只有自己当心点，只有自己保护自己，轻轻地吹，不要狠性命地吹。觉得下面有啥个不对，快点停下来。

接下去干活，冰冰就特别小心，他小心翼翼地吹，甚至把一个大玻璃瓶吹成了小酒杯。车间主任过来了，主任是个女的，一点不懂男人，不理解男工的心病，主任把小酒杯往冰冰的面前一扔。

下个月奖金敲掉一半，这个酒杯你拿回家吧，放在桌上，没事就好好看看，长点记性。才刚来几天啊，就这么偷懒，一点力气都不肯用！不做点规矩你还真以为玻璃工这口饭是那么好吃的！

主任匆匆离去。小酒杯是茶色的，因为在吹的过程中轻轻重重乱想一气，气息比较乱，所以不知道怎么弄的，居然吹出一种有点特别的拉丝的感觉。

冰冰母子俩吃晚饭。冰冰喝点小酒。他往茶色拉丝小酒杯里斟满了西汾酒。冰冰母注意到了那个小酒杯。

哪儿来的？母亲问，造型看上去蛮别致的嘛，跟你爸当年去法国带回来的差不多。冰冰笑。母亲问，笑什么？冰冰说那是他自己吹出来的。母亲说刮目相看了，才上班几天啊，就吹出这么好的东西出来了，艺术品一样的，赞的，赞的。

冰冰喝了好几杯了，他已经满面通红了。母亲叫他别喝了，可他还是喝。

母亲说，今一早看到美玲了，美玲是上早中班，她告诉她现在在广播室里做广播员，工作老轻松的。我是不相信，刚刚去，就会有介好的事情，而且美铃的喉咙哑壳壳的，一点不好听，我猜是吹牛皮的。

母亲话多。冰冰上班了之后，她白天就无人说话，她跟邻居很少言语。母亲说她还碰到了金河。

金河是上中班，下午三点的班，晚上十一点下班。我问她在饮食行业具体做啥，她只是笑笑，讲一般性的工作，肯定比冰冰差远了。

冰冰又喝尽了一杯酒。他问，她没说在哪里上班？

没有，我看她是往北面去的，大概是要过苏州河的吧，那里食品厂多，饮食行业好像那边也多。

哦哦。

那你和金河哪能啦，最近见过面哦？

冰冰摇头，说，大家都刚刚上班，又忙又吃力，既没有时间，也没有心情。

冰冰突然哭了。母亲看到儿子莫名其妙哭了，吓煞了。

哎哎，啥情况啊？酒不要再喝了，她夺下冰冰手上的艺术品扔到了一边，砰的一下，她又赶紧心疼地拿过细看，还好，没破，它在灯光下依然灿然生辉。

冰冰继续哭，泪流不止。

不喝了，母亲说，以后绝对不能再碰老酒了，本来就是不让你喝的，你爸就是喝老酒喝得年纪轻轻人就没有了，我是想你踏上社会了，是个大人了，象征性地喝两口也没啥，再讲，又是用你自己吹出的酒杯喝酒，多少有点意义，真没有想到一喝就喝醉掉，哭起来了。好了，囡，不哭了啊。

我没醉！冰冰大声嚷。你晓得我心里头有多难过哦，你晓得现在的工作对我的身心伤害有多大哦？你只知道问我要工资，要钞票，还一直讲工作好，比美铃好，比金河好，好在哪里了？

母亲也光火了，啪的一下，不吃了，筷子拍在了桌上。啥意思啊，你？母亲说，翅膀硬了是哦，工资给我么当然是替你存起来的，我就是用掉了又哪能了，养了你这么大白养了吗？还有，讲你工作好有错吗，吹玻璃，听起来就像白相一样，要我讲，这个就是白相，跟吹洋泡泡也没有什么两样。母亲又顺手拿过了那个艺术小酒杯，又看了看，还是喜欢。你看看，多好。越看越欢喜，那你讲，有什么不好的，啊？还要哭？

要吹成大卵泡的！冰冰嚷。

啥？母亲听不懂。

大卵泡！冰冰再嚷。

母亲真是动气了，她一定要冰冰把话说明白。冰冰就把情况说清楚了，不过稍微夸张了点，他说车间里每年都有四五个人要去做手术，要不然就又痛又大。

母亲不睡觉了，就坐在椅子上熬夜。冰冰夜半起床小便，小完便回自己的屋，看到母亲坐在那里吓了一跳。冰冰问她为什么不睡，母亲讲一点也睡不着。

母亲问，那你现在小便正常哦？

冰冰的脑子完全清爽了，他知道母亲在担心什么。他十分后悔晚饭时说的那番话，不应该跟她说的。冰冰赶紧说没有啥的，吹玻璃吹出病来的事，也是偶发事件，用不着太担心的。冰冰叫母亲快去睡觉。

不舒服的时候一定要讲的哦，或者去要求调工作，要是不肯，就不做了。我养得起你。

冰冰说他知道，他肯定可以管理好自己的。他又郑重地关照母亲，这个是最高机密，绝对不能外传的。母亲说她又不是三岁小孩子，这种提醒实在是多此一举。

那天下班，冰冰精疲力尽地下了71路公交车，他拖着步子往家里去。车站前的包子铺包子已经卖完了，欢欢站在窗前无聊

311

地看来看去。

冰冰走来,被欢欢看见了。

欢欢招手,让他过去。

冰冰说,你好啊,不过我不买包子,中午在厂里吃的就是包子。欢欢说,没要你买包子啊,再说包子也卖完了。欢欢闪过身,让冰冰看身后摞着的空蒸格。冰冰说,哦哦,生意真好啊。

冰冰转身要走,欢欢又叫住了他。冰冰问什么事,欢欢想了想,又说,哦没什么的,不说了。可是突然,她笑了起来,看上去她是实在憋不住了。她捂着肚子大笑不止,哎哟哎哟地叫。

冰冰被她弄得有点发懵。

哎哟,实在太好笑,对不起对不起,我听说你在吹玻璃,那个吹吹吹,吹……

欢欢笑得讲不下去了。

冰冰大概知道是怎么回事了,他不知道如何是好,他只能呆站在那里看着欢欢笑。欢欢好不容易止住了笑,她告诉冰冰,他妈去学校了,要求学校重新分配冰冰,那个玻璃厂根本不是她儿子应该去的地方。潘师傅就说冰冰妈是胡搅蛮缠,那么好的地方人家都打破头了想去,怎么还想重新分配,怎么可能?什么理由?冰冰妈实在憋不住了,也完全忘了恪守最高机密的承诺,就把什么都说了出去。

这种事情传起来当然最快了。

哎哎,你听我说。你呀,自己当心点就是了,我问过我妈的,她说职业病不能完全排除,不过只要当心,也是可以预防的，还有，万一得了，也没什么，又不是什么不治之症，可以手术的。

手术？冰冰惊，怎么手术？割掉？

欢欢又想笑了，她赶紧转背过了身去。

冰冰离开了包子铺，也不想回家，他想散散心。他木然地胡乱地走去，走到哪儿是哪儿。

他来到了苏州河的边上，对过就是棉纺厂。这时候他的状态稍微正常一些了，他想起他的好几个同学都分配在棉纺厂，女同学多半在做挡车工，男同学就做挡车工的下手，推推小车搬弄些木梭子什么的。当时，大家都不想去纺织厂，可如今在冰冰看来，他们都比他好。

他就一直立在那里，盯着棉纺厂的大门看，希望看到他的一两个同学，进或者出，但是没有看到，进出的差不多都是老阿姨，他有点失望。这时候，肚子饿了。

天已经完全黑了。今夜月明，所以并不感觉到太黑。在路边的一个墙角里有人在卖烘山芋，冰冰走了过去。山芋是在一个柏油桶子上烘的，搁在铁丝架子上。桶里的煤炭燃着火。

看上去都是红心山芋，很好吃的样子，他就多买了两个。在他的包里有饭盒子，上班中午去食堂打饭，都用自己的饭盒子。本来饭盒子是放在车间的柜子里的，但是一次冰冰见饭盒上爬了好几只蟑螂，非常恶心。他回来把这个事跟母亲说了，母亲就坚决不允许他把饭盒放在车间的柜子里，必须装在自己的包里。

313

饭盒里的几只烘山芋是孝敬母亲的,他自己吃两个应该够了,他很快地吃下去一个,又开始吃第二个。

他边吃烘山芋边往前走,仍然不打算回家,还是没有目的地瞎溜达。走过一个路灯,又走过一个路灯,他往右拐,走进了小道,那条小道他是最熟悉不过了。

冰冰想起,那个晚上,金河要跟他讲清楚,他们也走过这条小道。走小道时经过酱园,看到三室阿姨在踩咸菜。三室阿姨还笑话他怎么把小姑娘弄丢了,还跟他说,泡小姑娘么要哄的呀。

冰冰在小道上走。

小道的路面很差,除了石子,就是泥巴,两侧胡乱搭建的破房子几乎都是暗的,好像没有几户人家开灯,大概是为了省电。有浓郁的雪里蕻咸菜味充斥在空气中。

前面就是酱园了。

酱园的灯还亮着,有人在加班。以往走过酱园,总能看到有老阿姨在缸里大踩咸菜。她们很欢乐。在冰冰的记忆中,母亲最早是不吃咸菜的,后来她喜欢吃了,咸菜炒肉丝、咸菜炒毛豆子、咸菜炒豆腐干、咸菜蒸黄鱼,花样繁多。母亲还学会自己做咸菜了。春天到了,布谷鸟叫了,母亲就叫冰冰去菜场买一篮子雪里蕻回来,然后她就把那些菜洗净,又晒干,再把晒干的菜塞进一个陶罐里,洒上盐和味精,上下搅拌,又用塑料薄膜蒙在罐口橡皮筋扣牢。这样过个一两个月就腌好了。

母亲问冰冰好吃哦,冰冰说好吃的。她就叫冰冰装上一碗咸菜给邻居送去,美玲家后来好像也送过。其实楼里的邻居自家都有咸菜罐子，有的人家不仅腌雪里蕻，还腌酸菜。

有一次，母亲又问冰冰，好吃哦？冰冰还是说好吃。母亲讲，其实不是最好吃的，现在晓得了，酱园里新出的才好吃，那你晓得是为什么吗？

冰冰摇头。

酱园的咸菜是用脚踩过的，腌咸菜是有讲究的，要用脚踩过的才好吃，小姑娘踩的最好吃。踩过的雪里蕻又鲜又嫩又香。冰冰问，为什么？母亲说不知道，不过吃起来就是不一样。

到酱园了。这么晚了，居然还有人在加班。一个身影因为灯光的缘故变得巨大，身影投射在小道上并且在跳动。冰冰无论如何躲闪，他还是不得不踩在那个跳动的投影上，他甚至想，被踩的咸菜一定非常好吃。

他下意识扭头往酱园看了一下，他呆住了。

那是金河。

金河一点不知道冰冰就在跟前，她还在使劲地踩。实在太累了，她要歇一会儿，喘口气。这时候，她才看到了冰冰。酱园是食品生产重地，也不是任谁都可以进来的。有一扇铁栅栏门紧锁着，当然这个铁栅栏门一点也不影响冰冰的观看。他在外面扒着栅栏观看酱园内的景物和人，他看那个不大的院子，看金河，看金河脚下的咸菜，以及那个装满了咸菜的椭圆形的木盆。

他看得津津有味。

后来，两人又朝着对方笑，笑了很久。

金河不再踩了，她跨出了木盆，跋上了木拖板。她上前把铁栅栏门打开。

他们找了个地方坐下，金河告诉了冰冰她来这个地方做事已经差不多有一个礼拜了。一开始根本踩不动，十分钟都坚持不了，晚上睡觉浑身上下骨头疼，不过一个礼拜下来就好多了，习惯了，现在可以踩半个小时了。这个也是一种运动方式，对吧？

金河扭头看冰冰，他的侧影在夜光下显得格外俊美，金河忍不住多看了他一会儿。她又在等着他说点什么，她其实并不希望他多问，但是他还是应该说点什么。

为什么要你来这里？冰冰问了。

金河说，整个系统有几十个酱园，年轻人都不想去，现在领导要培养她，因为看她的档案，在学校表现不错，更主要的她是金麦的姐姐，是一个妈养的，金麦是风流人物，所以阿姐也要跟上。踩咸菜是最好的锻炼，最苦最累，要好好做，做出榜样来。

冰冰表示他明白了。

周边很安静，不知从哪户人家传出二胡声，很悲的调门，如泣如诉。冰冰问金河晚饭吃了没有。金河回答说没有。冰冰看了下表，已经快八点了。他从包里取出了饭盒，他把饭盒给了金河。

哦，你有什么好吃的啊，我真的是饿了。金河掀开了盒盖，见是两只烘山芋。嗯嗯，我是最喜欢吃烘山芋了。然后她就吃起烘山芋。突然又问冰冰，哎，你呢，吃过了吗？冰冰说吃过了，吃的也是这个。金河要冰冰陪她再吃一点，她吃不了这么多。

冰冰也吃烘山芋。冰冰说，听说你们这里的雪里蕻是最好吃的？

想尝尝吗？金河问，冰冰表示不反对。金河就起身去那个大木盆里取出了一点咸菜，然后又去一边的水龙头上冲了下。她给了冰冰一小撮，留给自己一小撮。

然后他们就吃雪里蕻咸菜和烘山芋，冰冰说这两样食物一起嚼有种特别的味道。

什么味道？

火腿肠的味道，冰冰说。他又问金河是不是也有同感。金河笑。她说冰冰的味蕾真是与众不同，这两样东西就是一咸一甜，和火腿肠真是一点点边都沾不上的。可是冰冰坚持说，他就是嚼巴出了火腿肠的味道。

他们坐在一块青石板上。已入秋，有凉意了。近处有几棵大树在风中瑟瑟作响。冰冰关切地问金河屁股冷吧，他让金河立一下，然后把自己的布包垫在青石板上。

中二时两人有过一次私会，那次是真冷。

他们去长风公园，骑车去的，包里装满了吃的，还带了啤酒。到了公园就去铁臂山，然后就找到了一个可以看湖景的地方，摊开了地毯坐下。又取出了吃的，两人打算一边吃喝，一边看景，冰冰还带了个半导体收音机，可以调出一点音乐。可是下雪了，来的时候天气晴朗，突然地就下起了雪。雪好大，没过多久，到处都白了。就如同今晚一样，冰冰问，冷吗？金河点头。然后冰冰就如同吃了豹子胆了，一下子就把金河抱住了。他又

317

问,还冷吗?金河说,更冷了。当时金河的自我感觉是,整个铁臂山,都因为她的寒冷颤抖了起来。这时候,大喇叭响了起来,在河岸上,山上,灌木丛里,到处都有大喇叭。大喇叭说,暴风雪来了,请立刻上岸,下山,出园,回家!

  金河下班了,两人回家。慢慢地走。一会儿就到一条街了,冰冰又看了下表,差不多十点钟了。

  冰冰说,我们再走走吧。

  还是回家吧,金河说,明天还要上班呢。

  冰冰说好的。

  分别时,金河想起什么似的,突然又笑了。冰冰问她笑什么?金河还是忍不笑。冰冰拽住了她,不让她走,一定要弄个明白,这种莫名其妙的笑,从来不是金河的风格,金河的笑点一直很高。

  好吧好吧,我说,金河被他拽住实在走不脱。我听说,你吹玻璃把自己吹大了。

  冰冰基本上明白怎么回事了,他松开了金河,转身离去。金河反倒过意不去,又上前拽住了他。

  没关系的。金河说。

  什么意思?

  我就说没关系的,肯定不会人人都这样,而且真的是没关系的。

  你把说话明白好不好,你到底想表达什么,什么叫没关系的，不要那么躲躲闪闪的，阴阳怪气的，我一点不喜欢你这样。冰冰气得大喘息。

好吧，金河也生气了。那就直截了当地说吧，不是说那个吹玻璃要吹出大卵泡吗，那又有什么关系呢？

很快地，母亲就晓得金河在酱园上班了，她是外面听来的，她问冰冰是不是这样。冰冰拿了工资之后长脾气了。是的，他回答母亲，我去看过她的，那又怎么啦。冰冰原本以为母亲会生气，可是母亲也没多说什么，她大叹气，说了一句，唉！你们这对活宝啊！

那天一早冰冰去上班，他把自己的空饭盒装进包里。他看到边上还有一个饭盒。他打开饭盒，见是馄饨，还有两个荷包蛋。

这个，你今天下班弯一弯，母亲过来说，你把馄饨给金河送去，她那个工作肯定也老老辛苦的。

冰冰感动极了，他没有想到母亲变得如此善解人意了，他差点感动得落下泪来。

又有一个师傅病休了，不过据说是别的什么病，冰冰也不想细问。可加班是逃不了的。这天下班已经天黑了。回家时，他拐了一个很大的弯，去了酱园。金河还在忙。金河问他老来这个地方做什么，又没有什么好玩的。冰冰掏出了饭盒，掀开，说，这是我妈特意为你包的。金河十分感动，说，谢谢阿姨。又说，我妈根本不会包，她下个面条都下不好，只要是她下的面条，一家人就全都吃烂糊面。

冰冰还想坐在那块青石板上，金河说，天冷了，去里面坐吧。两人就坐进了屋里。这是一个不大的空间，有一张桌子，几把椅子，还有个破的长沙发。屋里有两扇窗，通过窗可以看见外面的那些，几大盆雪里蕻，还有几堆杂物，也可以看到一直关闭着的铁栅栏门。

　　两人吃馄饨，金河说真好吃，冰冰说那你就多吃点。金河边吃边看窗外。今夜是她值班，要一整个通宵，她要注意看有没有小孩子进来偷东西，听说以前有过，那些小孩半夜三更来，偷走了大半盆咸菜。

　　冰冰吃完了，金河还在吃，她吃得慢。冰冰伸出手揽住了金河。金河说，别这样，我在吃馄饨。冰冰说，你吃你的好了。冰冰就开始抚摸金河。他迷恋她的耳朵，他们两个都喜欢对方的耳朵，金河说他的耳朵长得不像耳朵，而他看金河的耳朵如同珠贝一样，他也迷恋她的脖子，那柔美的线条和润滑的肌肤。

　　金河突然叫，你看！

　　金河的声音很响，冰冰吓了一跳，刚才的感觉瞬间荡然无存。他扭头看金河，见金河的眼睛直愣愣地看着窗外，并闪烁着一种钻石般晶莹的光。

　　我看到海洋了。金河说。

　　冰冰随着金河的视线往前看去，果然是海洋！

　　窗外，海洋在踩咸菜。他的裤腿已经卷到膝盖上了，他夸张地在木盆里跳跃着，他不仅跳跃着，还转着圈。他还在哼着歌，歌有点奇怪，从来没有听过，但很好听，像是带有异域风情。那晚星汉灿烂，外面的大树和棚户区的简易房都移走了，仅仅是海洋在踩咸菜。在星夜的大背景下，他是唯一的染着星光的角色。海洋似乎累了，他挺直了身子，他抬头擦汗。他很自然地就看到了金河与冰冰。

嗨！他打招呼。然后他又朝着他俩行了一个标志性的美式军礼。

海洋！金河喊。

金河跑出了门外，冰冰也赶紧跟出。然而没有海洋，他不知道去哪里了，门外的一切都还是原样。金河吃力地靠在门框上，她感觉到了无比的失落。刚才你也看到了对吧？她轻声地问身边的冰冰。

嗯。

那他去哪儿了呢？

不知道，冰冰说。一会儿，冰冰又说，他老是这样神出鬼没的。

48

阿松下农场的前一天去一条街购物,他经过了春光照相馆,他看到照相馆的门开了。阿松随即走进了照相馆,他想见王先生一面,并同他道个别。不管王先生出过什么事,犯过什么错,王先生还是王先生,他觉得自己跟王先生有缘。那个下午,王先生锁上门跟他谈了那么多,还塞给他一张人体裸照,并重重地托付他有朝一日能让其成为艺术。或许就是因为这件事王先生被抓过,假如真是这样,那王先生真的是很冤的。

店里,王先生不在,一位年轻人在。他长得有点像王先生,但他肯定不是王先生。年轻人坐在柜台后面,显然他在管理这家店,看上去他有点无聊,因为没有顾客。见阿松进,他立起身来,问他是不是来拍照的。阿松说不是,他是来向王先生道别的,他明天就要去农场了,以后再见面肯定不容易。

年轻人看阿松,突然问,你是不是那个画图的?

阿松点头。他知道认识他的人多,这个不稀奇。

我看过你的画,少年宫和青年宫的画展,我都去看过。我在学校也是美术组的,从小我父亲就要我学画图。当时老师还要我们临摹你的画。可是,我说实话吧,我不喜欢你的画。

哦,是吧?

线条太乱了，色彩也不怎么样，没有高级感。最讨厌的是画的那些女的，都张着嘴笑，脸红得像是涂了红墨水一样，还穿得那么厚，还穿花棉袄。

那是因为冬天，阿松解释说。

冬天也不一定要穿花棉袄吧，反正我看你有点徒有虚名。哦，不过，那个立在柜台里的店员探身，压低嗓门。不过，他继续说，你也有画得好的，实话告诉你，他们乱贴的你的那些画真的赞的，我最最欢喜了，有两张我还藏起来了，破掉了，我用透明胶补好了。

好什么？

差不多都是一两笔就完成了，线条流畅得不得了，人物姿态也老灵的，老骚的，哎哎，大胸，圆屁股，你把人家的三角区都画出来的，小草一样的，还有一根淡淡的线。哎，他的声音更轻了，那两张画我也临过，随便怎么画，都画不好。要是别的画不看，就看你的这个风格的画，那你肯定就是大师级的画家，是画家中的模子，几百年才出一个。

阿松沉默。他看到店里挂的照片还是那几张，一张是李玉和，还有一张是阿庆嫂。

那你现在不画了？

是的。

你肯定？

肯定。我要去乡下头了。

年轻人点头，说，我也听说了，美校不要你了。

阿松不想多聊了，他转过要走。

那你拍个照吧，我替你拍，免费，不收你钱。

阿松摇头。

本来要拍毕业照的，不是我一个人，是想七个同学一道拍，阿松说，来了几次都没有拍成，这个好像也是天数。

年轻人说，嗯，听我爸讲起过的，来过的，头一次人凑不齐，第二次还是人不齐。你们好像是七个人，人不齐就不拍，你们七个人的关系倒是铁的。

你爸？

王先生就是我爸，现在他不做了，我顶替他来做。我比你要高两届，中学毕业后去了江西，去了就生毛病，回来看毛病，看不好，索性不去了。本来在生产队里种地的，现在想想，啥个工分不工分的，要它做什么。那点点钱，吃早饭也不够的。在照相馆里拍拍照蛮好，挣点小菜铜钿，养活自己没有问题。就是拍照的技术还是差，比我爸差远了。

那你爸为什么不做了？

胃癌，大概活不长了，医生讲半年。他讲是被气出来的，把他捉起来审讯，讲他拍黄色照片，我爸介戆的人，你说做得出这种事哦。不过，也不一定是气出来的，我祖父是胃癌死的，现在我也是胃不好，在江西没有多久就胃出血了，拉的大便柏油一样墨墨黑的。所以讲，其实这个病我们这个家族也是有遗传的，天数。

沉默。

好了，我走了，你问下王先生好，你讲我来道过别了，叫他好好养病。

好的，我爸一直提到你的，讲社会对你是不公平。哦，对了，你们七个人，啥辰光凑得齐了，就来拍张照。我一个局外人想想也老有意思的，同龄人，关系又是介好，没有一个合影照实在太可惜了。我这里肯定免费，放二十四时也是免费，你听进去了哦，我是讲一句算一句，从来不瞎说的，要是瞎说，那生意怎么做？

好的，我想办法向他们传达你的意思，谢谢。

阿松转身走，又折回。

哦，对了，我还是想讲，你真的跟你爸长得老像的。

是哦，小王先生笑了，我爸一直讲我一点不像他，讲我长得怪里怪气的，看上去又邋里邋遢的，以后讨老婆都成问题。我每次出家门来店，他都要看我穿得哪能。他老是说，门面是最要紧的，人跟店一样，都是要讲门面的。他说，我祖父以前是画电影海报的，跟白杨、周璇她们都老熟的。皮鞋一直是锃锃亮的，上衣袋里插的不是钢笔，是一把牛角木梳。

像的，你跟王先生老老像的。阿松强调说。

你画图的，眼光不一样，你这么讲我开心，不过，真的我自己认为不大像的，我也照镜子的，看不出哪里像的。哎，到底哪里像啦？

你们差不多的，老克勒的。

49

　　行李已经托运了，阿松没有什么随身物，他也是从吴淞码头上船。他那个农场远，上了码头之后还要坐长途车两个多小时。

　　这一批学校去农场的人多，也是最后一批了。学校就组织了一下，有人撑起一面旗在码头举行了一个仪式，当然在规模和气势上和火车站的不好比，可不管怎么说，也是一个仪式，有人跑进了场子中央读手中的稿子，人多，闹哄哄的，也不知在读什么。反正就是那一套。也有学校领导和老师在，阿松看见了潘师傅，但是潘师傅的眼里没有他，她要关注的人和物太多了。

　　阿松对这种仪式一点兴趣没有，他一个人去一边待着。后来，他就立了那棵古树下。

　　他当然不知道就在不久前，文武在这里站过，他在这里和大胡老师道别。后来，赵小雷和他的父亲也在这里待过，他们解题，是一道关于天体运行的高大上的趣味题，后来赵工还蹲在泥地上用小树枝划拉过几个方程式。

　　阿松孤零零地立着那里。他也像金麦一样，不要家人送，只是他的态度更为坚决。他的头又刨过了，光得连苍蝇站上去都打滑。昨天还挺冷的，奇怪的是今天突然热了起来，太阳照在脑袋上居在有点发烫。阿松从包里取出一顶小草帽，他把草帽扣在了

傅星油画 远行

自己的脑袋上。

几乎没有人注意阿松,以前他在众人的眼里就是长头发的画家,他现在这个样子不细看,没有人认得出他,而且他现在也发胖了。他的好几条裤子都要改过腰身才能穿,是他自己改的,在改裤腰的过程中,他差不多已经掌握了针线活。他有一个透明的塑料小盒子,里面是他准备下的针头线脑啥的。那是以前用来装松节油画图的,现在当作针线盒也蛮合适的。小盒子已经打包在箱子里了,托运在船上。

阿松一直站在古树下,等。

太阳在移动,他在身影也一直在变化中,他看着自己的身影,他在想这条身影应该画成什么样子的,是深一点还是浅一点?又想,不再画图,去想这个做什么呢?影子就是影子,没有影子的人就是个鬼,他必须要有一条影子,无论是深的还是浅的。

总算可以上船了,他随着人群一点点往前走,然后就上去了。这只船他以前登过,那时候,华老师带他们几个学生去崇明写生,坐的就是这艘双体客轮。

他原本想就待在甲板上不下去了,但是不行,人太多了,还有人在哭,还有,他也担心被人家认出来。

然后他就走进舱内,座位已被占满了,他就找了个角落,角落里有一床破席子,他就坐在了破席子上,又拉下了草帽遮住了脸,这样他可以无视眼前的乱象。

他突然觉得累极了,想睡觉了,一会儿他就缩在角落里睡着了。阿松在睡觉的时候，船起航了。

三个多小时后，到了，他又随着人流上岸。在码头上，有好多面小旗子高举着，都是各大农场来接人的，众人在排队上车，去他们该去的地方。阿松看到了属于他的那面海滨农场的小旗子，小旗子在前移，他就跟着走。

有一辆大巴泊在路边，小旗子停下，农场的人要他们上大巴。阿松上，车厢里人倒是不多。他在倒数第二排找了个空位坐下，他看车窗外，很破烂的景象，不堪入目，一切都是那么让人沮丧。

这时候，有个人坐在了他的边上。阿松往里挪了挪，他原先是趴手趴脚坐的，他现在收敛起来，让人家坐得也宽松点。毕竟以后都是战友。阿松很快地就意识到，坐在他身边的是个女的，女人轻声地叫他：阿松。

阿松扭头看，居然是小孟老师。

车开动了，咣当咣当的，声音很响。小孟老师说今天三十四个同学去五家农场报道，学校索性组织了一个知青队伍，潘师傅领队，潘师傅要她当助手。

知道你今天会去，小孟老师说，刚才我在码头上找你，在船上也找，奇怪的是就没有见到你，你是飞过来的？

阿松说，我睡着了。

小孟老师没有追问。睡着了是什么意思，在哪里睡的？她都没问。长途车在行驶中，不知为什么后座的引擎声格外地响，整个车身在不停地颤抖。

阿松觉得如芒在刺,浑身都不自在起来。他不敢再扭头看老师。

这个农场最远,原先学校有两个同学去那里,一个是你,还有一个是三班的,三班那个同学前两天突然病了,请假要晚报到,这样今天就你一个人去了,我就是想送送你。

小孟老师轻轻地笑。

阿松想,要是先前知道小孟老师会特意送他,那他一定会拒绝的吧,这也太尴尬了吧。

小孟老师像是读懂了他的心思。没有关系的,你不要尴尬,我呢,就送送你,也有点话想跟你说。另外,我也想去那里看看,听说你去的这个农场就在海边,是全岛最漂亮的一个农场,那里的芦苇在秋天是很漂亮的,我还带了一个相机呢。

她斜挎了一个背包,她从包里取出了一个照相机,摆弄起来。阿松问,是一三五的,还是一二零的?小孟老师说,一三五的,有三十六张,可以多拍点。

小孟老师还在摆弄相机,她好像对这架相机有点生疏。新买的,还是头一次用。她说。她在寻找快门。找到了,但就是摁不下去。你会吗?她问阿松。

阿松接过了她的相机,他触到了她的手,电闪一般。阿松熟悉照相机,华老师家里有好几个,他都摆弄过。

阿松把相机调节好了。他问小孟老师,还没装胶卷对吧?小孟老师说是的,胶卷还在她的包里呢。阿松把相机对着窗外,瞄来瞄去,咔嚓咔嚓过了过干瘾。然后他把相机还给了小孟老师。

两人都不说话了。

阿松想谢谢小孟老师，可是他很难开口，想了半天也不知道说什么才好。他们就那么笔直地坐着。阿松因为靠窗坐里端，他一直看着窗外的景，给他的感觉就是开阔和荒凉，他将在这片土地上经历岁月。他又想说点什么，可还是说不出来。小孟老师似乎没有看窗外的景，她只是盯着前排乘客的后脑勺看，那是一个村妇的扎着头巾的后脑勺，头巾的图案色彩明艳。这辆车是接送知青的，前面的这个村妇可能是搭便车的。

又过了一会儿。

阿松，小孟老师说，我就是想跟你说……

阿松注意听。

你还是要画下去，千万不要放弃。无论遇到什么事情，要面对它，不能因此而颓废下去。另外，我要说的是你这个光头一点不好看，你还是长头发好看得多，当然也不要太长，太长了人家会以为你是不良少年，会造成不必要的误解。

他们会把我当成女人，有一次一个小孩在背后叫我阿姨。

阿松说。

小孟老师忍不住卟哧笑出声来。

阿松，小孟老师笑着说，真的，你听我的，继续画下去，我这次特意送你去农场，就是想跟你谈谈，好改变你的想法，不要不画了，还要画。我要你给我一个承诺，要不然，我不会放过你的。

阿松仍在看窗外，当然小孟老师说了什么，他肯定是一个字都没有漏掉。这时候，他看到了芦苇。开始了，他们进入了芦苇丛中，大量的芦苇，整个世界除了芦苇似乎不再有别的。他突然想，要是听小孟老师的，继续拿起画笔，那么他的第一幅画的内容，一定是芦苇。

我把画图的那些东西都扔了。阿松说。

小孟老师带了两个包，一大一小。小的背在身上，还有一个大包她上车后就塞在了座位下。现在，她埋下身去拖出了那个大包。又把大包拉开。

包里装满了画具。

它们在呢。小孟老师说。

阿松伸手，从包里取出一支猪鬃的油画笔来，新的，笔刷上有胶，硬邦邦的。阿松用舌尖轻轻地舔弄笔尖，一会儿，它就软多了。

阿松泪流满面。小孟老师从衣兜里掏出了手绢，替他擦去脸上的泪水，又把手绢塞在了阿松的手里。

自己擦。她说。

50

　　海滨农场七连。连长在找阿松,那个来报到的知青不见了。连长火气大得不得了,拍桌子问,人呢?那个叫什么松的?

　　连部好几个人在找,找不到。

　　场部去接船的人说了,肯定上了车,我点了名了,还看到他了,个头蛮高的,光头,吊儿郎当的样子,眼睛不看人的,不晓得在看哪里。根本不把我们这里的人当回事,好像欠了他什么一样,不想来么就不要来了,来了就好好的有个样子对吧!

　　你少说几句好不好,连长说,你现在说什么我都不要听,我就是问你要人,你接的人呢?

　　我又不是接他一个人,那么多人了,我要一个个地接,还要一个个地送,你们连队里就有五六个人,根本记不住的。

　　接船的人休息了会儿,喝了两碗茶,又跳上大客车走了,他还有人要送。连长继续找人,又问了同来的几个知青。大家回答说,光头是有的,叫什么名字不知道,但他肯定是七连的,听他自己说了。一辆车的,他就坐在倒数第二排,身边坐了一个女的,好像也是一起的。两人很熟的样子。

　　女的?连长挠头,没说有女的啊,今天报到的都是男的,哪来什么女的,年轻的?几个知青说,具体的他们也弄不清楚,都是头一次见面，谁知道谁呀。但和他坐一起肯定是个女的，而且很漂亮，条子番斯都老赞的，马尾辫，还戴了墨镜和花帽子，两个人一直在说话，好像有说不完的话，光头好像还哭了，我们再戆，也看出来，那两个人的关系不一般。

阿松说，他要替小孟老师画一百张画。铅笔的、炭条的、水彩和油彩的，各种。阿松说这个话的时候，有点咬牙切齿的样子。小孟老师听清楚了，不言。大巴轰轰隆隆地前行，后来，车子好像误入了芦苇荡，抛锚了。

大家下车。

阿松和他身边的女的就不见了，车上的人都没注意。

车子被众人抬出了泥潭，车子抛下了他俩又轰轰隆隆地开走了。

那天的芦苇在日照下梦幻一般，大片的金色，白色的芦花在风中飞扬开来，如同阳光下的漫天大雪。阿松和他身边的女人往芦荡的深处走去，他们在芦苇丛中钻进钻去，遇见了河流，还有茅屋。然后豁然开朗，他们面朝大海，时间停止了。

三天以后，阿松去连队报到。连长恨不得大嘴巴子上去，连长几天都没有睡好，一个知青面都没见居然消失了，他甚至已经报了警。连长问阿松，途中下车，你去哪儿了？

我下车抽支烟，车不等我就开走了，我在那里绕不出来，迷路了。

那么和你在一起的那个女的呢?

什么女的?

说!

她不归你管,她去了别的地方,她说这个地方水太咸,风又太大,待不下去。

尾　声

　　1. 金河踩了一些日子雪里蕻咸菜之后，就调到了公司做行政工作去了，她很受领导的重用。报上也时常有她的诗文发表。高考恢复后，她考入了复旦中文系。她和冰冰未能结成正果，后来各走各的路了。金河在三十五岁时嫁给了一个从事比较文学的教授，是个瑞典人。他们的家安在瑞典，有两个小孩。她偶尔在微信上秀秀全家福，她的丈夫长得有点像科林·费斯，金河如小鸟一般地偎着他，看上去生活很甜蜜。

　　2. 金麦在大丰干好多年，一直干到了农场的党委副书记。他的身体一点问题没有了，易地疗法在他的身上真是百分百灵验。他就在当地安家立业，找了个开饭馆的美女。他极少来上海，来了就喘息困难。老是有媒体报道他，把他称为大丰的女婿。

　　3. 冰冰结了三次婚，结结离离搞不好了。离婚的原因多半是婆媳矛盾。母亲在冰冰五十岁的时候离世了，冰冰就一个人过。玻璃厂早就倒闭不存在了，冰冰做过好多种职业，股票经纪人、洗脚按摩店小老板、画廊策划、房产中介、物业管理，等等。几乎每换一次工作就换个女人。他有一个女儿，那是在二婚时生的，完全没有来往。冰冰的艳福令许多人羡慕，但是他说自己比任何人都活得虚空，他已经没有爱的能力了，说是这么说，可他一直混在广场舞那里，欢乐无比。你懂的。母亲的相片一直挂在堂间，冬至那天他会点上一炷香，放上一盘水果，还有馄饨。

4. 文武先是在农场打球，个人或团体冠军拿了无数，后来他顶替回上海还是打球，他有这个特长人家抢着要。仪表局、轻工业局、园林局、电影制片厂都来要他。文武最终还是选择了电影制片厂。他从小就喜欢看电影，后来他在剧组做事，还跑跑龙套。有一次出了事故，从高处摔了下来，跌断了腿，好不了了。文武很早退休了，又打不了球，在家里吃闲饭，老婆跟人家跑了。文武有时候去社区文化中心的乒乓房里看看，偶尔挥挥拍子，可是连老太婆都不愿跟他玩，一跷一跷地看他捡球都累。

5. 赵小雷二十多岁就去世了。他是恢复高考后统考的前一天死的。他是太累了，白天种菜，晚上复习功课。他在野外蹲着大便，倒下了。警方开始怀疑他杀，后来法医介入，结论是自然死亡，脑部血管先天畸形，血管破裂。看起来这是个家族病，是赵小雷的命数，他的生命终止在老天爷设定的程序中，他早早地去了别处与父亲重逢。

6. 阿松成了大画家。恢复高考后，他考入了中央美院，毕业后又去了纽约。阿松后来从事当代艺术，架上画他越画越少。可他的作品，无论什么类型都可以在佳士得拍出高价。他早期的几幅女子肖像画多次展出，画像从未有过标价。有人问起，他说那是非卖品。肖像在背景处理上有点虚幻，尽管朦胧但还是可以分辨出那是芦苇荡。阿松的婚姻状况不明，没有人知道，他和旧时生活以及故友统统一刀两断，不过江湖传言他有私生子的。

7. 海洋依然神出鬼没。

还是尾声

　　我走在一条街上,弄不清现在是什么季节,好像穿什么都可以。这里是我长大的地方,几十年没来了。他们叫我老先生,老先生走好,车多当心点。这样的客气话很让人受用。商业一条街的环境完全变了,现在都是高楼。我想找那家春光照相馆,没找到,影子都没了。肚皮饿了,我买了一只肉包子吃,实在不怎么样,绝无往昔的味道。

　　71路公交车倒还是开来开去的,我想上去坐几站玩玩,可是找不到站点,算了,放弃吧。

　　哎哎,哎哎。好像是在叫我,我转身看。我看到一个人影,比较模糊。不知道他原本就是个模糊的人,还是我的眼力欠佳,他还戴了一个大大的口罩。总之,我看不清他。

　　哎哎,你是海洋吧。

　　我没有回答他。

　　你是的,我认得你。无论你老成什么样,我都认得你。你的腔调还是那个腔调,腔调是不会变的。

　　我还是不想说什么。

　　你戇头戇脑地去找你的生父,你还以为他在海底等着你,当然找不到,那是痴心妄想。后来你就漂洋过海去了马达加斯加了，那里有金矿，你淘金去了。赚了好多钱，可遇到劫匪了，又是一贫如洗。后来不知道你什么情况，哦，对了，你来一条街做什么。你以前认识的人都不在这里了，有的已经死了，有的也快死了。

我讨厌面前的这个人，首先是看不清他面目，再就是说话也难听，什么死不死的，死又怎么样，你也不是要死的吗？

我一点不想跟他扯，转身走去。

哎哎，哎哎，海洋！他还是这么叫我。

不理他。

我加快了步子。刚好绿灯，过马路，我匆匆地走，目的就是要把身后的这个尾巴给甩掉。好了，凭感觉他已经不在了，他消失了。我的紧张心情舒缓了下来。

前面有一条小街，小街安静许多。记忆中，我觉得几十年前，这个方位再往前走一点，就是我就读的学校。通往学校是一条永远泥泞的小道，哪怕是大晴天，一旦走过小道，鞋上就沾满了泥巴。

我往前走，经过了一家按摩店，有个男孩站在门口看到了我。他在抽烟，他朝我招了招手，唉老先生，敲个背吧，或者做个脚摩？

我的确累了，想歇歇。

进店后，有两个女孩站了起来，她们先前是斜靠在躺椅上玩手机的，见客人，就立马起身迎了上来。

她们问我做什么项目。

我想了想说，大保健，重口味的吧。

她们笑。

或者打打擦边球也可以。

她们又笑。

领我进门的男孩问我选哪个女孩做，我就比较了一下，差不多的女孩，丰胸细腰，很性感，是我喜欢的类型。我就随意点了一位。

那个女孩挽着我往里屋走去。

在里屋，她小心翼翼地把我弄上了床，好像生怕我瞬间散了架似的，当然这也是有可能的。女孩要我趴着，先做背。我说我趴不了，胸痛，就仰面躺着吧。她说好的。女孩说，老先生，我轻点地给您做，好吧？

我说谢谢你。

您真客气，她说，我不过是做生意而已。

当然要谢的，我有莫老老的钞票，这辈子根本用不完，我会给你三倍的钞票，你好好做。我老了，身体发僵，做做么会好一点，疏通筋络，活活血，适宜一点。这个就是在续命，你懂哦？

哦哦。她说。

小姑娘，我这个老头子呢，就是想多活几年，人生呢，实际就是一部超长的肥皂剧，我实在是想看看结局到底是啥，剧情到底是哪能走的，哪能反转的，是反过来呢，还是反过去。想想，真是蛮噱的。

放心好了老先生，您活到一百岁没有问题的。

瞎说啥,一百岁哪能够。

那您到底想活多久啦?

我有五十倍的生命。

她又笑。

我的肩膀一直在被她捏来捏去的,她说我的肩很硬。我说那个地方被砍过两刀,断成了三截,后来又接上了。她说老先生您真是传奇哦。按摩房里有淡雅的薰衣草香味,催眠,我很快地睡着了。当我睡着了之后,梦就是一切。要去拍毕业照了。

傅星油画 年华

附

五十倍的生命

——论傅星的《毕业季》

张定浩

　　傅星的长篇小说《毕业季》聚焦于1973年上海某中学毕业班从草率毕业到等候分配这段既自由自在又令人煎熬的时间，它有一个很古典的尾声部分，用三言两语分别交代小说里七位主要人物在中学毕业之后的人生概况。无独有偶，傅星前一部长篇《培训班》，讲述了"文革"后期上海某艺术学院戏剧短训班的故事，结尾处也有两个番外篇，交代小说中一干人等十年后乃至四十年后的生活。此种结尾设置，既为十九世纪长篇小说所常见，后来又似乎渐渐成为现当代长篇小说的大忌，比如亨利·詹姆斯就曾视陀思妥耶夫斯基《白痴》交代幸存者命运的"结语"为最糟糕的小说结尾之一。在一个拥抱开放性和偶然性、厘清虚构与非虚构的时代，傅星执意要让他的小说人物拥有某种确定性，并重新模糊虚构与现实的边界，其中，想必有他自己的道理。

　　萨特曾经抨击旧小说有一种"不诚实的确定性"，但在傅星这里，他所给出的种种人物归宿的确定性，却是诚实的，或者更确切地说，是一种"没有欺骗性的虚构"。当傅星从一个六十岁年长者的视角去开启他的"青春书写",他对笔下人物的了解,一定不同于众多年轻的青春书写者。他至少会比后者更了解这些人物的真实去向。冯内古特在给《五号屠场》二十五周年纪念版所作的简介中说:"斯蒂芬·霍金挑逗性地认为我们无法预知未来,但现在,预知未来对我来说小菜一碟,我知道我那些无助的、信赖他人的孩子后来怎样了,因为他们已经成人。我知道我那些老友的结局是什么,因为他们大多已经退休或去世了。我想对霍金以及所有比我年轻的人们说:耐心点,你的未来将会来到你面前,像只小狗一样躺在你脚边,无论你是什么样,它都会理解你,爱你。"诚然,《培训班》和《毕业季》的基本悬念和推动力都事关未来,在《培训班》里是一群暂时摆脱农场生活的文艺青年的未来,在《毕业季》里是七个即将走向社会的中学生的未来,而对于人物未来命运的好奇正是普通读者永恒的诉求,傅星作为资深编剧一定深知这一点,但他并没有将之放任为一种强烈的戏剧性以取悦读者,与此同时,他也没有滥用现代小说家的特权,用一种叙事者的喋喋不休来拨弄读者。某种程度上,傅星的这两部小说正是耐心的产物,他就像一个抵达未来的人重新再回到生命的某个原点,停下来,陪同那些在那个特定时空被来自未来的强光勾引得焦灼不安的生命重新再耐心地生活一次。《培训班》是一个原点,《毕业季》是另一个更远的原点。而重要的既不是怎么写也不是写什么,而是重新生活,是在知晓生活的结局之后,还能怀着理解和爱。

一九七三年中学毕业。

高考还没有恢复。

各自根据"档次"走向宿命。

青春正好。

这是《毕业季》开篇之前的引言，言简意赅地交代时间、背景、人物，如同戏剧开场之前的旁白。这里面的关键词是"宿命"，《毕业季》因此和上世纪八十年代诸多的知青小说和伤痕小说区分开来，它不再是一本讲述个体如何抗争命运的小说。在傅星这个年纪，吸引他的已不再是为数不多战胜命运的天才与英雄，而是众多被命运吞噬的普通人，他深知后者才是生活的基石，这些人弥漫在他四周，被时代裹挟，随波逐流，但他也不愿像上世纪九十年代的那些新写实主义者那样，写他们成年之后一地鸡毛的平庸。

《毕业季》中当然也有个体的抗争。比如喜欢打乒乓球的文武，他在这段等待分配的时间里疯狂练球，希望可以在全市中学生乒乓球联赛上进入前三名，这样就可以避免去务农，可以进体校集训队。又比如喜欢画画的阿松，他因为获过全国奖，被保送去美校继续深造，是"七人帮"中唯一一个没有分配烦恼的人，他暗恋住在对面楼的小孟老师，每天夜里借助望远镜画小孟老师的速写，后来因为一批裸体速写被人恶意散播出去，导致美校拒绝录取，只能去崇明海滨农场报到，小孟老师赶去送他，两人却半路下车，消失在芦苇荡中。阿松和文武，显然是作者投注笔墨最多的两个人物，但他们的抗争依旧被限制在一个很日常的范围内，文武在比赛失利之后沮丧了一下，也就接受了现实，阿松失踪了三天，但随后也依旧去了农场报到。即便是写到青春时期的爱情，傅星也有意识地将一切戏剧化的可能性都控制在最小的范围内，比如阿松和小孟老师，比如冰冰和金河，他们之间的感情故事更像是我们生活中随处可以遭遇到的故事，琐碎的，片段的，无始无终的，像在时间中涌现又迅速消失的浪花。

《毕业季》从班主任唐永义毕业前最后一节的养猪课开始讲起，再用"七人帮"在长风公园铁臂山上的毕业野餐，带出前途未卜的每一个人物，但我们很难说他们就是《毕业季》这部小说的主人公，事实上，《毕业季》是一部多斯·帕索斯式的"群像体小说"，傅星要书写的不是某几个幸存者的青春成长，而是在回望中慢慢清晰的有关一代人青春的历史，这历史是由众多达不成自己愿望的个体意志相互勾连交错而成的图景。

萨特曾谈到过多斯·帕索斯长篇小说《1919年》的叙事技艺："多斯·帕索斯的时间是他独特的创造：既非小说，又非记叙。或者不妨说，这是历史的时间……多斯·帕索斯在讲故事时有意把历史放在前景，他要让我们感到事情已成定局。所有他描绘的人生都已经封闭。它仍犹如柏格森式的记忆，肉体死亡后仍在某一阴阳界游荡，有声、有味、有光，但是没有生命。这些谦卑、模糊的人生，我们老觉得它们犹如命运。"这些话几乎可以直接拿来形容《毕业季》给人的感觉。《毕业季》的叙事者和多斯·帕索斯的叙事者一样，在脆弱无助的个人意识和合唱队般的集体意识之间不断往返、游走，用拼贴画或者说蒙太奇的方式，创造出一个饱满和诚实的生活世界。而多斯·帕索斯是否对傅星有过直接的影响，我没有向他核实过，但傅星在《培训班》的自序里谈到电影大师特吕弗和戈达尔对他的影响，加之其长年的编剧经验，我猜想，即便他没有读过多斯·帕索斯，后者在小说中率先吸收的影像叙事手法和历史时间的意识，也已经潜移默化在傅星的小说中了。

在《培训班》里，来自各地的文艺青年在戏剧培训班努力学习"三突出"的创作原则，即"在所有人物中突出正面人物，在正面人物中突出英雄人物，在英雄人物中突出主要英雄人物"，这种学习场景越是被描述得诚恳认真，借助历史眼光的回望，就越具备天然的喜剧特质。可以说，傅星在《培训班》里是用一种反"三突出"的形式来讲述"三突出"对那一代人文艺生活的影响，仿佛只是一种历史清算，却意外地和当下小说创作主流也构成了一种巨大的张力。

当代中国小说虽然看起来早已告别了"三突出"，但在很多时候，无非是用一个过度肿胀的个体叙事者来代替了"高大全"的主要英雄人物罢了，从文学为政治服务到文学为自我服务，其实只是一体两面，随时可以颠倒再颠倒。另一方面，由于种种原因，尤其在长篇小说领域，旧日已然灰头土脸的"三突出"原则，近些年又似乎有死灰复燃之势。

需要在这样的背景下，理解傅星在他六十岁之后所完成的"青春书写"三部曲（《怪鸟》《培训班》《毕业季》）中试图要做的努力,即用个人回忆消解史诗书写,用散漫游走消解主题先行,用人物群像和群戏消解这数十年来既孱弱又蛮横的叙事者意志。曾在一个极端年代倡导复调小说的巴赫金有言,"小说所必需的一个前提,就是思想世界在语言和含义上的非集中化",而如今,这现代小说所必需的前提却也被迫成为当代小说努力的方向。

在《毕业季》中,不再有一个显而易见的稳定态的叙事者要煞费苦心地讲一个有关自我或有关时代的故事,整部小说就是一组组的动态场景,一组组的生活碎片,一干人物或分或合地行动着,但没有哪个人物是传统小说意义上的主人公,没有哪个人物在自始至终负责引导我们的意识和判断。他们聚在一起喝酒唱歌闲聊,散在各处时各有各的心思,也各有各的事情要做,而在他们这些散碎分离的行动和意识的缝隙中,作者又着力描述出一个稳定的、单一的集体意志作为背景。阅读《毕业季》的感受其实很像置身一台大型多幕剧的剧场,舞台上的场景变换,人物进进出出,我们大多数时候只能通过他们无始无终的交谈来揣测剧情,偶尔,人物也会有一些内心独白戏的部分,邀请我们短暂地窥探他们深浅不一的心灵,而更多时候,我们只允许停留在这个舞台的表面,由诸多个体言语、行动和集体布景共同构成的表面。

在《毕业季》中有一幕,是自小有哮喘病的金麦坚持要顶替姐姐金河去上山下乡,由此被学校选中作为典型进行巡回宣讲:

  有人喊口号,向金麦同志学习!致敬!全场气氛无比热烈。金麦起身,他敬了个军礼。金河不得不承认,她的弟弟真够帅的,以前怎么就一点都没有注意到。

又在喊口号。

金河听见她身后冰冰的嗓子比任何人都响,真是烦死他了。

场内安静下来了,金麦说,他要朗读一首诗,是他写的,有一个夜晚,他心潮澎湃,夜不成寐,挥笔而就。

如雷般的掌声。

金麦读诗:

天空不再灰暗
大地不再飘散
我扬帆万里,去广阔天地
这不是普希金时代,生活从未辜负我
我去丈量耕耘祖国的每一寸土地
因为我有五十倍的生命
……

金河的心脏怦怦乱跳,这首诗是她写在日记本上的,知道金麦有偷看她日记本的坏习惯,她就到处藏日记本,隔段日子就换个地方,最近是塞在米缸里的。可现在看来,金麦还是看过她的日记本了。她真的没有任何隐私可言,包括她对某人的情感,她的那点心思。

她坐不下去了，她起身，往外走。

一个工纠队员手中的电筒亮起，并指向她，坐下，回去，他说，好好接受教育！

金河无奈，只得重新坐下。她的肩背处被轻轻地捅一下，又捅了一下，金河知道那是冰冰的手，他有话想跟她说，但是金河执意不理他。她真是陷入了困境，台上的人和身后的人，她既不想看他们，也不想听他们说什么。她只有无奈地呆坐在那里，把自己缩成一团。

唱歌了。金麦已经来到了舞台的最前端，他在挥舞着旗帜。好像是变戏法似的，他突然展开了一面大旗。金麦左右挥舞大旗，很有节奏感。

我们战斗在广阔天地

时代重任担在肩

打翻身仗

种争气田

……

全场起立，高唱"五七"赞歌，把会场气氛推向了顶点。

在这段类似于"剧中剧"的典型场景中，生活和表演、演员和观众，被有机地融为一体，金河的个人意识在更多他者合力构成的集体意识的边界内左冲右突，一首来自个人的抒情诗和来自合唱队的"五七"赞歌之间既形成强烈的共振又构成讽刺性的张力,"我"和"我们"同时被呈现,并相互结合成一个真实的、由声音、话语和音乐主导着的生活世界。

戏剧不同于影视。剧场是一个真实的、由各种偶然性的力量交织而生的公共场所,但电影院和装有电视机的客厅并不是。正如阿兰·巴迪欧所指出的,"电影并不需要观众,它只需要由公众构成的围墙。一位观众是真实的,而一群公众则只是一种事实……而戏剧依赖于观众……戏剧借由观众来保持其真实性。"(参见巴迪欧《戏剧狂想曲》)而一个明显的现实是,当代中国小说已经过分地倒向了影视,一部小说的终极目标仿佛就是影视改编,平遥成了年轻小说家的新圣地。在这种由各方面因素合谋完成的畸形环境下,写一部无法被改编或无法轻易被改编成影视剧的小说,就成了这个时代的严肃小说家应有的志向。但这绝不意味着让小说重新回到无法被理解和拒绝交流的伪先锋境地,而是说,让小说转身向戏剧学习。

戏剧的另一个特点是没有摄影机镜头的介入。镜头就是视角,镜头中的真实只是叙事视角不断操纵变换的产物,在这一点上,小说确实与影视具有天然的亲缘关系。因此,小说家和电影导演也共同分享着暴君的名声。一部小说或一部电影,永远不可能是民主的产物。在那些伟大的电影导演面前,演员必须成为可以被肆意塑形的工具,而能够被塑形的尺度大小也随之成了衡量演员演技的一个标志。电影导演操纵着和规训着他的演员,甚至也在暗暗操纵和规训着受众,而众多的小说家也自觉和不自觉地操纵和规训着他的人物，以及读者。而作为公众的电影受众和小说读者，又有其天然的、渴望被引导与控制的一面，或者换个角度说，正是"扭曲的人性之材"催生出文艺中的暴政。

　　戏剧，正是用以对抗这种操控艺术的另一种公共艺术。戏剧舞台无需任何镜头的干预和介入，它是自然袒露的，同时，它也最大程度地释放出演员和观众的真实力量，一场演出，是由戏剧文本写作者和戏剧导演交付给演员和观众去自主完成的，众多视角同时呈现，每一场演出都是一场全新的演出。因此，巴迪欧才会同意安托万·维泰兹的说法，"剧作家不存在"，因为戏剧是一种爱和政治的自由教育。戏剧舞台上没有镜头，唯有光。在这个意义上，所谓"戏剧的舞台亦是人生的舞台"才不仅仅只是一个隐喻。而正是出于对戏剧和人生双重的发现，撰写《毕业季》的傅星用爱和理解的光照亮着回忆的舞台，那散射的光打在坑洼不平的舞台上，再向四周播散，而那舞台上拥有"五十倍生命"的，是一个个不同的"我"，而非"我们"。

傅星油画 蓝色记忆